Magda R. Martín

Nuestra Casa

(LA CASA DE LA MIMOSA)

NUESTRA CASA

(LA CASA DE LA MIMOSA)

Planté el árbol de la mimosa, como última voluntad de mi madre, el 26 de Julio del año 2007 en el jardín de nuestra casa de Ronda donde habíamos nacido, crecido y vivido durante más de treinta años. Nos encontrábamos presentes los siete hermanos con sus respectivas esposas e hijos, menos la mía de la que estaba separado desde hacía un tiempo que comenzaba a ser largo y, por expreso deseo de todos, fui yo el encargado de poner el cepellón del pequeño árbol de poco más de un metro de alto, en el interior del hoyo; por aquello -dijeron mis hermanos- de que yo era el único pelirrojo de la familia y el que, por alguna causa especial imposible de exponer en palabras ya que formaba parte de la sutileza de los sentimientos, había marcado la vida de mis padres y, hasta cierto punto, la unión familiar. Luego, todos, uno a uno, fuimos echando una paletada de tierra hasta llenarlo y también fui yo quien la apelmazó alrededor del tronco y la regué con el agua del grifo de la fuente adosada a la pared de ladrillos que rodeaba la pequeña finca, mansión o simplemente casa, como se quiera llamar.

Magda R. Martín

Mientras realizaba aquel último acto que cerraba el círculo de la vida de mis padres, llegó a mi memoria de manera incongruente, como siempre llegan estos recuerdos, el momento en el que, cuando tenía siete años, me rompí un diente en un golpe contra la pileta semicircular de la fuente, mientras jugaba con mis dos hermanos mayores, Cristóbal y Joaquín. Aquel simple recuerdo fue el detonador de mis lágrimas que surgieron de mis ojos como un caudal imposible de frenar. Mi fortaleza se había desmoronado.

La muerte reciente de mis padres en el plazo de dos meses una de otra, nos había impactado a todos profundamente. Aun siendo conscientes de su avanzada edad, mi padre setenta y nueve y mi madre setenta y cinco, todavía no se nos había ocurrido pensar en su desaparición y menos con tan poca diferencia de tiempo.

Sucedió aquel domingo en que celebrábamos sus bodas de oro. La armonía destacó durante las horas de la comida en familia. Fotos que se tomaron como recuerdo de la fecha, palabras de amor que escuchamos con cierta envidia por no haber podido conseguir de nuestras parejas aquel cariño profundo que nuestros padres se profesaban. Bromas a causa de su avanzada edad y sus deseos todavía despiertos y la despedida. Poco a poco, pero también casi al mismo tiempo en ese goteo de marcha lento, los fuimos dejando solos y felices. Cada uno volvía con su familia a su hogar; los siete estábamos en Madrid en aquel momento y cada cual tenía su residencia en la capital, unos por matrimonio, otros un piso prestado por familiares políticos para una estancia de unos cuantos días y así, mi padre y mi madre se quedaron solos a recordar su vida matrimonial que se alargaba en el tiempo en un ático hermoso que había pertenecido a mi madre desde su soltería. Era el piso que habitábamos cuando, en nuestra vida en común, nos trasladábamos a Madrid, cosa que hacíamos con bastante frecuencia y que, más tarde, al llegar el momento del retiro en su profesión de mi padre, sirvió de residencia fija cambiando la casa de Ronda por la de Madrid.

Magda R. Martín

Nada más entrar por la puerta de mi pequeño piso de la calle Reyes Magos en el barrio de Retiro, sonó el móvil. La voz siempre serena de mi hermano Cristóbal me avisaba de una llamada de nuestra madre. No pasaba nada anormal, pero sus palabras haciendo hincapié en un cansancio poco común del que, de pronto, había comenzado a quejarse mi padre, lo inquietaron. Lo había tenido que sentar en el sofá -le dijo- y se encontraba muy postrado. Cristóbal creía que debíamos acercarnos los tres mayores, por si acaso pudiera ser algo más grave, mamá necesitaba compañía.

No sé por qué me entretuve en simplezas, el caso es que llegué el último. Mi padre estaba tranquilo, pero triste, apenas hablaba y nos pidió que le ayudáramos a acostarse. Según estaba, sin desvestirlo, lo tumbamos en su lecho y allí habló sus últimas palabras. Dirigiéndose a mi madre le dijo:

-Ven, Carmen. Échate aquí, a mi lado, quiero abrazarte.

Mi madre se acurrucó entre sus brazos como una niña pequeña ante la mirada atónita de los tres. Mi padre acercó su cara, le dio un beso largo, suave pero firme. Murmuró un "te quiero mucho" que todos pudimos oír, dio una larga exhalación y espiró. Su corazón le dijo "no".

La tristeza aumentó cuando pudimos comprobar la desolación de mi madre. Supimos con claridad que no quería seguir viviendo sin aquel amor de toda su vida, no sabía vivir sin él. Ella nos informó del deseo de nuestro padre de ser incinerado y de que sus cenizas se enterraran en el jardín de la casa de Ronda pero, cuando llegado el momento, requerimos su aprobación para realizarlo, se quedó pensativa durante unos instantes, luego nos miró uno a uno con aquellos ojos claros que no habían perdido viveza, solamente los cubría un velo triste que aumentaba su hermosura, y estrechando

Magda R. Martín

entre sus brazos la pequeña urna donde descansaban los restos de nuestro padre, nos dijo:

-No. Todavía no es el momento. Quiero que se quede conmigo durante un tiempo... quiero hablar con él... recordar nuestra vida... decirle cuánto le he querido...

La urna permaneció en el ático de Madrid sólo dos meses. Unos días antes de su muerte, mi madre nos reunió. No se la veía enferma, tal vez algo pálida, cansada. Apenas comió aquel día, quería comunicarnos su deseo y quedarse otra vez sola.

- Quiero que quede bien claro - dijo cuando ya tomábamos el café que ella preparaba como nadie – que las cenizas de vuestro padre se quedarán conmigo hasta el día de mi muerte y cuando yo muera, os pido que mezcléis mis cenizas con las suyas y las enterréis en el jardín de nuestra casa de Ronda como él lo deseaba. Buscar el mejor sitio y plantar sobre ellas un árbol de mimosa. Siempre deseé tener uno, sin embargo, no sé por qué, jamás lo conseguí. Esa será nuestra tumba.

Una semana después, no respondió a nuestras llamadas. La encontramos muerta en su cama, no pudimos descubrir el motivo. Su corazón, lo mismo que el de nuestro padre, se había parado.

Aquel día, 26 de Julio, el deseo de mi madre se había realizado y yo tomé una decisión. Me quedaba con la casa de Ronda, volvería a ser mi residencia. Mi profesión de abogado criminalista con bufete propio, me permitía libertad de movimientos, así que no había problemas. Siempre conservaría mi piso en Madrid pero mi residencia estaría allí, en aquella casa, ya me las arreglaría de alguna forma para trasladarme de una ciudad a otra cuando fuera necesario.

Mis hermanos aceptaron mi decisión con satisfacción y cuando les dije que pensaba pagarles la parte correspondiente que a cada uno

Magda R. Martín

le tocase del valor de la casa, Cristóbal tomó la palabra para decidir sobre el asunto. Seguiría siendo nuestra casa, la de todos. Nadie debería pagar nada por ella a los demás, quien decidiera residir allí se encargaría de su mantenimiento hasta su muerte y, entonces, pasaría a otro hermano, el que así lo deseara y si no había ningún candidato se echaría a suertes, pero la casa siempre estaría en manos de uno de nosotros, de la familia Martín Rodero. Ni se vendería ni se perdería. Allí estaban nuestras raíces, los restos de nuestros padres, el recuerdo de toda nuestra vida. Siempre sería nuestra casa.

El tiempo veraniego permitía la coincidencia de las vacaciones y eso me dio tiempo para formar en mi mente la nueva ubicación de mi vida. Acondicioné la casa a mi gusto, me rodeé de lo necesario y lo deseado y sólo dejé en el piso de Madrid, lo que necesitaba para usar en mi trabajo cuando tuviera que trasladarme a la gran ciudad.

Al verme solo, acompañado de tantos recuerdos, muebles, cuadros, pinturas, utensilios casi olvidados, me llené de un deseo de retroceder en la vida, y busqué las fotos familiares. Álbumes y cajas llenas de fotografías sin clasificar de toda una vida muy intensa de una familia numerosa como la nuestra. Así comencé a descubrir la historia, nuestra historia, mi historia.

Magda R. Martín

2

Después de acomodarme en la casa de Ronda me planteé un nuevo sistema de vida. No tenía obligaciones, todo el tiempo era mío y debía clasificarlo para poner orden en mis tareas. Me acostumbré a emplear unas horas de la tarde, después de una corta siesta, en observar las fotos que mis padres conservaban en varios álbumes. Como ya he dicho, el tiempo vacacional que podía prolongar hasta bien entrado el mes de Septiembre, daba una sosegada libertad a mis actos. Tenía tiempo de sobra para investigar en la historia de nuestra vida. Un gusanillo fisgón y entrometido, posiblemente el mismo que me había llevado a escoger mi profesión de abogado criminalista, despertaba en mí una curiosidad, casi me atrevería a decir que insana, sobre los sucesos ocultos de la biografía de los Martín Rodero. Esos sucesos que nunca salen a la luz, escondidos bajo capas de honradez, bondad y discreción pero que si se consiguen manifestar, dejan sorprendidos a más de uno, incluso a nosotros mismos porque, jamás, nos habríamos visto capaces de actos o actitudes susceptibles de ocultar.

Mi vida se desarrollaba dentro de una tranquila soledad que me proporcionaba una paz no experimentada desde hacía tiempo. Madrid era una enorme ciudad en la que poco sosiego se podía conseguir. Prisas, traslados largos, tráfico que dificultaba estos

Magda R. Martín

traslados, ruidos continuos, llamadas telefónicas a todas horas e invitaciones a las que no te podías negar, si deseabas seguir siendo un miembro más o menos responsable en la sociedad. Ahora nadie ni nada me presionaba. El abogado Pedro Martín Rodero estaba desaparecido en vacaciones y me sentía feliz en el aislamiento buscado mientras hurgaba en una historia de la que yo era una parte activa.

La casa tenía dos pisos y una pared de ladrillo visto rodeaba el jardín, no excesivamente grande, protegiendo su intimidad de las miradas ajenas. A primera vista se podía decir que era cuadrada, sin embargo, la pared trasera y la frontal tenía unas dimensiones algo menores que los laterales, lo que producía una sensación rectangular si se prestaba atención. El suelo frente a la fachada que se extendía hasta la verja de entrada, se adoquinó en su tiempo y el resto que rodeaba el edificio estaba cubierto por una graba fina y blanquecina con la que jugábamos todos los hermanos cuando éramos niños. Sólo tenía dos árboles. Una higuera que siempre estuvo ahí desde que se compró el terreno para edificar y que se encontraba casi en el ángulo de la pared de la izquierda según se entraba por la verja, y el otro, un sauce llorón que adornaba la parte trasera de la casa, en el ángulo de la pared de la derecha. Este lado derecho, no se por qué, siempre fue el menos visitado, quizás, por estar más ensombrecido y ser algo más estrecho. (El edificio, la casa propiamente dicha, se había edificado dejando más margen de tierra en un lado que en el otro). Por una singularidad que nunca logré desentrañar, en esta parte solitaria, era donde mi madre acostumbraba a aislarse, a leer, a pensar, o simplemente a contemplar el cielo, como ella decía, cuando se sentaba en un banco pintado de verde que mi padre colocó junto al sauce de una manera algo estratégica y desde donde, a pesar de no estar muy a la vista, casi se podía vislumbrar toda la casa. Mi madre era el vigía, centinela atento a todos los sucesos de los que no perdía detalle.

11

Magda R. Martín

En el otro ángulo del jardín, justo frente al sauce, había un tiesto grande en el que crecía un naranjo que había brotado de unas semillas y tenía ya unas dimensiones bastante aceptables. Seguramente se colocó allí por ser el lugar más soleado del jardín, pero al estar plantado en un tiesto, su crecimiento era lento y, tal vez, ese era el motivo por el que ninguno de nosotros lo consideraba un árbol sino una planta grande que crecía muy despacio. La tapia que rodeaba la finca se había ido quedando con el tiempo un tanto desangelada, sin plantas que la cubriesen y la fuente semicircular era su único adorno. En la parte trasera, entre el sauce y el naranjo, mi padre construyó una puerta que la llamábamos "la puerta de escape", porque nos parecía eso, una puerta para escapar si queríamos que nadie nos viese salir por la principal y que comunicaba con un campo en el que nunca se construyó casa alguna por lo que daba una amplitud de horizonte que mi madre admiraba con frecuencia. Desde la ventana del último piso, se divisaba la serranía y el amplio cielo que a ella tanto le gustaba contemplar. La puerta principal, era una verja de hierro forjado con herrajes muy adornados en forma de rosetones y espirales de la que mi padre se sentía muy orgulloso y que, poco a poco, fue adquiriendo modernidades como, cambiar la campanilla por un timbre que se oía en el interior de la casa y desde donde se podía abrir sin tener que salir.

La casa constaba de dos pisos más la buhardilla. En la planta baja sólo se encontraba una sala bastante amplia que llamábamos "la biblioteca" porque en sus paredes se apoyaban unos armarios acristalados llenos de libros que se habían ido acumulando, unos por estudio y otros por simple entretenimiento, como narrativa o poesía a la que mis padres eran bastante aficionados. En esta sala-biblioteca era donde se pasaba a las visitas cuando tenían que esperar. Tenía un ventanal que daba al jardín y desde él se visualizaba toda la pared de la izquierda donde se encontraba la fuente y, en la esquina, el tiesto con el naranjo. Desde el día que enterramos las cenizas de

Magda R. Martín

mis padres, también se podía contemplar el árbol de la mimosa que pensé, sería un adorno precioso cuando estuviera en flor.

El recibidor, se extendía hacia la parte trasera donde había un corto pasillo en el que mi padre acomodó, con el tiempo, un cuarto de aseo en un extremo y en el otro, un pequeño armario guardarropa. Entre estos dos habitáculos, se abrió una puerta de salida a la parte de atrás del jardín desde donde, directamente, se podía conectar con la "puerta de escape" sin ser visto por nadie. Aquí he de decir que, más de una vez, en nuestra adolescencia, la usamos para salir y entrar en nuestras correrías sin ser vistos por mis padres, aunque ahora, desde la perspectiva del tiempo, dudo que pudiera ser cierto, quizás, simplemente nos dejaban creer que así era.

Un tramo de diez escalones que se encontraba en la pared de la derecha del recibidor, nos llevaba a un pasillo donde se alargaba la barandilla de madera labrada de la escalera y desde donde se entraba al resto de las estancias que componían la vivienda: cocina, salón-comedor, un pasillo donde se entraba a los tres dormitorios, más la alcoba de mis padres, y un pequeño despacho donde trabajaba mi padre y que se agrandó con el tiempo.

Y por último estaba lo que a mí más me gustaba: el trastero. Se encontraba en lo que llamábamos la buhardilla a la que se subía por una escalera escamoteable situada en el techo del pasillo donde estaban los dormitorios. Ese era mi lugar preferido, aunque no estaba siempre permitido subir a él porque era donde se guardaban las cosas desechables, pero que no se querían tirar a la basura y sólo se limpiaba y arreglaba de vez en cuando. Aquel lugar era mi encierro, mi escondite cuando me podía la tristeza o simplemente cuando quería estar solo. Tenía una ventana bastante grande en el techo inclinado a la que yo me empinaba desde un taburete para asomarme y ver, desde aquella atalaya, los tejados de la ciudad y parte de la serranía de Ronda.

13

Nuestra Casa (La Casa de la Mimosa)

Magda R. Martín

Durante el verano de 2007 en el que se desarrollaron los hechos, me planteé la estancia en la casa como un descanso vacacional. Las mañanas eran el momento de mis salidas. Compraba lo que necesitaba, tomaba un café en un bar, charlaba con alguien que todavía nos recordaba aunque cada vez eran menos. Los mayores fallecían u olvidaban y los jóvenes sólo tenían una ligera idea (casi siempre de oídas), sobre una familia que era la dueña de aquella casa bonita a cuyo interior se accedía mediante una verja de hierro forjado de la escuela rondeña. Luego comía en soledad, unas veces en casa, en el jardín si hacía buen tiempo y así lo deseaba, otras en el interior, casi siempre en la cocina. En aquellos bancos que ocupaban un ángulo de una cocina con suficiente capacidad para albergarlos y que los hermanos decíamos, entre bromas, daban a la estancia el aspecto de un McDonalds. Cuando me sentaba allí, recordaba. Conversaciones, la ayuda a los hermanos pequeños, los dos gemelos Miguel y Alonso, siempre juntos, siempre uno al lado del otro, el uno rubio y el otro moreno, fáciles así de identificar, según comentarios de nuestros padres. La última en nacer que colmó de alegría a la familia y de la que los mayores tuvimos el privilegio de presenciar el parto, la niña: Paloma; nuestra preciosa hermana pequeña y el solitario Carlitos. El niño que, buscando el nacimiento de una hembra entre tanto varón, nació cuatro años después de los gemelos y que se sintió siempre algo aislado. No tenía para compartir juegos con ningún hermano cercano. La siguiente, cuatro años después, fue la niña tan deseada. Sin embargo, todo era armonía en aquellos tiempos que recordaba tan felices. Mi madre siempre ocupada en la cocina ayudada por mi padre que no tenía inconveniente en remangarse y fregar, cocinar o atender a los hijos poniendo orden en peleas o discusiones que siempre abundaban aunque también siempre acababan en risas y buenas palabras. Sí, me sentaba en aquellos bancos, ahora solitarios y recordaba. Diferentes caracteres; Joaquín el más conflictivo, problemático, peleón, al

Magda R. Martín

crecer y hacerse hombre, algo mujeriego. Cristóbal el más serio, el más sensato, el ayudador. Tal vez le tocaba ser así por ser el primero en el nacimiento, debía ser el más responsable.

Algo que no se borraba de mi mente en aquellas retrospecciones emotivas era el amor que se demostraban nuestros padres. En cualquier momento un abrazo, un beso, una caricia, una palabra cariñosa sin avergonzarse de ser oída. Al recordar esos momentos tan entrañables era cuando me hacía consciente de la correspondencia en su muerte. Era imposible que hubieran seguido viviendo el uno sin el otro, su amor mutuo no se lo hubiera permitido.

Por la tarde, si hacía calor, la siesta era inevitable y sobre las cinco, comenzaba mi trabajo de indagación por medio de las fotos.

Cierto día me percaté de que las fotografías de los álbumes exponían la sucesión de una vida demasiado cercana; desde nuestro nacimiento, adolescencia y juventud. Yo quería indagar más hondo, en los principios familiares. En aquellos abuelos que no conocí unos y supe muy poco de otros. ¿Por qué nunca se hablaba de ellos? Tíos, primos u otra clase de parientes que nunca conocimos y nunca nos preocupamos de saber si existían. Las pocas veces que se intentaba profundizar en estos asuntos, la conversación se tensaba y, con rapidez, se llevaba hacia otros derroteros. Nosotros éramos nuestra familia, la familia Martín Rodero. Los siete hermanos y nuestros padres, nada más. Pero yo sabía que no habíamos aparecido en este mundo por generación espontánea; detrás de nosotros tenía que haber unos ancestros, antepasados que nos habían transmitido además de genes, apellidos, y a partir de estas deducciones, se fue haciendo más intenso mi deseo de conocer a los parientes lejanos.

Así fue como, un día, subí al desván, a mi buhardilla, para rebuscar algo que me diera una pista. Sabía que se guardaban cajas con fotos antiguas y rebusqué entre lo que no se usaba, lo que estorbaba o lo que no hacía falta.

15

Magda R. Martín

Entre una mecedora desvencijada, banquetas deterioradas, algunos cuadros sin valor, un baúl que, al abrirlo, me hizo recordar tantos tiempos huidos que comenzaban a pasar a ese lugar de la mente repleto de escenas y que llamamos olvido. Camisetas de futbolista, unas botas para un pie infantil, bufandas, gorros de lana, botas de agua, casi nuevas, mezcladas con libros escolares de cursos primarios, muñecos y juegos infantiles pasados de moda, llenaron mi corazón de nostalgia. Una nostalgia tierna y al mismo tiempo dolorosa que llenó mis ojos de lágrimas. Entre todas aquellas prendas y utensilios se hallaba escondida la felicidad de una familia, la felicidad de aquella vida mía que comenzaba a extinguirse con la muerte de mis padres como si ellos fueran el principio y el fin de la historia. Los demás, los hijos, los nietos y las parejas, éramos personajes secundarios que acababan haciendo mutis por el foro cuando terminaba la representación. Ellos, los padres, eran la vida, el cogollo del fruto familiar y alrededor, nos desenvolvíamos nosotros, los hijos. Los que habíamos nacido de aquella comunión amorosa.

Comprendí que esta devoción por mis progenitores se hacía cada vez más intensa y el deseo de saber cómo surgió aquel amor tan profundo entre ellos, se incrementó y dio nuevos bríos a mi curiosidad.

Al fin encontré lo que buscaba en el cajón de una estantería vieja a la que le faltaban varias baldas. Eran dos cajas de cartón de un tamaño mediano, que se adivinaban bastante repletas y que sujetaban una tapa difícil de mantener cerrada, con una cinta un poco ancha que parecía de regalo atada con una lazada. La abrí expectante y allí estaban. Fotos y más fotos que no podía identificar.

Con mi tesoro entre las manos bajé de la buhardilla y las coloqué sobre la mesa de despacho que mi padre usaba en vida. La mesa ya no estaba llena de papeles ni cubierta de libros como cuando la casa todavía se mantenía habitada. Aquel cuarto que se ubicó como despacho o lugar de trabajo y también de descanso para mi

Magda R. Martín

padre, se encontraba situado en un aparte de la casa, al que se llegaba por media docena de escalones que se habían construido en el salón y que daba pared con pared al desván o buhardilla. Allí todavía se conservaba, además de la mesa, un tablero que mi padre usaba para sus dibujos de tallas de muebles que fue su profesión, un sofá que podía transformarse en cama y un par de butacas, aparte de dos estanterías para libros (ahora semivacías). Pensé que aquel era el sitio más idóneo de la casa para llevar a cabo el estudio deseado. Incluso sentí una energía especial que se asociaba a la estancia y me invitaba a proseguir como si fuera una ayuda extra a mi investigación.

Mi idea era intentar ordenar las fotografías por fechas correlativas dentro de la posibilidad que me diera la información de las fotos y mi intuición. Y así fue como comenzó mi trabajo.

Compré un paquete de folios para colocar las imágenes en cartulina, con las notas y fechas que pudieran darme una orientación y, una vez conseguido este orden, hilvanar una historia que pudiera ser más o menos exacta. Me faltaba saber si podría conseguirlo.

3

Era un jueves por la tarde. Estaba dispuesto con mis papeles extendidos sobre la mesa, la caja de fotos que creía eran más antiguas, una lupa para poder distinguir a las personas que estuvieran en un tamaño diminuto y así conocer su identidad, unas tijeras, un bote de goma de encolar y varios bolígrafos de diferentes colores, cuando sonó mi móvil. Era mi hermano Cristóbal.

- ¡Pedrito! ¿Qué haces chaval?

Su voz recia, tan parecida a la de mi padre me causó un sobresalto imprevisto. En aquel momento me consideraba solo en el mundo rodeado de mi trabajo de investigación.

- ¡Hombre, Cristóbal! ¿Cómo te va por ese Norte lluvioso?

- No tan lluvioso, estamos pasando un verano no excesivamente caluroso así que bueno para mi gusto, eso evita las quemaduras en la piel, aunque aquí, bueno... ya sabes, es difícil quemarse. Me tenías un poco preocupado, Pedro. Pensaba que estabas demasiado solo y con demasiados recuerdos ¿Qué haces? ¿Por qué no te vas a dar un viaje por ahí? a distraerte, a olvidar... Pedro. Date una vuelta por la serranía rondeña que estará preciosa en esta época del año.

Magda R. Martín

- No, Cristóbal, no te preocupes por mí. Estoy muy bien. Me he decidido a hacer un trabajo de investigación...

- ¿De investigación? - la voz de Cristóbal sonó ligeramente alterada - ¿qué te has propuesto investigar? Mira Pedrito que a ti te tengo miedo... eres imprevisible y nunca se sabe el resultado de lo que te propones hacer.

- ¡Jajaja! Tranquilo... no pasa nada... Estoy buscando fotos familiares, husmeando, ya sabes... la mente se me ha llenado de recuerdos que me gustaría aclarar.

Me respondió un silencio bastante largo.

- ¿Estás ahí Cristóbal?

- Sí... sí. - Otro silencio me dejó esperando hasta que la voz de mi hermano, que me pareció con un leve toque de preocupación, me volvió a la realidad - Pedro, deja los recuerdos en la mente... tranquilos... creo que, algunas veces no es bueno sondear demasiado en la vida de las personas. Las cosas son como son y punto.

- ¿Es que sabes algo que yo no sé? - pregunté un poco receloso ante su consejo.

- No, Pedrito, no..., no sé más de lo que tú puedas saber de la familia, en todo caso lo único en lo que puedo superarte es en algún recuerdo por ser algo mayor que tú, pero nada más. Lo que pasa es que no me gusta demasiado que estés ahí tu solo dando vueltas a las cosas. Distráete, Pedro. Sal, ven a Santander unos días si te apetece y charlamos. Aquí estamos todo el verano y sabes que en la casa de los padres de Pura hay sitio para todos.

Magda R. Martín

Sabía que me lo decía con buena intención y adiviné, entre palabras, cierta soledad en mi hermano. Veraneaban todos los años en Santillana del Mar en una casa que pertenecía a los padres de Pura, su mujer. Ellos y sus dos hijos, pasaban allí las vacaciones y no le vendría mal mi compañía pero yo tenía otras ideas y no me apetecía darles un cambio.

- Nada, Cristobalito, no me voy a mover de aquí en todo el verano pero es posible que te llame, si no te molesta. Es muy probable que necesite tu ayuda, mejor dicho, la ayuda de tus recuerdos para poner orden en la historia.

- Llámame cuando quieres, yo te diré cuanto sé o todo lo que puedo recordar - después de un silencio en el que pude oír una ligera risa, continuó - ¡No..., si al final vas a escribir un best seller! ¡La saga de la familia Martín Rodero!

- Pues quién sabe, tal vez hasta me haga famoso... ¡jajaja!

- Lo dudo... como no te lo inventes... creo que en nuestra familia no hay ningún misterio.

- Bueno, yo también lo creo así, es simple curiosidad...

- Sí, lo entiendo. Entre todos los hermanos tú has sido siempre el más familiar. El que siempre ha deseado que todos estuviéramos unidos. El que ha sufrido más con las imperfecciones y defectos de nuestros caracteres. Pero los humanos somos así, Pedrito, imperfectos. Hay que admitirlo.

- Lo tendré en cuenta, Cristóbal.

Magda R. Martín

- Te dejo, Pedro. Me reclaman para salir con unos amigos. Pásalo bien, distráete y tenme al corriente de tus investigaciones.

- Un abrazo, Cristóbal, un beso a Purita y a los chicos y saludos a tus suegros.

- Adiós, Pedro.

Aquella llamada imprimió en mi ánimo dos sensaciones opuestas. Una de afecto. Mi hermano mayor era la persona más bondadosa que había conocido. Cuando su figura se hacía presente en mi mente, predominaba la sensación de seguridad. Si sucedía algo complicado, difícil de resolver, Cristóbal era la persona adecuada en la quien confiar. Siempre dispuesto a ayudar, a solucionar el problema, a dar la cara por los demás y cuando conseguía enderezar el entuerto, se le veía feliz como si la solución hubiera sido algo de personal interés. Y la segunda sensación era de inquietud, pero una inquietud muy sutil, que se evadía en volutas invisibles imposibles de retener para darle una configuración. Era algo que él había dicho o presentía dejando escapar esa energía invisible que comunica las sensaciones, pero no podía saber qué. Por más que intentaba recordar la conversación no podía definirlo. Una frase, una palabra, un pensamiento o idea pero ¿cuál? Era la lucecita intermitente que se enciende siempre en la mente, el piloto rojo, sin embargo, no podía darle ni forma ni cuerpo. Se me había escurrido entre las manos. Tal vez, en otra conversación, volvería a surgir a la luz. Sólo debía de estar atento. Cristóbal era un hombre muy intuitivo y yo me consideraba muy sagaz. Una buena mezcla para la investigación.

La conversación telefónica me dejó con una cierta desazón que no sabía dominar y decidí abandonar el trabajo que tenía entre manos

21

para salir a la calle a dar un paseo, necesitaba airear mis pensamientos.

Con paso lento, observando las calles, las casas, tan recordadas, sus habitantes, sus tiendas que rememoraban mi infancia y levantaban inmensas oleadas de nostalgia, llegué a la Alameda. El más hermoso parque que he conocido. Allí, recorriendo sus hermosos paseos entre árboles centenarios, di rienda suelta a mi pensamiento. Lo dejé vagar por entre los caminos, por entre aquellos árboles tan amados entre los que había aprendido mis juegos, unas veces acompañado de mis padres, otras con mis hermanos. Mis escarceos de adolescente. Unas veces amorosos, otras con dudado civismo que acababa en reprimendas de unos y otros. Me vino a la memoria aquel Juez amigo de mi padre... ¿cómo se llamaba? Se reunían a tomar una cerveza y charlar de política, de negocios... Tenía dos hijos. Un chico y una chica. La niña, Maripaz, tonteaba con Cristóbal y Joaquín se la quitó, por lo que hubo ciertas diferencias entre ellos que llegaron a enfados algo serios. Pero todo se olvidó. Mis hermanos abandonaron la ciudad para estudiar sus carreras universitarias. Cristóbal acabó medicina en Madrid, Joaquín se volvió con los libros bajo el brazo dando un disgusto fenomenal a mis padres y comenzó a rodar por la vida de un trabajo en otro, hasta que en la capital puso un negocio de electrónica con un amigo que nadie sabe donde conoció y que acabó siendo su cuñado pues se casó con Encarnita, la hermana mayor del chico, matrimonio que, por cierto, acabó mal. Luego separaron el negocio y, en la actualidad proveía a unos grandes almacenes de los aparatos electrónicos que fabricaba, o eso creía yo. La verdad era que a Joaquín siempre se le había dado bien la fabricación de cualquier artefacto, eso le gustaba. Con este recuerdo confirmé la idea de que mi hermano Joaquín había equivocado su camino en los estudios. Debería haber escogido algún aprendizaje sobre mecánica o algo por el estilo pero, todos sabíamos,

Magda R. Martín

que era un poco el "cabeza loca" de la familia Martín Rodero. O, tal vez, el destino lo tenía marcado para que fuera él la oveja negra.

Con estas ideas danzando por mi cabeza, me encontré frente al quiosco templete donde tanto había corrido, con amigos y hermanos, aprendiendo a montar en bicicleta por sus alrededores. Las gradas estaban atestadas de turistas y nativos que descansaban de sus paseos sentados sobre ellas. Y, en un impulso retroactivo, me senté yo también para disfrutar de la brisa que refrescaba el intenso calor del verano.

La voz del anciano que se encontraba a mi lado, cortó mis pensamientos. Lo miré sorprendido, todavía no era consciente de que, en realidad se dirigía a mí hasta que sus palabras me presentaron la evidencia.

- ¿Usted es uno de los chicos de Don Cristóbal, verdad?

El anciano, se apoyaba sobre un bastón que se veía muy usado, calzaba unas zapatillas sin calcetines, una camisa de un rosa pálido de manga corta cubría su torso y protegía la cabeza con una gorra de visera a la que también se podía adivinar se le había dado bastante uso. Me fijé en su cara cruzada por profundas arrugas, desconocida para mí, en la que destacaban unos diminutos, apagados y pitañosos ojos. Tuve que concentrarme en la pregunta durante unos segundos hasta que la comprendí.

- Sí... sí. Mi padre se llamaba Cristóbal.

- Hacía mucho que no se les veía por aquí. Se ha corrido la voz de que ha muerto hace poco ¿no?

- Pues sí. Murió hace poco más de dos meses, él y mi madre también...

Magda R. Martín

- ¡Joder, que puta vida...! - Hizo un silencio que me sirvió para intentar darle el lugar correspondiente a aquel anciano en la vida de la familia pero no fue posible, probablemente sería una amistad más, alguien del pueblo que yo no podía recordar. Sus palabras volvieron a sorprenderme y presté atención - Todavía recuerdo cuando Cristobalito como lo llamaban entonces, vivía con el Comandante y venía a visitarlo el Almirante, de vez en cuando... Paseaban por el pueblo, hacían algún viaje corto por la serranía y luego todo volvía a ser igual.

Yo no sabía de qué me hablaba aquel hombre. Las personas que citaba eran desconocidas para mí. ¿Mi padre vivía con un Comandante y le visitaba un Almirante? Aquel pobre viejo soñaba o estaba equivocando recuerdos pero no me atreví a preguntarle para que me diera más explicaciones, no me parecía con suficiente capacidad mental como para remover memorias, así que me limité a sonreír como si comprendiera su comentario y callé. Estuvimos un rato en silencio, observando cómo los paseantes se fotografiaban con sus cámaras de vídeo y observaban el panorama desde el mirador, luego volví a oír su voz.

- Lola, la enfermera, también se murió, hace ya un par de años - me miró sonriente con una mirada llena de legañas que, me pareció, quiso ser pícara y continuó - ¡anda que no corrió tu padre con aquella chica! - volvió a hacer un silencio en el que pude comprender que revivía escenas pasadas y añadió - Era guapa, la Lola... muy guapa... una morenaza cañí... ¡sí señor!

Volví a sonreír sin saber que responder. La Lola... Otro personaje que, o no conocía, o había olvidado por completo. Aquello

24

Magda R. Martín

comenzaba a despertar en mí un interés inusitado. ¡Caramba! En nuestra familia había más vida de la que yo podía figurarme.

- Luego, cuando se trajo a tu madre a vivir aquí, todo cambió - volvió a rememorar con la vista al frente, levantó la gorra ligeramente con la mano y se rascó la frente como si este gesto le ayudara a concretar las ideas - Sí... él cambió por completo... el Cristobalito... con aquellos tres amigos legionarios... con los que se juntó cuando hizo la mili en Marruecos... - Me miró y pude ver una sonrisa desdentada, sólo un par de colmillos viejos, grandes y amarillentos, destacaban en el hueco de su boca. Me dio una palmada cariñosa y me dijo: - Bueno chaval ¿y tu madre? - Comprendí que no se había enterado de lo que le había dicho o no había prestado atención inmerso en sus recuerdos.

- Murió hace poco también...

- ¡...cachis la cosa...! Si es que la vida no perdona.... - Se apoyó sobre la garrota, tomó impulso y se levantó - Bueno... hala... a seguir bien... - y lento pero seguro dentro de la seguridad que podía dar un paso artrítico, se alejó.

Me quedé un rato pensativo intentando ordenar sus palabras. Luego me levanté y me acerqué a observar la vista grandiosa del tajo que siempre me sorprendía por mucho que ya la hubiera contemplado. Debía relajarme. Las personas desconocidas de la vida de mi padre, rondaban en mi cabeza como danzarines mareantes que no paraban de dar vueltas. Decidí volver a casa y hablar con mi hermano Cristóbal, era posible que él sí recordara a los personajes de los que yo ignoraba su existencia.

Cuando entré por la verja, el reloj de mi muñeca, marcaba cerca de las nueve de la noche. Me sentí cansado, con ese cansancio

Magda R. Martín

absoluto que en algunos momentos de la vida nos abruma. No era el momento de aclarar situaciones, no llamaría a Cristóbal. Esperaría a que el oleaje desatado en mi mente con las palabras del anciano, se tornara en calma chicha. Entonces sería el momento de pensar con claridad y obtener respuestas precisas.

En la cocina, grande y espaciosa, me preparé un pescadito frito, como el que aprendí a cocinar de mi madre, aquella gran cocinera que era... mi madre... y entonces surgió la pregunta indiscreta; como infante impertinente, porfiaba en espera de una respuesta esclarecedora. ¿A quién había amado yo más, a mi padre o a mi madre? Ahora podía ser sincero y me regocijé con la serenidad de poder exponer a la luz con el ánimo tranquilo, todos aquellos sentimientos en la seguridad de que no iba a herir a nadie. Amé y amaba a mi madre con una gran ternura que jamás se extinguiría pero, en aquel momento espontáneo de veracidad, reconocí que mi pasión era mi padre. Siempre lo amé profundamente, admiré su carácter, su entereza, su valor, su capacidad para dialogar y convencer, el amor que profesaba a mi madre y a su familia y aquí, en este recuerdo, se paró la película en una imagen fija. De entre todos los hijos, mi padre a quien más amó fue a Joaquín. Al cabeza loca, al problemático, al calavera... Y pensé con cierto dolor que todavía surgía en mí al recordarlo ¿sería porque era quien tenía más parecido físico con él?

Después de cenar, salí al jardín y me senté en una tumbona frente al pequeño árbol de mimosa que decidimos plantar entre la fuente semicircular y el tiesto con el naranjo. Una luna redonda y llena, resaltaba los reflejos plateados de su follaje perenne.

4

Todas las mañanas se levantaban los primeros. Bajaban hasta la cocina y preparaban el café para todos, luego esperaban al chico que les llevaba los bollos frescos: croisanes, magdalenas o sobados, preparaban la mesa con los seis cubiertos y esperaban sentados bajo el porche de la entrada de aquella casa de campo que había pertenecido a la familia.

Así eran los padres de Pura, la mujer de Cristóbal. Oriundos de Santillana del Mar, la villa cántabra de las tres mentiras como se la conocía; porque ni es santa ni es llana ni tiene mar, vivían en la casona que habían arreglado para pasar en ella los meses de verano, al fresco, como acostumbraba a decir el señor Lorenzo, el padre de Pura, un militar retirado que había llegado a Comandante de Infantería, con esfuerzo, a causa de la cantidad de compañeros que tenía delante de él en el escalafón procedentes, todavía, de la guerra civil. La madre se llamaba Juliana por aquello de llevar el nombre de la Santa del pueblo pero todos acabaron llamándola Julita aunque, la verdad, el diminutivo no le iba mucho pues, desde muy joven, fue una chica tirando a gorda que acabó siendo una mujer obesa y traspasó estos genes a su única hija Pura pero, a ésta, no se le descubrieron hasta haber parido a los dos hijos que tuvo una vez casada con Cristóbal, aquel joven tan estudioso y formal que consiguió finalizar la carrera de medicina mientras ella la abandonaba después de suspender el primer curso. La madre, Doña Julita, había nacido en aquel pueblo, Villa, como siempre decía

Magda R. Martín

cuando los foráneos llamaban pueblo a la pequeña ciudad, y Don Lorenzo el padre, era oriundo de la capital, Santander. Se conocieron en el Casino, en una fiesta que se daba ya no recordaban de qué. Se casaron muy jóvenes y tuvieron a su única hija Pura, después de varios intentos malogrados, por lo que fue siempre muy querida y protegida aunque el carácter cabal de la niña, no permitió que los cuidados, tal vez excesivos, malograran su personalidad honesta.

La casa de Santillana era de la madre que la había heredado de la suya y acabaría siendo de Pura cuando los padres desaparecieran de esta vida. El invierno lo pasaban en Santander, en un piso de la parte alta de la ciudad donde el matrimonio vivía solo, cosa que a su única hija Pura la preocupaba, pues comenzaban a entrar en esa etapa que se conoce como ancianidad, y por este motivo, además de llamarlos por teléfono con frecuencia, los convenció para que, diariamente, se acercara a su casa una asistenta que pudiera atender su estado de salud y sus necesidades.

Cristóbal y Pura tenían por costumbre trasladarse a Santillana a mediados del mes de Junio y prolongarlo hasta que comenzaba Septiembre aun sabiendo que Cristóbal, debido a su profesión, tenía que viajar a Madrid más veces de lo deseado.

Aquel verano, a causa del fallecimiento de los padres, y también por un cambio de destino en su cargo de director de un Hospital, Cristóbal consiguió un descanso de dos meses, por lo que se sentía satisfecho disfrutando de aquel tiempo de ocio en la bonita ciudad.

Pura era una mujer suave, gorda como ya se ha dicho pero nada fea. Tenía un rostro de facciones bastante perfectas enmarcadas por una melena rubio trigueña que cuidaba mucho, unos grandes ojos azules, altura considerable que casi alcanzaba la de su marido al que amaba sin estridencias, como algo que estaba ahí desde siempre esperando que ella lo tomara y se lo adjudicara. Amaba también la casa de Santillana y esperaba los veranos con ansiedad para trasladarse hasta la bella población y disfrutar allí de una tranquilidad que nunca conseguía en Madrid. Adoraba a sus dos hijos, Cristóbal y Lorenzo, (sabía que no habían sido muy originales en buscar los nombres pero eso no le preocupaba, al contrario, le daba una seguridad, como si los nombres pudieran ser una continuidad del entendimiento que fue norma en la familia).

Cristóbal se casó con Pura porque le gustó su dulzura en el trato. No era agresiva, ni excesivamente fuerte de carácter, aunque luego, después del matrimonio, descubrió que eso no era cierto; Pura tenía una gran firmeza en sus ideas y cuando se proponía algo, era muy raro que no lo consiguiera. Se casaron una vez terminada la carrera y cuando nació el primer hijo, Cristóbal quiso especializarse en pediatría, le surgió el deseo de ser el médico de sus propios vástagos y así lo hizo, con rapidez y muy buenos resultados. En la actualidad, el mayor de sus hijos ya tenía la carrera de medicina medio terminada y el pequeño, la comenzaba en aquel próximo curso.

Cristóbal Martín Rodero, había sido muy afortunado cuando lo eligieron para dirigir uno de los nuevos hospitales inaugurados por la Comunidad madrileña en el suroeste de la capital y como su nueva actividad comenzaba en el mes de Septiembre, este suceso le dejaba libre los meses de verano. Siempre había destacado como un hombre muy cumplidor de su deber, le gustaba hacer las cosas bien, lo consideraba ineludible. Todo aquello que la vida te encomendara, sea lo que fuere, debía de realizarse a la mayor perfección y hacerse responsable con todas las consecuencias. Lo llevaba en la sangre, en su carácter. Desde niño fue el apoyo de la madre en los trabajos, en las peleas de los hermanos incluso en las desavenencias conyugales, que también las hubo.

Cuando estaba en Santillana, disfrutaba del hermoso entorno, de su paz que decía almacenaba para sacarla en pequeñas dosis a su vuelta al ajetreo de Madrid. Era bastante metódico y le gustaba la soledad, si lo dejaban, porque aun así y todo, si le proponían una salida, una cena imprevista o cualquier otra distracción en compañía,

Magda R. Martín

no se negaba, aceptaba y procuraba divertirse lo más posible o, por lo menos, no amargar el festejo a los demás. Cristóbal era un hombre bueno.

Aquella mañana, como todas las de sus vacaciones, excepto las lluviosas, antes de desayunar se daba un chapuzón en la piscina que decidieron añadir en el terreno de la finca aportando cada uno la parte proporcional correspondiente al gasto de instalación y mantenimiento que era bastante elevado, pero lo habían hecho con gusto y la satisfacción conseguida les daba como amortizado el gasto. Después del chapuzón, se vestía unos pantalones finos de pinzas casi siempre de color beige y una camisa de manga corta de las que Pura se encargaba de que tuviera todas las gamas de colores para escoger y se sentaba a desayunar y preparar el día. Luego, cada uno era libre de hacer lo que más le gustara. Los chicos se acercaban al centro del pueblo en busca de amigos y mientras las mujeres adecentaban la casa, aquella casa tan bien acondicionada de seis habitaciones a las que no le faltaba detalle dispuesta siempre para recibir familiares o amistades, él, en compañía de su suegro, se sentaba en el porche a leer el periódico traído también por el mismo pasiego que les suministraba los bollos. Pero aquella mañana era algo diferente. La conversación con su hermano Pedro el día anterior le había dejado una inquietud que no terminaba de encajar.

Aunque no podía dar una explicación lógica, aquel deseo de Pedro de indagar en la vida de la familia, no terminaba de satisfacerle, cada vez que pensaba en ello le dejaba un regusto de acidez. Como si le hubiera sentado mal una comida o se hubiera excedido, hasta cierto punto, en la bebida. Se sentía mal. Y aquella mañana de verano, descubrió que la idea de Pedro le causaba temor, miedo.

Se disculpó ante su suegro, subió al piso donde estaba su dormitorio, oyó a las dos mujeres conversar en otras habitaciones y salió a la balconada con barandilla de madera labrada, típica norteña,

Magda R. Martín

que estaba en el frente de la casa y que ocupaba de un lado al otro toda la fachada central. Se sentó en una mecedora que siempre se encontraba allí para poder descansar la vista en la hermosa panorámica de los montes cercanos y le permitió a sus pensamientos que se fueran ordenando para, así, aclarar la situación y devolver la serenidad a su ánimo.

Pedro no iba a cambiar nunca. ¡El enredador de la familia! Así lo llamaba su madre. Siempre estaba metido en algún lío, pero líos que él mismo se buscaba con sus palabras o actitudes y es que Pedro tenía una cualidad que, al mismo tiempo, era un defecto. Su sinceridad. Decía lo que pensaba pero sin mala intención, hasta que se percataba de su inconveniencia. Sin embargo, era un chaval que poseía una gran ternura, una profundidad de sentimientos muy marcada y un deseo de afecto que le obligaba a buscar caricias en todo aquel que quisiera ofrecérselas. Su madre lo amaba con un cariño especial, nunca pudo adivinar por qué. Tal vez el accidente que tuvo a los tres años cuando al atravesar la calle el coche lo tiró por los aires y lo dejó en coma, hizo nacer en la madre una predisposición particular a la protección. Nunca había vuelto a ver a su madre tan alterada, tan asustada como en aquella ocasión.

Estaban jugando en la calle. Esperaban a que su padre terminara una conversación con Juanjo y Mariola, aquellos amigos mayores que fueron como unos segundos padres para ellos. Iban a comprar unos cuadernos o plastilina o unas pinturas que necesitaban para el colegio, de eso no se acordaba muy bien. Estaban los tres mayores, él, Joaquín y Pedro. Corrían uno detrás de otro y para que Joaquín no lo agarrara, Pedro cruzó la carretera. El coche no pudo frenar a tiempo, lo arrolló. Sólo tenía tres años y él lo vio saltar por los aires y estrellarse contra el suelo. No podría olvidar nunca el profundo pánico que sintió al presenciarlo y todavía, cuando se concentraba en aquel recuerdo, notaba claramente el calor de la mano de Joaquín que se agarró a la suya en busca de un amparo ante la indefensión de

31

los hechos. Se quedaron solos en la acera. Sólo fue consciente de carreras, gritos y ambulancias. No sabía ni cómo ni cuándo ni con quién llegaron otra vez a casa. Eso sí, recordaba la desesperación de su madre cuando su padre le dijo que Pedrito estaba en el Hospital.

"¡¡Está muerto, está muerto!!", gritaba mientras pretendía salir por la puerta sin tener conciencia de donde debía ir. Su padre la abrazó con fuerza e intentando calmarla, repetía una y otra vez: "¡no está muerto, no está muerto!" Recordaba con mucha intensidad aquellas palabras que su madre repitió entre sollozos una vez relativamente calmada. Él sólo tenía seis años pero no las olvidaría jamás: "Dios me está castigando, Cristóbal", - le decía a su padre - y lo repetía una y otra vez entre unas lágrima imposibles de detener. El padre no deshacía su abrazo y casi en un susurro, ahora creía que con mucha probabilidad fue para controlar su dolor, repetía: "Dios no te castiga, Carmen... no... Dios no castiga nunca...", y la besaba con ternura y fuerza al mismo tiempo.

Por fortuna, aquel suceso tuvo un buen final. Cuando la madre llegó al hospital, Pedrito salía del coma y la llamaba desorientado - eso explicaban siempre que salía a relucir el suceso -. Durante un tiempo, la cicatriz de la cabeza fue motivo de ese orgullo infantil que te diferencia de los demás y capta la atención de mayores y pequeños. En la actualidad, reconocía que, para el carácter de Pedro tan predispuesto al afecto, aquel incidente le debió dar una felicidad que no le resultaba fácil encontrar. Lo acaecido estaba en boca de todos, era un milagro que no estuviera muerto. A cualquier persona le enseñaba el costurón de la herida que era considerable, como si fuera un trofeo de guerra. Recordaba como estuvo con aquel pelo tan pelirrojo que tenía y que le daba un aspecto todavía más marcado de niño travieso, cortado al cero durante un tiempo bastante largo, y en invierno, le compraron una gorra de visera que llevaba el logotipo

Magda R. Martín

de los Chicago Bulls. Tuvo que estar bajo supervisión médica y se quedó bastante delgado y pálido. Pedro era el más alto de todos los hermanos pero también el más flaco y aquel accidente intensificó su altura y su delgadez. Siempre oía decir a su madre: "este hijo parece un saltamontes, sólo tiene "patas"".

Ensimismado en estos pensamientos observaba el reflejo de la luz solar sobre los tejados de las cercanas casucas de campo construidas con lajas superpuestas y tejas de adobe mientras en su mente se mostraba con claridad la figura de su hermano. En otra ocasión estuvo a punto de ser expulsado del colegio por insultar, dijeron, a una profesora. Pero eso fue mal interpretado. Pedrito nunca insultaba a nadie, por lo menos no con ánimo de insultar empleando la palabra propiamente dicha y en toda su extensión. No. Pedrito decía lo que sentía y la profesora en aquel momento, era lo que Pedro le dijo. El padre tuvo que ir al colegio, disculparse, regañarle al hermano y hacerle prometer que sería más cuidadoso en sus expresiones. Y así un millar de cosas. ¡Pedrito, que recuerdo tan entrañable! Era muy inteligente. Sacó su carrera de leyes con muy buenas notas y se especializó como abogado criminalista. Era un poco soñador, imaginativo, pero aquellas cualidades o defectos, le servían en la profesión. También estudió psicología forense sin llegar a sacar título ninguno pero eso era una ayuda más para desentrañar los casos que se le podían presentar. La verdad es que era un estudioso, le gustaba entretenerse en la lectura de casos extraños o de difícil solución o nunca solucionados y para eso consiguió, con su simpatía y profesionalidad, amistad de policías y guardias civiles que le explicaban sucesos inexplicables de los que buscaba datos para poder estudiarlos y más de una vez, solucionarlos. A Pedrito siempre se le veía con un libro en la mano. No era de extrañar aquel deseo de investigar en la familia... pero a él le asustaba.

Magda R. Martín

Tuvo mala suerte en su matrimonio. Conoció a Montse en Barcelona, en unos Congresos a los que asistió o algo así. Montse no es que fuera una mala chica, un poco redicha, algo prepotente como buena catalana, que se encaprichó de Pedro cualquiera sabe por qué. Tuvieron dos niñas muy seguidas, ahora tenían 14 y 15 años, no estaba muy seguro, y vivían con su madre en Barcelona y con un sucedáneo de padre, nombre que Pedro daba al hombre al que su ex-mujer se había unido. La desunión llegó, aparte de que porque el cariño no era muy fuerte, Montse no quiso trasladarse a vivir fuera de Barcelona, quería a toda costa que Pedro fuera quien se trasladase a la capital catalana cosa que, de ninguna manera consiguió. Y así quedó todo. Montse le envió su petición de divorcio cuando encontró una nueva pareja con la que deseaba casarse y eso fue el final. Mirando las cosas objetivamente, ninguno de los hermanos había conseguido la unión familiar que los padres tuvieron. No. Ninguno.

El sonido del timbre de su móvil lo sorprendió y le hizo volver a la realidad. Lo había dejado sobre la mesita de noche con el cargador de la batería funcionando. Se acercó en un salto y oyó la voz de Pedro.

- ¡Caramba Pedro! ¿Puedes creer que estaba pensando en ti?

- Bien o mal.

- ¡jajaja! Pues... la realidad... en nuestra infancia... en aquel tortazo que te dio un coche cuando tenías tres años.

- ¿Puedes creer tú que yo no me acuerdo absolutamente de nada? Por lo único que conozco la verdad del suceso es, aparte de porque vosotros lo contáis, es por la cicatriz que todavía se puede contemplar en mi occipital derecho.

Magda R. Martín

- ¿Para qué me llamabas, alguna pregunta para tu investigación?

- Pues sí, Cristóbal. Ayer estuve paseando por la Alameda y me senté un rato en las gradas del quiosco para recordar tiempos pasados...

- ¡...qué tiempos más hermosos, Pedro...!

- Sí, realmente hermosos pero, a lo que iba... un anciano desconocido para mí, me habló sobre nuestra familia y mencionó a unas personas que yo no recuerdo en absoluto, me gustaría saber si tú sabes quienes pueden ser.

Por el balcón abierto se pudo oír la llegada de un coche que frenaba junto a la casa y con el teléfono en la mano, Cristóbal salió para ver quién los visitaba. Se quedó perplejo. Joaquín, bajaba de un BMV en compañía de una chica rubia de aspecto extranjero.

- Pedro tengo que dejarte ¿a qué no sabes quién acaba de llegar en un BMV? - sin esperar respuesta, dijo: - Joaquín. Viene acompañado de una rubia desconocida... ¡a ver qué trae éste! Ya te explicaré.

- Vale Cristóbal. Llámame cuando tengas un momento libre y me explicas la historia ¡cuidado con Joaquín! que yo soy el enredador de la familia pero él es el de los líos...

- Lo sé, Pedrito, lo sé. Ya estoy preocupado. Voy a ver qué sorpresa nos trae. Venga cuídate y ya me explicarás de quién quieres que te hable... si es que los recuerdo.... Un abrazo.

- Un abrazo, Cristóbal.

5

Joaquín aceptó la invitación para descansar unos días en la casa de Santillana, pero pocos – dijo - tres o cuatro. Presentó a la mujer que le acompañaba como Beatrix, una británica de origen galés, y después de una conversación protocolaria los dos hermanos consiguieron hacer un aparte.

- ¿Cómo va el negocio Joaquín? ahora que las cosas económicas no andan bien ni en España ni en el resto del mundo.

- Tú lo has dicho. No andan bien. Hay pocos pedidos pero mantengo la tienda, ya veremos hasta cuándo.

Decidieron dar un paseo por los campos de los alrededores para hablar con más intimidad y como todos entendieron su deseo, los dejaron alejarse mientras las mujeres y el padre entablaban con la recién llegada, una conversación sobre las diferencias climatológicas de Inglaterra y España.

Los dos hermanos eran casi de la misma altura; Cristóbal al tener las espaldas más anchas, causaba una sensación de aspecto más corpulento pero a Joaquín, de un parecido físico asombroso con su padre, se le veía más atlético. Más moreno que su hermano mayor, poseía una nariz aguileña que daba a su fisonomía unas

Magda R. Martín

características muy masculinas que, sin ser hermosas, resultaban atractivas.

Joaquín, pasó el brazo por encima de los hombros de su hermano en un gesto de afecto que Cristóbal agradeció; había sido el hermano compañero de juegos, muy cercanos en edad, - se llevaban un año justo -, siempre estuvieron juntos en correrías y aventuras hasta que, al entrar ya en la adolescencia, el menor comenzó a unirse con gente no demasiado recomendables. Miró su perfil aguileño y lo recordó con dieciséis o diecisiete años cuando lo pilló la guardia civil conduciendo una moto que no era suya, sin carnet ni casco y a una velocidad indebida. La multa la pagó su padre y el disgusto fue de los que marcaban época. Más tarde, en otra ocasión, el padre supo, nunca pudieron saber por qué medios, como Joaquín asistía a garitos donde se apostaba en juegos de cartas y cuando ganaba, el dinero lo empleaba en un burdel de Málaga muy conocido. Pero todo se le perdonaba. Joaquín era el hijo especial de su padre, un poco cabeza loca, sí, pero muy macho. Cosas de hombres le había oído decir alguna vez. ...Cosas de hombres que le habían llevado a una vida si no desgraciada poco feliz... Volvió a observarlo y pensó si estaría en lo cierto. ¿Era poco feliz Joaquín? Y se lo preguntó.

- ¿Cómo te sientes en esta vida tuya tan desarreglada, Joaquín? ¿Feliz?

- ¡jajaja! - Sorprendido ante la pregunta le dio una palmada en el cogote a su hermano y respondió sonriente -¿Y qué es la felicidad Cristóbal? - Después de un silencio en el que ambos pensaban en la manera de exponer con palabras aquella definición, Joaquín siguió diciendo: - Hago lo que quiero, dentro de mis posibilidades. Voy y vengo, no doy explicaciones a nadie y procuro no hacer daño ni a otros ni a mí mismo, si eso es ser feliz, lo soy.

Magda R. Martín

- Sabes que no entro en tu vida íntima pero... ¿qué pasa con esta inglesita...? ¿Hay algo definitivo? ¿Vienes a darnos una buena noticia?

- No, Cristóbal. Tengo 48 años, demasiados para perder mi independencia que amo más que a nada en el mundo. Beatrix es una amiga, tú puedes darle la familiaridad que mejor te parezca pero nada legal, durará el tiempo que sea y punto. Yo soy así, ya lo sabes.
- Hizo una pausa en la que se cruzaron las miradas de ambos hermanos como estudiándose el uno al otro o llevando sus pensamientos a recuerdos pasados. Desde la muerte de sus padres, las conversaciones aunque esporádicas, eran más afectuosas, más entrañables. Parecía que la desaparición de aquellos dos seres amados, los hubieran unido, otra vez, como en la niñez. Joaquín rompió el silencio cogiendo a su hermano del brazo.

- He venido para hablar contigo sobre el ático de Madrid. El ático de mamá. Ahora que ya no están ¿qué vamos a hacer con él? He estado pensando que, tal vez, sería una buena idea venderlo - Miró a su hermano un poco de hito en hito, como si esperara una reacción de enfado, pero Cristóbal le devolvió una mirada franca.

- Pues la verdad es que no había pensado en él. Ni se me había pasado por la cabeza.

- Bueno... yo he estado pensando después de lo que se decidió con la casa de Ronda y como todos tenemos piso en Madrid creo que se podrían sacar unos cuantos millones por él. Está en un sitio muy céntrico, es bonito, relativamente grande y aunque ya tiene bastantes años, se podría vender bien.

Magda R. Martín

- No sé... en la actualidad la venta de pisos anda un poco baja y se han desvalorizado... es posible que no sea el momento más adecuado para venderlo. Quizás deberíamos esperar un par de años a que nos recuperemos de esta crisis que afecta al país.

- Sí, claro... no quiero decir que se haga deprisa y corriendo sino que se tenga la idea en mente, que se hable, que se le ponga un precio razonable... en fin... que no se abandone para que se vaya deteriorando y el día de mañana cuando lo queramos vender, ya no sirvan nada más que las paredes.

- No me parece mala idea. Podemos reunirnos un día, por ejemplo al finalizar las vacaciones, o hablar por teléfono para conocer la opinión de los demás. Pedro no creo que tenga inconveniente ninguno, está entusiasmado con una investigación sobre las raíces familiares desde que ha encontrado unas fotografías que está ordenando y ya sabes que quiere fijar su residencia en Ronda. El pisito de Reyes Magos de Madrid es su refugio cuando se traslada a la capital y no lo cambia por nada. Miguel y Alonso continúan con sus destinos de la milicia en los cuarteles esos de... no me acuerdo como se llaman, ya sabes en las afueras de Madrid y tienen sus chalecitos uno junto a otro; las dos mujeres se entienden perfectamente y los hijos también - volvió a quedarse un rato pensativo al mismo tiempo que golpeaba una pequeña piedra alejándola de una patada - A veces creo que son los que más unión familiar han conseguido, las familias que más se parecen a la que formaron nuestros padres. Ambos comandantes del ejército, ambos bien casados, amantes de sus esposas y de sus hijos, acompañándose los unos a los otros... ¿te das cuenta, Joaquín, que son los que están más unidos? - Sin esperar respuesta de su hermano, siguió haciendo un repaso de la situación familiar - Sin embargo Carlitos es el único que parece que va hacia la familia numerosa. El otro día me llamó.

Magda R. Martín

Estaban pasando unos días en la Sierra de Cazorla y me dijo que creía que Laurita esperaba el cuarto. Todavía no estaban completamente seguros.

- El solitario Carlitos... ¿Cómo sigue?

- Bien situado. De Investigador científico en el CSIC, de lo que a él siempre le ha gustado... parece feliz...

Volvió el silencio que hizo resaltar la paz de la zona solitaria en un campo cubierto de verde hierba desde el que se divisaban altas montañas.

- No creo que tampoco tenga inconveniente en que el ático se venda y Paloma, ya sabes... con ser la única chica tan deseada por nuestros padres, es la más despegada de la familia... a ella déjala en paz con su Raúl del alma y su parejita que ya no piensa tener más. Está enredada en servicios sociales de la comunidad o no sé qué zarandajas así que tampoco habrá inconveniente... ¿Volvemos? va a ser hora de comer.

Apretaron el paso y dieron media vuelta para dirigirse otra vez hacia la casa. Por el camino fueron en silencio, cada uno con sus ideas. Cristóbal estudiaba la visita de Joaquín y su proposición de la venta del piso de su madre y pensó que necesitaba dinero. La suposición no estaba desencaminada, dos días después, al quedarse a solas y despedirse para continuar su viaje en el que Beatrix iba a conocer España, se lo dijo:

- Cristóbal, ando un poco pillado de cuartos, ¿me podrías hacer un préstamo? Te lo devolveré en cuanto los negocios empiecen a funcionar mejor.

Magda R. Martín

Le firmó un cheque, le dio un abrazo muy fuerte y le dijo adiós con nostálgica tristeza. Sabía que no volvería a embolsarse aquellos miles de euros, Joaquín seguía igual, era así. Cuando el BMV se alejaba, recordó que le debía una llamada a Pedro. Lo haría mañana, tenía un fuerte dolor de cabeza y fue a tomar un paracetamol de 1 gramo.

Magda R. Martín

6

¿Qué haría Joaquín por Santillana con una mujer extranjera? Algo quería de Cristóbal seguro. Bueno, todos sabíamos cómo era Joaquín así que tampoco a Cristóbal le pillaría de sorpresa. El caso es que había fastidiado el propósito de mi llamada.

Me tenía receloso la salida de aquellos personajes nuevos en la familia. Aunque nuevos no eran si habían estado en la vida de mis padres, pero sí eran nuevos para mí. Me fastidiaba no poderlos recordar, me parecía como si le faltaran las hojas a un libro que estaba leyendo y alguien viniera a explicarme un pasaje de la historia que se me había perdido. ¿Quiénes podían ser aquel almirante, aquel comandante y aquella guapa Lola? De los legionarios con los que mi padre había hecho el servicio militar sí tenía una ligera idea. En alguna ocasión se habían comentado anécdotas o incidentes de aquellos tiempos pero algo imperceptible se escapaba rápidamente del recuerdo, un velo misterioso, una sutileza incorpórea, todo se esfumaba y se pasaba página.

Al mismo tiempo de hacer estas reflexiones, me esforzaba en realizar unas regresiones hacia la infancia lo más reales posibles para poder recordar algún detalle, alguna palabra que me hubiera pasado desapercibida y que diera un poco de luz al enigma pero por más que lo intentaba, no lograba descubrir nada nuevo y entonces pensé, otra vez, en las fotos. Tenía que rebuscar a fondo en las cajas antiguas, en donde se encontraban las de la juventud de mis padres.

Magda R. Martín

El día, algo nublado, inducía a permanecer en el interior pero como el tiempo era veraniego y la temperatura alta, abrí todas las ventanas para orear el ambiente. Me sentía cómodo, relajado y al mismo tiempo entusiasmado con mi investigación.

Me senté a la mesa y comencé a estudiar fotografías. Puse en un montoncito aparte las que me parecieron más significativas. Las de un par de mujeres desconocidas y las de un hombre con uniforme del siglo XIX que parecía de alguna rama   del ejército pero desconocido para mí. Vestía una guerrera o casaca con charreteras, botas de montar y un quepis galoneado, suponía en dorado, que cubría una cabeza en la que destacaba una cara que se podía denominar bien parecida a pesar de lucir un bigote exuberante de guías largas y bien peinadas. ¿Quién debió de ser aquel personaje? ¿Un bisabuelo por parte de mi madre, o de mi padre? Encontré otra de una pareja en su día de bodas, parecía de primeros del siglo veinte. El hombre también lucía un bigote de largas guías, moda de la época, y peinado con raya en medio daba una apariencia de hombre mayor aunque debía de ser bastante joven. Daba la impresión de que el traje que llevaba puesto le quedaba demasiado estrecho para su musculatura. Se encontraba sentado en una silla con brazos, posaba el sombrero sobre su regazo, sujeto con una mano y tenía un pie cruzado sobre el otro, lo que le permitía mostrar unos botines abrochados en un lado con unos pequeños botones o cierres, eso no se distinguía bien. La mujer, que a mí me pareció con una expresión muy triste en una cara medio oculta por un velo demasiado largo sujeto, con mal gusto, por una corona de flores, más le hacía parecer una niña de primera comunión o una santa dispuesta a subir a los altares. De manera que me pareció incongruente, se mantenía de pie junto al hombre apoltronado, en un detalle de sumisión que hacía patente el machismo de la época. En el reverso, el cartón amarillento y con manchas indefinibles, mostraba una fecha escrita con tinta en números grandes y bien delineados: 1918. No pude saber quienes eran. Encontré también las fotos de algunos bebés, escondidos entre gorros de puntillas y lazadas enormes, niños vestidos de marineritos y fotos de paisajes que me pareció reconocer. Una playa, un espigón, un paseo... y entonces lo vi. Un hombre maduro, yo diría que mayor, con el uniforme blanco de la marina española. No llevaba puesta la gorra que, observé, mantenía bajo el brazo y sonreía a la cámara. En un principio creí ver a mi padre pero no era él. Éste tenía la cara más ancha, parecía más bajo y más grueso, sólo tenían un parecido físico en la nariz de forma aguileña y en un gesto que no supe identificar. Miré el reverso, ponía: "Cádiz 1929" Comencé a atar cabos. En 1929 había nacido mi padre en Cádiz. ¿Acaso aquel hombre era mi abuelo? ¿Era el almirante que mencionó el anciano pitañoso que me habló en la Alameda? Observé con la lupa el uniforme pero no pude distinguir la graduación, desde luego parecía un oficial pero no podía averiguar de qué grado, sólo pude comprobar que en los botones dorados, parecía que se dibujaba un ancla.

Comencé a darle vueltas a la historia en mi cabeza. ¿Se había hablado en alguna ocasión en la familia de un abuelo que pertenecía a la armada española? Sí. Un recuerdo bastante claro me presentaba a mi padre dando explicaciones sobre un abuelo que había sido marino, pero estaba muerto desde hacía mucho tiempo. De mi abuela paterna me queda el recuerdo de la mirada llena de tierna añoranza de mi padre cuando la mencionaba en alguna ocasión. "Era una mujer muy hermosa" -decía- y luego añadía "..gaditana..." como si el gentilicio le proporcionara más hermosura. Luego, como una coletilla final, añadía: "...se llamaba Ana María..." Sí, Ana María Núñez, ese era el segundo apellido de mi padre, Cristóbal Martín Núñez. Y en el recuerdo volvía insistente la sutileza evasiva de la situación, la conversación derivaba con rapidez hacia otras cosas, el abuelo estaba muerto y mi padre se fue a vivir a Ronda cuando murió su madre y él era sólo un niño de ocho o diez años. Punto.

Magda R. Martín

Juanjo y Mariola, el matrimonio que siempre figuró en la lista familiar como los únicos amigos íntimos, se ocuparon de él. Creció bajo sus cuidados y de ahí ese afecto que duró hasta la muerte de aquel matrimonio amigo, en aquel accidente de coche inolvidable, cuando los perdimos a ambos. Entonces ya éramos mayores. Yo iba a comenzar la universidad y recuerdo el dolor de mis padres. A punto estuve de no acudir a la inauguración de curso, pero mi padre no lo permitió, era el primero de mi carrera y los tres hermanos mayores nos trasladábamos a Málaga diariamente para estudiar.

Aquel año fue uno de terribles sucesos que marcaron la unión familiar. Además de la desaparición de aquellos queridos amigos que nosotros considerábamos y amábamos como únicos parientes, el comportamiento indeseable de mi hermano Joaquín creó serios problemas a mis padres.

No teníamos más parientes que yo supiera. Mi madre se había criado con una tía, hermana mayor del padre, al quedarse huérfana siendo niña y pronto fue internada en un colegio de monjas. La tía murió y se quedó sola, no quedaron parientes. Salió del convento, bien preparada para enfrentarse a la vida, eso sí, y así lo hizo. Consiguió un trabajo administrativo por medio de las monjas del colegio donde se había educado, en una empresa de productos alimenticios que comenzaba a desarrollarse en la capital de España. Nada extraordinario, todo estaba claro en su vida, sin embargo, en la de mi padre, surgía el misterio. ¿Por qué el anciano de la Alameda dijo: "¿...cuando Cristobalito (mi padre de niño) vivía con el Comandante y venía a verlo el almirante de vez en cuando..." ? Eso necesitaba una aclaración y yo no la tenía. Volví a pensar en mi hermano Cristóbal. Ahora había una prueba, una evidencia, el encuentro entre las fotos familiares de un marino que, además coincidía en ciertos rasgos físicos con los de mi padre. Comenzaba a desenredar el ovillo. Pero, definitivamente, aquel marino no tenía la graduación de Almirante, de eso estaba seguro.

Magda R. Martín

7

Pasé dos días encerrado en la casa. A partir del descubrimiento de la foto del marino y con las palabras del anciano grabadas en mi mente, se me ocurrió escribir todos los datos que iban surgiendo a la luz para intentar dar un orden correlativo a la historia de nuestra vida y así conseguir una consistencia, una base que sustentara la pirámide familiar que, hasta aquel momento de mi vida, sólo comenzaba con la existencia de mi padre y mi madre. Sin embargo, había ancestros desconocidos que yo deseaba averiguar quiénes eran. Tenía una curiosidad morbosa por saber de dónde surgían mis raíces, las de la familia Martín Rodero. Siempre me había sentido orgulloso de pertenecer a aquel clan familiar y, desde el fallecimiento de mis padres, cuando comencé a indagar en sus vidas, la duda crecía como una montaña a la que se le añadía la tierra del hoyo que yo estaba cavando al profundizar en mis orígenes.

El tercer día, un soleado cielo del ya doblado Agosto, me invitó a darme una vuelta por la ciudad. Haría algo de compra, tomaría una cerveza o un café e intentaría averiguar algún detalle olvidado de nuestras vidas.

Después de la compra de un poco de fruta y bebida abundante para conservar en el frigorífico, me senté en el Bar de Manolo a tomar un café. El Bar era antiguo y había pasado de padres a hijos, ahora lo administraba el hijo mayor que cuidaba también de la

Magda R. Martín

madre, ya muy anciana y una tía más anciana todavía, hermana de la madre. Mi padre, mejor dicho, toda nuestra familia, era bien conocida allí. El establecimiento quedaba relativamente cercano a nuestro domicilio y tanto mi padre, unas veces solo, otras con amigos, y otras muchas en compañía de mi madre, lo frecuentaba para tomar un café, un aperitivo o, incluso alguna comida cuando esto apetecía, por lo que todos los hermanos éramos también muy conocidos.

Yo sabía que, en ocasiones, cuando no se veían muchos clientes en el Bar, las dos mujeres se sentaban junto a una ventana que daba a la calle, se supone que para refrescarse con la brisa llegada de los jardines cercanos y entretener sus horas ya sin quehaceres agobiantes, en charlas tranquilas de sus recuerdos y de los cotilleos actuales. Aquella mañana ambas se encontraban en el rincón de siempre. Cuando entré me miraron con curiosidad y cuchichearon entre ellas. Me reconocieron enseguida como hijo de Don Cristóbal y al comprobar el interés que mostraban por mí, me pareció una buena ocasión para indagar. Ellas eran mayores que mis padres y jamás habían dejado la ciudad de Ronda, razón por la cual, conocían los tejemanejes que se desarrollaban en el pueblo.

- ¿Qué tal Señora Luisa? - dije para poder entablar conversación al mismo tiempo que escogía una mesa cercana a la de las dos ancianas. La señora Luisa era la madre de Manolo el dueño del Bar. Me miró en silencio, escudriñando mi cara con aquel par de ojos que, seguramente enloquecieron a más de un hombre años atrás.

- ¿Cómo se encuentra? Hacía mucho tiempo que no la veía.

Sin responder a mi pregunta, espetó:

47

Magda R. Martín

- Me han contado de la muerte de tus padres, pobrecillos...- me dijo con un precioso, suave y dulce acento andaluz.

- Sí, el uno detrás del otro - le respondí mientras me dirigía al camarero para pedirle un café. Intentaba derivar la conversación hacia derroteros que convenían a mis intereses sin saber cómo hacerlo pero no tuve que esforzarme, las mujeres lo hicieron por mí.

- ¡Uff! ¡Anda que no os hemos visto correr por aquí de chiquitillos!

Las mujeres se reían y cambiaban miradas de complicidad.

- Tu padre siempre tan guapo, tan puesto y tu madre una belleza, vamos... - Hicieron un silencio observándome con tanta atención que llegaron a azararme, en lugar de ser yo el investigador, me sentía el investigado.-... cuando la trajo aquí después de casarse con ella, nadie se lo creía - dijo hilvanando sus pensamientos - El famoso Cristóbal Martín, casado con una de Madrid, ¡menuda sorpresa nos dio a todos!.

Yo estaba eufórico, las cosas se desarrollaban según mis gustos. Dejaba que los recuerdos de las dos mujeres fueran saliendo a la superficie desde aquellas profundidades misteriosas de la memoria. Detalles, quizás, nunca dichos, cotilleos que quedaron guardados por no herir sentimientos, quién sabe.

- A la pobre Lola le deshizo la vida...

Volvía a salir la tal Lola, pero ¿cómo saber quién era? Me arriesgué con un farol.

Magda R. Martín

- Sí. Una novia de mi padre ... - No se me ocurrió decir otra cosa pero dio resultado.

- ¡Huy, novia! Y qué novia, desde antes de marcharse de quinto a Marruecos que la dejó llorando. Cuando volvió, estuvo un tiempo con ella y se marchó a Madrid para traer a su mujer... tu madre... claro...- dijo aclarando como si yo no lo supiera. Después de un silencio, comenzaron a charlar entre ellas. Olvidada mi existencia, se esfumó la magia del recuerdo. - Aquella chiquilla desde entonces no hizo nada al derecho... - le decía la una a la otra como si fuera un hecho actual.

- Sólo vivía para él, a pesar de su separación.

- La Lola siempre estuvo enamorada de Cristobalito... eso lo sabía todo el pueblo pero él... ¡anda que no era calaverilla...! Le gustaban las mujeres más que a las moscas la miel...

Vi como se quedaban adormiladas con sus evocaciones pasadas y entre murmullos oí decir a una de ellas, no pude saber cuál:

- Con lo guapa que era la Lola... y ayudó a nacer a todos sus hijos... Decían que tuvo algún trato con él, después de casado... ¡cualquiera sabe...!

Esto sí me desconcertó. Mi padre, al que yo consideraba tan estricto y amante de mi madre, resultaba ser un mujeriego en su juventud y metido en un probable lío de faldas incluso después de su matrimonio. ¡Qué sorpresas me estaba ocasionando toda aquella tonta investigación! Y me pregunté ¿de verdad quería saber más? Mi hermano Cristóbal tenía razón. Es mejor dejar las cosas quietas, no se debe hurgar en los recuerdos. Pero mi curiosidad innata era más

49

Magda R. Martín

fuerte que todos aquellos pensamientos sensatos. Llegaría hasta el final. Poco a poco, iba consiguiendo datos que formaban una historia desconocida. Cada vez tenía más evidencias para intercambiar opiniones con Cristóbal. Él, por edad, conservaba más datos sobre nuestras vidas.

Cuando saqué el pequeño monedero de piel para pagar mi consumición me di cuenta de que no llevaba el móvil, lo había olvidado cargando la batería. Una intuición inquietante me impulsó a regresar a casa, seguro que tenía una llamada de Cristóbal y yo un montón de cosas que contarle para saber si él me podía dar una explicación coherente.

Al entrar en casa comprobé que el móvil continuaba marcando la hora, sin ningún aviso de llamada o de mensaje, así que, un poco defraudado, me entretuve en ordenar las bebidas en la nevera mientras ponía también orden en mis pensamientos. En aquel momento sonó la música del móvil que alertaba de una llamada. Era Cristóbal.

- Tobalito, estaba esperando tu llamada. Que hay ¿se ha ido Joaquín o todavía continúa dando la murga...?

- No, ya se ha ido. Se fue ayer... Ha estado dos días nada más. Está bien - dijo como si quisiera tranquilizarme - con un nuevo ligue pero no piensa formalizar nada, según me ha dicho. Dice que ya es muy mayor y que ama mucho su independencia.

- Bueno, la verdad es que a medida que envejeces si amas más tu libertad, en eso estoy de acuerdo con Joaquín - dije yo pensando en la mía. Era consciente de que cada vez deseaba con más frecuencia estar a solas y organizar mi vida sin darle cuentas a nadie, eso me daba una felicidad, más que felicidad, una sensación de dominio sobre la vida a mi alrededor. Yo mandaba sobre las cosas, hacía lo

Magda R. Martín

que creía más conveniente y éste decidir en mi vida plenamente me proporcionaba una sensación de poder muy gratificante.

- ¿Cómo va tu investigación?- le oí decir cambiando de conversación. Supe por su tono de voz y la rápida forma de evadir preguntas que no quería dar más explicaciones sobre la visita de mi segundo hermano, así que yo también, rápidamente, cambié de tercio.

- Estoy haciendo muchos progresos y deseandito hablar contigo para que me asesores.

- ¿Yo? No me metas en líos, Pedro, aunque, bueno... haré lo que esté en mi mano...

- He encontrado una foto muy curiosa que tengo que enseñarte y han llegado conversaciones a mis oídos que tengo que contrastar contigo, pero no sé cómo hacerlo porque esto del teléfono es un coñazo. ¿Y si nos comunicáramos por internet? ¿Tienes ahí ordenador?

- Sí. Tengo el pequeño, el portátil...pero...

- ¿Y si escaneo la foto y te la envío y luego comentamos?- le interrumpí sin dejar que terminara su aclaración.

- Pedro no te precipites... calma...que si las cosas han estado escondidas cincuenta años, pueden seguir igual un poco más.

Casi podía oír sus pensamientos y su cara tan afectiva se me mostró con claridad. Sí, estaba con el teléfono pegado a la oreja, apretando sus párpados con el pulgar y el índice para dar consistencia a sus ideas. Por unos momentos pude ver su cara amada,

Magda R. Martín

de piel rosada, muy parecida a la de nuestra madre, un pelo rubio oscuro que ya clareaban mucho las canas y aquella seriedad en su rostro donde los ojos verdes de mi madre habían tomado vida. Me regocijaba con el recuerdo cuando volví a oír su voz distorsionada por el aparato:

- Pedro, ven. Creo que debemos charlar. Aparte de tus investigaciones, Joaquín me ha presentado la idea de vender el ático de mamá y antes de reunirnos todos para resolver este caso, quiero hablar contigo, pero no por teléfono, de vis a vis. Vente una semanita o quince días, hasta final de mes que ya queda poco y aclaramos ideas. Te traes todo lo que quieras mostrarme, todas tus ideas las contemplaremos e intentaremos darle una solución...- Después de un corto silencio pude escuchar una súplica: - Necesito hablar contigo, Pedro. De todos los hermanos, eres en quien confío, te necesito, ven.

No sabía qué responder, me sentí aturdido. Me oí decir como si fuera un extraño. - Déjame pensar.. Debería de poner el coche a punto, es un viajecito un poco largo....

- ¡Pero qué chorradas dices, Pedro! ¡Cómo vas a venir en coche si estamos en los extremos opuestos de la península! Cógete el avión y plántate aquí en una hora... Venga... Pedrito que te espero. Llámame para ir a buscarte al aeropuerto. Pura se va a poner de lo más contenta, ya sabes que eres su cuñado preferido...

- ¡Jajaja! hasta que la aburra... Bueno, voy a preparar las cosas y te llamo... ¿vale? Me has convencido.

- De acuerdo. - Su voz denotaba una alegría que me contagió.

8

Al fin la idea me llenó de entusiasmo. Reservé el billete por internet para el día siguiente y preparé el equipaje. No sabía cuánto tiempo me quedaría, como máximo quince días así que tampoco llevaría demasiada ropa. Pero como lo más importante para mí era la aclaración de las dudas que llevaba conmigo, decidí agrupar las fotos de las dos cajas más antiguas que había encontrado en el desván para estudiarlas junto a mi hermano por si él reconocía a personas de las que yo no tenía idea de quienes podían ser. Y muy especialmente, separé la del marino que guardaba cierto parecido físico con mi padre, el hombre que, probablemente, podría ser nuestro abuelo.

La tarde la empleé en tomar notas de los acontecimientos sucedidos durante mi búsqueda. Lo hice de la siguiente manera: En un folio en blanco, escribí la fecha aproximada del suceso:

Del 1 al 7 de Agosto 2007:

Encuentro de dos cajas de fotos antiguas escondidas u olvidadas en el desván de la casa de Ronda.

Del 8 al 14 de Agosto 2007:

Conversación casual con un anciano que me reconoce como miembro de la familia Martín Rodero y hace referencia a la infancia y juventud de mi padre, en la que menciona a un "comandante" con el que mi padre vivía y la visita del "almirante" con el que paseaba o

Magda R. Martín

viajaba por la sierra de Ronda durante un corto tiempo. Nombra a una tal "Lola" muy guapa con la que mi padre tuvo algo que ver y unos amigos legionarios de cuando cumplió el servicio militar en Marruecos.

En el Bar de Manolo:

La madre y la tía, dos personas muy ancianas que recuerdan nuestra vida en la ciudad, al verme en el Bar mientras tomaba un café, dejan entrever un comportamiento bastante mujeriego de mi padre. La tal "Lola" fue novia suya, un noviazgo importante.

Mencionan nuestros nacimientos en los que "Lola", parece ser, estuvo presente, o eso creo entender.

No sabía si estaba lo suficientemente claro pero como la entrevista con mi hermano iba a ser cara a cara, habría ocasión de aclarar lo incomprensible.

Y con este entusiasmo, dejé un mensaje en el móvil de Cristóbal. Cogía el avión a las 2:30 del mediodía y llegaba sobre las 4 de la tarde a Santander.

Me pasé el resto de la tarde en el jardín, desherbando los macizos de flores y regándolos. No pude evitar detenerme a observar durante un largo rato, el árbol de mimosa que ya comenzaba a brotar. Allí debajo, mezclados con la tierra y las raíces, se encontraba la materia que quedaba de lo que habían sido mis padres y un nudo doloroso se apoderó de mi corazón.

9

Al día siguiente, con la antelación suficiente, llamé a un taxi para que me acercara hasta el aeropuerto de Málaga donde cogí el avión que me llevaba hasta Santander. El vuelo fue rutinario, sin problemas. Sólo el alboroto de unos cuantos niños que viajaban me irritó en alguna ocasión. Por lo demás todo se desenvolvió de manera correcta.

En el aeropuerto me esperaba Cristóbal con su coche y los 31 km. que nos separaban de Santillana del Mar, los recorrimos sin sentir.

Me dio una gran alegría encontrar a Cristóbal y poder abrazarle. Mientras conducía le observé y, esta vez con tristeza, tuve que aceptar que envejecía. Cada vez tenía más canas y menos pelo, había ganado algo de peso y en toda su persona comenzaba a surgir ese halo misterioso inconsistente que denuncia como transcurren los años por la vida de las personas. No se sabe por qué y uno mismo no es consciente de ello, pero cambiamos la juventud por una madurez que declina nuestro aspecto físico y que resulta imperceptible. Sólo cuando has dejado de ver a las personas durante un tiempo y las reencuentras, se hace patente la transformación. Así, de pronto lo ves, te percatas de aquel cambio y es cuando comienzas a decir: "...fulanito ya está viejo...".

Magda R. Martín

Fuimos en silencio la media hora que duró el trayecto, creo que podría acertar si dijera que ambos disfrutábamos de la compañía del otro. Aunque no hacía mucho que nos habíamos visto, -en el entierro de las cenizas de nuestros padres-, aquel momento fue demasiado impactante y estábamos rodeados de mucha gente (me refiero a hermanos, esposas y esposo y nietos) que restaban esa intimidad deseada entre hermanos, ese compartir sentimientos que era imperativo disimular, esconder para cumplir las normas de cortesía y educación que nos impone la sociedad. En aquel momento, ocupando el asiento del copiloto, mientras observaba sus manos que cubría un suave vello rubio, fui consciente del amor que profesaba a mi hermano Cristóbal. Sí. Siempre me había entendido bien con él. Era el protector, el que aconsejaba: "...no hagas eso Pedrito... no digas esas cosas..." y luego reía de mis salidas de pie de banco y me abrazaba. Cuántas veces dio la cara por mí salvándome de reprimendas y castigos. Ahora estábamos allí los dos juntos intentando resolver ¿qué?, ¿problemas familiares? Yo hubiera dicho "intentando que la familia Martín Rodero no se deshiciera", pero creía llegar a la conclusión de que aquella idea era bastante difícil de alcanzar. La dura vida, poderosa, aplastante, juega a vencer y lo consigue. Siempre acaba triunfante. Es aliada del tiempo, del olvido, de la ambición, de los cambios, de los sucesos que continúan, de los nacimientos de nuevos vástagos que se hacen dueños de la actualidad y lo reduce todo a fotografías recogidas en cajas de cartón que acaban en el contenedor para el papel ¿quién reconoce aquellos personajes fantasmales de unas fotografías ancestrales en blanco y negro? Serían familiares... se dice al verlas. Y nadie piensa ya que aquellas son las raíces de uno mismo, de tu existencia actual; de tus genes que se han reflejado en parecido físico, en un carácter, en una vocación, en un deseo al que no le puedes dar una explicación coherente -tú eres así- dices... pero no... a ti te han hecho así...aunque sólo sea en parte... pero una parte muy importante. Llegas a este

Magda R. Martín

mundo con un bagaje que luego tienes la obligación de ampliar y darle buen uso. Todas aquellos seres desconocidos olvidados en una caja llena de fotografías, son los que te han entregado la maleta para comenzar el viaje de la vida, a partir de ahí, es cosa tuya. Tú eres el encargado de llenarla con ideas nuevas, de deshacerte de lo usado, de lo que ya no sirve. De encerrar en ella, dulzuras, amores, bondades pero también puedes atiborrarla de maldades, desengaños, desesperanzas y dolor. Todo depende de uno mismo. Los genes que recibimos de nuestros ancestros, son como una maleta vacía, sí. Una maleta que espera a ser llenada de cosas útiles, depende de nosotros la utilidad que demos a cada elemento que guardemos en ella porque al final de nuestras vidas, seremos los únicos responsables del valor y la belleza de su contenido.

Con esta reflexión pensé que deberíamos estudiar y respetar más la vida de nuestros ancestros para comprender y sacarle más provecho a la nuestra. Estaba seguro que el estudio de los defectos de nuestros parientes, nos podían servir para modificar los propios, ellos eran nuestros profesores. Sin embargo, nos limitábamos a olvidarlos.

- ¡Ahí están! Hemos llegado.

La voz de Cristóbal me devolvió a la realidad. Allí estaba Pura, guapetona pero más obesa que nunca ¡qué barbaridad! sonriente, me saludaba con la mano... La quise... sentí amor por ella... sin poder dar una explicación racional al sentimiento. Bajé del coche y me hundí entre sus brazos, en aquel colchón amoroso que era su cuerpo.

- ¡Pero qué delgado estás, Pedrito...! ¡Delgado no... flaco...!- dijo ella separándose de mí y estudiando mi fisonomía - ¡Bueno...! Te hacen falta unas buenas chuletas, cuando te vayas habrás engordado cinco kilos, ya verás.

Magda R. Martín

Me abrazó otra vez y, sin que pudiera evitarlo, cogió mis maletas para subirlas a mi habitación. Me preocupé de saludar a los padres de Pura de los que también me entristeció observar su envejecimiento galopante, se podía decir que ya eran dos ancianos. Y luego, me vi sorprendido por el acoso alborotador de los abrazos, preguntas y alegría de mis dos sobrinos que habían estado obligados a permanecer en casa para saludarme.

Mi habitación, preciosa - ya no recordaba la decoración aunque no era la primera vez que visitaba aquella casa -, me pareció exquisita. Las paredes pintadas de rosa le daban cierto aspecto femenino pero muy acogedor. Una cama de cabecero antiguo estaba cubierta con una colcha muy bonita que no sabría describir y a su lado dos mesitas de noche con una pequeña lámpara, despertaba el deseo de la lectura nocturna. El armario de dos puertas, vacío, me invitó a deshacer la maleta pero, antes, observé el paisaje desde la ventana cubierta por unos visillos de tela vaporosa. Desde ella se divisaba un prado de hierba que no necesitaba un cuidado especial, la humedad del entorno la conservaba fresca. Un poco más alejados, pude vislumbrar los tejados de unas casas de campo no restauradas, casas antiguas, de pueblo, que conservaban su atavismo primitivo.

Una vez hice uso del cuarto de baño, bajé para reunirme con mis familiares. Los chicos ya se habían ido con los amigos y los dos matrimonios me esperaban en una mesa preparada con una merienda sustanciosa. Pura se había propuesto, de verdad, que ganara unos cuantos kilos.

La conversación fue convencional, "qué tal las cosas, cómo va por Ronda... te encuentras demasiado solo... las hijas... a la ex-esposa ni se la mencionó por discreción..." Más tarde, después de un descanso, Cristóbal y yo nos quedamos en soledad hasta la hora de cenar, iríamos a un Restaurante -dijo Pura-, teníamos que celebrar el encuentro.

Magda R. Martín

- ¿Y qué pasa con Joaquín? - comencé la conversación.

- Pues ya sabes, Pedro...- sentí tristeza en sus palabras - sigue igual... con sus historias de negocios que funcionan unas veces sí, otras no. Sus ligues esporádicos que no cuajan... - se quedó en silencio y advertí como su mirada clara se perdía en el recuerdo - A veces me pregunto si el amor de su vida fue aquella Encarnita con la que se casó y que duró un suspiro como diría nuestra madre o quién sabe... quizás Maripaz... la novia que me quitó.... ¿Te acuerdas Pedro? - lo dijo sonriendo pero en su voz surgía un deje nostálgico, agridulce.

- Sí, claro que me acuerdo, la hija del Juez. No la he visto por Ronda... o no la he reconocido. El padre murió ¿verdad?

- Hace mucho tiempo. Bastante joven, de un infarto - volvió el recuerdo a sus ojos y dándome una palmada en la espalda, dijo ahuyentando los recuerdos - ¡Cómo se nos va la vida, Pedrito!

Supe que no quería hablar de aquellas personas, de aquellos momentos de su vida. Maripaz había sido su primer amor, ese que se guarda en el corazón entre sedas y flores como algo hermoso y divino, algo inolvidable que por no ser real, se considera siempre perfecto porque la frialdad de la lucha diaria, no lo estropea, lo mantiene intacto como el primer día.

- ¿Y qué pasa con lo del ático de mamá? - cambié de conversación y él me lo agradeció.

- ¡Ah, sí! Pues me lo planteó Joaquín. La verdad es que a mí todavía no se me había ocurrido pero, reconozco que habrá que proponérselo al resto de hermanos. Es un piso que vale una millonada, aunque está viejo, es muy antiguo pero grande...

- Cristóbal, pero el piso se restauró cuando papá y mamá se marcharon de Ronda para vivir en Madrid, recuerda. Se hizo un buen arreglo y lo que era una buhardillita, se convirtió en el ático que es hoy.

- ¡Caramba, es verdad! ¡Cómo tengo la cabeza! Lo había olvidado. Pues eso todavía lo revaloriza más. Deberíamos reunirnos antes de que comenzara el invierno para decidir si lo ponemos a la venta o esperamos. Hoy por hoy los pisos están desvalorizados, ya conoces el ambiente económico, las inmobiliarias están cerrando y suspenden pagos... no sé si será el mejor momento para vender...

Dio un sorbo a una limonada que removía en círculos en un vaso estrecho y largo y continuó:

- Joaquín tiene prisa... necesita dinero...

Sin que dijera nada más, supe que la visita de mi hermano Joaquín había sido para pedirle dinero. Y el bueno de Cristóbal se lo había dado, seguro, a fondo perdido. Si tuviéramos que contar lo que le debía aquel hermano tarambana seguramente la cuenta de Cristóbal aumentaría considerablemente pero nunca le reclamó nada. Yo estaba seguro de que no se lo hubiera reclamado ni aun viéndose necesitado. Cristóbal era así, generoso hasta el altruismo.

- Por cierto - me distrajo con su voz - ¿Has pensado que en ese piso puede haber algún recuerdo de nuestras vidas pasadas? Recuerdos de los que nuestros padres no han querido separarse... fotos... de esas en las que tú estás revolviendo...

Magda R. Martín

- No creo...- lo dije después de analizar con rapidez la situación - No. - dije con rotundidad - Las fotos antiguas, los recuerdos pasados, están en esas dos cajas que traigo...

- ¿Las has traído? - Cristóbal me interrumpió sorprendido.

- Sí. Quiero estudiarlas contigo porque creo que tu puedes acordarte de lo que yo he olvidado o no he llegado a saber nunca. Es una curiosidad morbosa la que me tiene enganchado a esta idea y tengo que ponerla en claro, hay algo que me dice que he de seguir... no sé... son manías mías, ya sabes cómo soy, Cristóbal... pero te pido que me ayudes.

- Sí, lo haré. ¿Sabes?, podemos emplear unas horas de la noche, cuando todos descansan y la casa se queda en silencio. Tú y yo nos reunimos en el salón donde no molestamos a nadie y allí, investigamos en las fotos. La verdad, Pedrito, es que has conseguido despertar mi curiosidad.

La voz y la presencia de Pura cortó la conversación.

- ¡Chicos! Arreglarse que nos vamos a cenar, ya hemos reservado mesa en "La Santuca".

10

El día siguiente fue mi primer día de investigación en compañía de Cristóbal y puedo afirmar que fue muy provechoso.

Las horas diurnas las entretuvimos como si fuéramos dos chavales recién salidos de la adolescencia, jugamos en la piscina, al fútbol con un balón viejo de los chicos y por la tarde, después de una comida deliciosa y una relajante siesta, paseamos para quemar calorías sobrantes por los verdes caminos de las montañas santanderinas.

Cuando llegó la noche y se acostaron los padres de Pura, mientras ella recogía la cocina y los hijos iban a correr sus juergas vacacionales, escogimos la mesa grande de la sala que acercamos a la ventana desde donde se divisaba la hierba que rodeaba el porche. La dejamos entreabierta para que entrara la brisa nocturna, ambos disfrutábamos con aquella temperatura que nos permitía tener bajadas las mangas de las camisas y colocamos la primera caja, la de las fotos más antiguas sobre la mesa. Para no mantener todas las luces encendidas, acercamos una lámpara de pie que iluminaba la mesa y comenzamos nuestro trabajo.

Lo primero que hice fue sacar mi carpeta en la que llevaba los folios escritos y la foto del marino. Comencé a preguntarle por los personajes citados por el anciano que se dirigió a mí en el parque.

Magda R. Martín

- Vamos a ver, Cristóbal, vamos por partes. Aquel vejete citó a nuestro padre en compañía de un "Comandante" con el que vivía que me dejó desorientado. Comencemos la historia, tú explica y yo tomo notas.

- Bueno... voy a intentar recordar y te iré comunicando todo lo que llegue a mi memoria. Eso no quiere decir que a medida que los recuerdos salgan del subconsciente al consciente, varíe el relato. Quizás en un momento los recuerdos se presenten fuera del contexto real y, poco a poco, al ir tomando fuerza en la memoria se afiancen las imágenes.

- Ya... No te preocupes, todo es susceptible de cambiar, variar, añadir o quitar, pero así conseguiremos algo que se ajuste a la verdad. Venga empieza... Bueno, empiezo yo.

Me arrellané en la silla y comencé a deshojar la margarita de los recuerdos pétalo a pétalo.

- Nuestro padre fue a vivir a Ronda al quedarse huérfano, huérfano de madre, que sepamos, porque jamás hemos sabido la fecha de la muerte de su padre, o sea, de nuestro abuelo... - Suspendí mi exposición para darle entrada a los recuerdos de mi hermano mayor.

- Sí, la verdad es que lo poco que se ha hablado en la familia de los abuelos tanto paternos como maternos...- aquí le interrumpí. De momento sólo quería centrar la investigación en mi padre. Los sucesos de la vida de mi madre estaban más claros para mí y tenían menos interés e influencia en el recorrido de nuestras vidas. Consideraba la vida de mi madre mucho más sencilla y menos misteriosa, tal vez, porque, al vivir siempre en Madrid hasta su matrimonio, nadie podía hablar de su pasado. Llegó a Ronda como

Magda R. Martín

esposa de mi padre y su vida era conocida desde entonces, y así se lo dije a mi hermano.

-Vale de acuerdo. Sí, sólo podemos saber con más o menos seguridad que al morir nuestra abuela paterna, nuestro padre se trasladó a Ronda. Bien, vamos a ir numerando los sucesos:

1.- Papá se traslada a Ronda desde Cádiz donde nació, al quedarse huérfano de madre:

¿Quién se ocupó de su traslado y dónde y con quién vivió desde entonces?

Cristóbal se quedó pensativo, con la mano sobre la boca y los ojos entrecerrados como si quisiera hacer patente el recuerdo.

- Creo que tengo respuesta para la segunda pregunta pero, es posible, que de ahí se saque implícitamente, la respuesta de la primera, por lo menos en parte

Volvió a sumirse en los recuerdos y al poco tiempo continuó:

- Vamos a ver. Todos nosotros recordamos a Juanjo y Mariola ¿verdad?

- Sí - respondí. Juanjo era el amigo más intimo de mi padre y Mariola su esposa. Mayores que él, con cierta diferencia, fueron para nosotros como unos segundos padres, las únicas personas a las que considerábamos familiares. Esto creo que ya lo he planteado en otra ocasión anterior. Aunque vivíamos separados, se trasladaban diariamente a nuestra casa, pasábamos muchas temporadas juntos, nuestras vacaciones las pasábamos unidos y nos cuidaban siempre que era necesario, por ejemplo en los momentos del nacimiento de

Magda R. Martín

nuestros hermanos menores, cuando alguno caía enfermo o si mis padres deseaban asistir a algún evento de distracción o simplemente querían estar solos. Eran como unos tíos o más bien, abuelos, para todos los hermanos y así fue hasta que murieron con más de 60 años en un accidente de coche. Oí que Cristóbal continuaba recordando en alta voz:

- Bien. Fueron ellos los que se encargaron de papá cuando era niño. Vivió con ellos en la casa de Mariola hasta que fue adulto y comenzó... bueno no sé si fueron sus estudios o fue cuando tuvo que ir al Servicio Militar... eso no lo sé, pero sí fueron ellos quienes se ocuparon de su educación, fue como una adopción extraoficial. Sin papeleo. Entonces - dijo hablando en voz alta pero como si lo dijera para sí mismo - ¿Quién les otorgaba ese poder o facilidad? Nuestro abuelo. Su padre que todavía estaba vivo, pero aquí surge otra pregunta, ¿por qué su padre no se ocupó de él? ¿No podía? ¿No tenía tiempo?

Le interrumpí con mi creencia:

- Bueno, si partimos de la base de que era marino, tal vez le resultaba imposible estar con él. Todos sabemos que los marinos están siempre en la mar.

- Sí. Es una respuesta - Y haciendo una pausa dijo - ¿Te has preguntado qué clase de marino podría ser? ¿De la Armada o mercante?

Aquí fue cuando saqué la foto y se la enseñé. La observó con atención.

Magda R. Martín

- Sí... tiene cierto parecido con nuestro padre, sobre todo en la nariz - Giró la foto y leyó en voz alta: "Cádiz: 1929"- luego se quedó pensativo. Impulsado por la curiosidad tomé la fotografía de su mano y la observé, entonces me percaté del parecido y lo dije:

- Cristóbal, eres su misma estampa. Eres tú quien se parece a él.

Me arrebató la foto de las manos y ambos la estudiamos juntando nuestras cabezas. El parecido era asombroso. La corpulencia, más fornido que nuestro padre, la altura, algo más bajo que él. El tono claro de su pelo que se adivinaba en la fotografía en blanco y negro... Se levantó de la mesa y frotándose los ojos, comenzó a pasear por la habitación. Creo que el descubrimiento de la similitud le había conmocionado.

- Cristóbal ¿tú habías visto alguna vez esta foto?

- No - respondió rotundo y repitió - no, nunca. O por lo menos, no la recuerdo. Pero obviamente es nuestro abuelo y yo diría que pertenece a la Armada, no es mercante, no lo sé pero eso, de momento, no tiene mayor importancia.

Ya habíamos sacado algo en claro, pero me faltaba resolver una pregunta que, aunque en realidad ya había perdido interés, a mí me resultaba curiosa, quería averiguar la respuesta.

- Oye Cristóbal- detuvo sus paseos y me miró a la espera de mi pregunta - ¿Por qué crees que el viejo dijo que papá vivía con el "Comandante" si Juanjo no tenía nada que ver con la milicia?

- Sí, algo tenía que ver. Bueno...- respondió acercándose otra vez a la mesa - recuerdo que había pertenecido a algún Cuerpo del ejército, lo que no sé es a cuál, si era Tierra, Mar... o Aire, pero dadas las circunstancias que estamos averiguando, probablemente sería Mar. Juanjo debió de tener alguna relación con la marina española, no sé de qué tipo...Acuérdate de que tuvieron un negocio de pertrechos marineros y siempre explicaba historias y anécdotas ambientadas en la mar. Por supuesto lo de "Comandante" era un adjetivo que, seguro, comenzaron a añadirle como una especie de mote... ya sabes lo que es la gente... si saben que perteneces al ejército, antes te pondrán el sobrenombre de Comandante que el de soldado y si perteneces a la Marina, serás Almirante antes que infante raso... bueno... la vox populi, acostumbra a reaccionar así.

- Claro...- un flash iluminó mi mente con la explicación de mi hermano - El "Almirante", era el marino que visitaba regularmente a nuestro padre cuando era niño y vivía con Juanjo, al que llamaban el "Comandante" , y este misterioso "almirante" era el padre de nuestro padre, o sea, nuestro abuelo - Ya se ataban cabos y la idea me entusiasmó - Volvamos a la lista, dije eufórico. El número uno tiene las preguntas resueltas. Número

2. Tanto el "Almirante" como el "Comandante" no poseían realmente esta graduación. El primero, marino, era nuestro abuelo (no sabemos con qué graduación) el segundo había pertenecido a la Marina pero tampoco sabemos con qué graduación, probablemente bastante más baja que la de nuestro abuelo. Quedan dos nuevas preguntas sin responder ¿por qué nadie nombraba al "Almirante" como padre de nuestro padre? ¿Si se ocultaba la paternidad, cuál era la razón?

La deducción que sacábamos de estas preguntas nos inquietaba y como nos sentíamos cansados, nerviosos y ambos, ligeramente preocupados, casi diría que asustados, ¿qué secretos estábamos sacando a la luz? ¿qué rescoldos estábamos aventando?; recogimos las fotos y los folios que comenzaban a llenarse con preguntas y respuestas. Eran ya las dos de la madrugada. Pusimos los muebles en el orden que les correspondía, apagamos las luces y subimos cada cual a nuestra habitación. Al separarnos en el pasillo, no pudimos evitar un abrazo de complicidad, todo aquel misterio nos estaba uniendo a Cristóbal y a mí más allá de lo imaginado. Y sólo era el principio.

11

El día siguiente comenzó también con chapuzones en la piscina. Ninguno de los dos hicimos comentarios a los descubrimientos de la noche anterior pero estaba seguro de que cada uno continuaba barajando las ideas expuestas. Y pude percibir un sutil temor que empezaba a envolver los resultados de las indagaciones. En un principio pensé que mi hermano Cristóbal me había contagiado sus recelos, sin embargo, tuve que aceptar que me preocupaban demasiado algunos descubrimientos, ¿pero qué secreto podía esconderse en nuestras vidas? Esta pregunta inquietante me empujaba a continuar, debía de salir a la luz lo que estaba escondido, lo que no conocía y yo era quien debía llevarlo a cabo. Una fuerza desconocida me incitaba a proseguir cada vez que decidía abandonar la indagación. Tenía que hacerlo aunque me doliera el alma y este sentimiento era la causa del temor. Sí. Fui consciente de que si seguía en mi propósito de aclarar sucesos del pasado, debería soportar un gran dolor. No sé si era intuición o algo sobrenatural pero, interiormente, yo sabía que debía de pasar por ello, como si el resultado fuera una catarsis que sirviera para eliminar perturbaciones escondidas, era la única manera de conseguir una serenidad, una paz en mi existencia. El crisol para llegar a la purificación.

Me sentía feliz entre aquellas amadas personas. El ambiente tranquilo, la buena armonía, los paseos relajantes por el campo en una contemplación de montes que enviaban unos grandes deseos de

Magda R. Martín

profanarlos para robarles esa belleza conque la naturaleza se había complacido en concederles. Las comidas y cenas en el porche, las siestas silenciosas de las primeras horas de la tarde y, en ocasiones, bastante largas; el descanso en las tumbonas o alguna mecedora que se encontraban colocadas en la balconada frente al macizo de montañas. Todo era pacíficamente relajante.

Una tarde, durante ese agradable descanso, coincidí con Cristóbal. Salí por la puerta que comunicaba mi habitación con la balconada y apoyado en la barandilla de madera posé la mirada en el maravilloso paisaje. Él permanecía sentado observando el panorama al igual que yo y su voz me sobresaltó.

- ¿Qué haces, disfrutando de la vista?

- ¡Hola, Cristóbal! Pues sí, la verdad es que es maravillosamente relajante. De aquí vuelve uno a Madrid como nuevo.

La sonrisa se expresó más en sus ojos bondadosos que en su boca.

- Sí. Por eso vengo aquí cada verano, esto es una terapia contra el dichoso estrés de las ruidosas capitales.

Hizo un silencio que aproveché para acercar una tumbona a su mecedora y sentarme junto a él. Me abrazó por los hombros y me dijo:

- He estado pensando sobre lo que comenzamos a descubrir la otra noche creo que si queremos saber la verdad hay que investigar en el lugar de origen, en Cádiz. En San Fernando hay Centros de la Armada española, no sé si hay, incluso una Academia. Tal vez ese marino que se supone fue nuestro abuelo tenga algo que ver allí -

Magda R. Martín

volvió a hacer un silencio que supuse era para ordenar sus ideas y luego continuó diciendo:

- También he pensado que en el Registro Civil constan los nombres de los padres de los recién nacidos registrados, así que por ahí, se puede también empezar a desenredar la madeja. Lo que no sé es si te dejarán investigar...O bien podríamos intentarlo a través de Internet, creo que se pueden pedir certificados al Registro Civil por este medio.

- Joder, Cristóbal, no se me había ocurrido. Y eso que como abogado que soy lo he tenido que averiguar más de una vez. Es una idea genial, por lo menos sabremos con seguridad el nombre del que consta como padre, su profesión exacta y la dirección de aquel momento si pedimos una copia literal del certificado de nacimiento.

Como siempre que se adelantaba un paso en la investigación, me entusiasmaba la idea de proseguir y, en aquel momento, sólo deseé emprender el viaje hasta Cádiz, pero no debía precipitarme, uno de mis defectos era la impaciencia contra la que siempre me veía obligado a luchar. Así que me calmé, reflexioné y pensé en la dificultad para obtener información, pero eso no me intimidó, ya me las arreglaría con algún subterfugio.

- Si me ponen dificultades para conseguir los datos, no te preocupes, haré uso de mi calidad de abogado criminalista, allí siempre encontraré un colega que me eche una mano y si es preciso, me inventaré algo para poder acceder al registro. Y sobre conseguir los datos por medio de Internet... he pensado que puede ser más eficaz trasladarse a Cádiz... prefiero ir personalmente..., allí puedo conseguir un certificado al instante o en pocos días, depende de cómo se pongan las cosas, pero por Internet me parece recordar, por

Magda R. Martín

algún dato que he necesitado pedir para algún trabajo profesional, que tardan unos seis meses en enviarte un certificado. No. Iré personalmente. Por cierto, sería bueno saber con exactitud la fecha de nacimiento de nuestro padre, creo que fue el 3 de Julio de 1.929 si no me equivoco.

- Sí. Así es, el 3 de Julio de 1.929 en la ciudad de Cádiz – repitió Cristóbal.

- Bueno... - me dirigí a él con una alegría que ahuyentó aquel temor desconocido que nos habíamos contagiado. - Esta puede ser una buena pista. Una vez conseguido el nombre habré de seguir los pasos de ese misterioso abuelo y eso va a ser más difícil... ¿quizás con él deberíamos de empezar por la fecha de su defunción? ¿Dónde murió? ¿Cuándo? ¿Por qué?

- Joder, de eso si que no me acuerdo...¡bufff! - resopló y volvió a quedarse pensativo. Al poco rato, haciendo un esfuerzo mental visible, me dijo: - Fíjate que, si no me equivoco, debió de morir cuando papá ya era un muchacho... No sé si sería poco antes de incorporarse al servicio Militar. Me parece recordar haber oído algún comentario sobre ese hecho, pero no a papá sino a Juanjo... Creo que cuando nuestro padre creció, al hacerse adolescente, su padre, o sea nuestro abuelo, por alguna causa que no conozco, dejó de venir a visitarlo o por lo menos, espació más las visitas. No me preguntes, cuando, cómo o por qué lo sé, no te lo sabría decir. Es más una corazonada que otra cosa pero si has de basarte en una fecha, indaga a partir de esos años, más o menos... Por ejemplo, a partir de los 17 años de papá... no sé... son deducciones... cavilaciones que no sé si tienen alguna consistencia.

- ¿Qué será a partir del año...?

Magda R. Martín

- Vamos a ver - suspiró y calculó - Si nuestro padre nació en 1.929 y el servicio militar obligatorio se hacía a los ¿20 ó 22?- me preguntó.

- Pues no lo sé, no me acuerdo. Tú lo cumpliste antes que yo, ¿21, 22? Joder, es igual, año más año menos...Estará en algún documento si lo necesitamos. Papá cumplió 20 años en 1949, alrededor de esas fechas buscaré la defunción del abuelo una vez conozca el nombre y los dos apellidos, porque el segundo apellido del abuelo... ¿tú lo conoces?

-...No..., no recuerdo...Martín... ¿qué?

Estas dudas me desorientaron, me parecía absurdo no tener conocimiento del segundo apellido de nuestro abuelo ¿lo habríamos sabido alguna vez y estaba olvidado, o nunca lo supimos? Estas preguntas me ofrecieron la certeza de la falta de conexión con nuestros antepasados y volví a sentir ese dolor superficial pero afilado, penetrante, que me apretaba el corazón.

- Necesitaré algo de suerte pero tengo la seguridad de poder conseguirlo y, a partir de ahí, tendré que seguir sus huellas, buscar gente que lo haya conocido y preguntar.

- Bueno... - respondió Cristóbal más tranquilo - Pedrito, estamos elucubrando. Vamos a ver... Nuestro abuelo paterno se llamaba Cristóbal Martín, como nuestro padre, lo que no recordamos es su segundo apellido. Lo sabrás cuando lo leas en el certificado de nacimiento de papá... - se levantó, de un salto mientras decía - ¡Joder, qué lío! ¡Ya no sé por dónde ando...!

Magda R. Martín

Me causó risa su expresión de desconcierto, sí, nos estábamos liando. Había que poner orden y calma en nuestros pensamientos y dejar que la madeja se desenredara por sí misma, suavemente. En aquel momento, Pura nos llamó desde el porche para merendar.

- ¡Eh, pareja! Dejar de murmurar y bajar a tomar la merienda... venga que hay un batido muy rico y tarta de manzana - y para agregar más valor al postre, añadió - ¡de manzana Reineta! de las de aquí, de las buenas...

Mientras bajábamos las escaleras riendo, volví a sentir esa comunión intensa con mi hermano, esa sensación de afinidad y comprensión que complace los sentidos.

12

Después de aquella conversación aclaratoria, se acrecentaron mis deseos de viajar a Cádiz y obtener los datos que necesitaba de mi padre y de mi abuelo pero pensé que era mejor esperar hasta septiembre, el mes de agosto era el mes de vacaciones por excelencia y probablemente, habría poco personal en las oficinas del Registro, quedaba poco más de una semana para que finalizara así que esperaría y terminaría de pasar mis vacaciones en Santillana con mi hermano, me sentía feliz y relajado.

Aquella noche, el relente nos obligó a cerrar la ventana del salón. Para mí, que no me gustaban las altas temperaturas, aquel ambiente fresco era una bendición. La reunión se hizo más acogedora, más familiar. Apetecía algo caliente y Cristóbal preparó un chocolate. Volvimos a poner la caja de fotos sobre la mesa junto a los folios con los datos escritos. Aquello era como una aventura infantil. La búsqueda de un tesoro. Se lo comuniqué a Cristóbal y con su risa llana, me respondió:

- ¡Ay, Pedrito! Tú siempre tan imaginativo, te montas una aventura de cualquier pequeño suceso - soltó una suave carcajada y dándome un cogotazo cariñoso terminó la frase -...mientras sigas siendo así de positivo...

Magda R. Martín

Se sentó a mi lado removiendo el chocolate del tazón. Y comenzamos.

- Bueno... ¿dónde nos quedamos...?

- Vamos a por Lola...- dije yo.

- ¿Qué? - respondió sorprendido.

- Lola... la Lola esa que parece ser fue una novia de papá - le recordé ante su olvido.

- ¡Ah, sí! Bueno... papá quería mucho a nuestra madre pero debió de ser una buena prenda de joven... no creas - dijo dándole un sentido peyorativo pero al mismo tiempo cariñoso a la expresión popular.

- De ahí los genes de Joaquín - respondí haciendo alusión a los ligues de mi segundo hermano.

Sentí fija en mí la mirada de Cristóbal y su voz recia y tierna que decía:

- Siempre tuviste celos de él...

Me dolió el recuerdo.

- No..., ¡qué va...! - intenté hacerme el fuerte pero su mirada que no retiraba de mi cara, me venció. Debía reconocer la verdad.

- Sí... tenías celos de la preferencia de papá por Joaquín. Tú siempre remoloneabas a su alrededor buscando una aprobación, una caricia...

Magda R. Martín

- Bueno...- de pronto, en un momento rápido, esos momentos incontrolables en los que te ves incapaz de gobernar los sentimientos, me di cuenta de que me iba a echar a llorar. ¡Dios! ¡Que era un hombre de 45 años! No podía dejarme llevar por sensiblerías infantiles ya superadas. Pensé que debía seguir hablando pero supe que si lo intentaba, sólo saldría de mi boca un sollozo. Sí. reconocía que amé y amaba a mi padre profundamente y aquel desapego que él me ofreció continuamente a lo largo de la vida, fue un dolor constante. ¡Cuántas veces había buscado su apoyo, una palabra especial de aliento que diera fe de su orgullo sobre mí como padre! Pero nunca lo conseguí aunque, en algunas ocasiones, creía ver en él un esfuerzo por ofrecerme su amor, sin embargo, precisamente la manifestación velada de ese esfuerzo que yo percibía, cambiaba la satisfacción en un dolor más agudo. Ahí, en esos momentos duros de necesidad de afecto, es donde encontraba la dulzura de mi madre. Ella era consciente de los detalles y me recompensaba con caricias extras que yo no valoraba porque sólo deseaba las que mi padre me negaba.

Al fin, pude dominarme y sonriendo le dije:

-Todo aquello es agua pasada. Se esfumó con los sucesos de la vida. A unos les toca ganar y a otros perder... es la ley de la compensación.

No sé si vio el esfuerzo que hacía para dominar mi afectividad, el caso es que volvió a poner atención al trabajo que teníamos entre las manos. Yo tomé unos sorbos del chocolate y me calmé.

- ¡Venga, vamos a por Lola...! - le oí decir con una alegría alcanzada difícilmente.

Magda R. Martín

- Bueno... Parece ser que era una mujer muy guapa - dije yo, con los ánimos repuestos -Tanto el anciano desconocido como la madre y la tía de Manolo el del Bar, le dieron ese calificativo y, también pude entender que estaba muy enamorada de mi padre aunque él la abandonó, supuestamente por nuestra madre, cuando, una vez, casados, la llevó a vivir con él a Ronda.

Cristóbal permanecía alejado, inmerso en sus recuerdos.

- Lo que más me extrañó - continué - fue esa frase de que "estuvo presente en nuestros nacimientos". ¿Quién estuvo presente en nuestros nacimientos? ¿Se referían al de todos los hermanos? Nosotros tres, tú, Joaquín y yo, fuimos testigos del de la chiquitina, la última, porque los gemelos y Carlitos eran todavía pequeños.

- Sí - respondió Cristóbal volviendo a la realidad -¿cuántos años teníamos entonces los tres mayores? A ver... cuando nació Paloma, Carlitos tenía cuatro años, los gemelos siete u ocho...

- Sí, yo diez... , once...- le interrumpí dudando.

- Exacto. Joaquín iba para los trece o catorce y yo ¿tenía los quince...? - y volviendo a refugiarse en el recuerdo le oí decir.- ¿quién estaba presente...? Aparte de nosotros, papá y Juanjo, (Mariola cuidaba de los gemelos y Carlitos)... el médico, aquel hombre mayor, que conocía a nuestros padres... seguro que de tanto parto...- aquí no pude reprimir una risa cómplice - la comadrona... ¡la comadrona! -soltó de improviso como si hubiera visto una cobra que iba a saltar sobre él - ¡Sí! La comadrona se llamaba Lola y era amiga de papá.

- Pero papá era amigo de todo el mundo... era muy conocido...

Magda R. Martín

- Sí - admitió Cristóbal - pero de unos más que de otros y con esta mujer tenía mucha confianza...- Volvió a esforzarse en recordar, me maravillaba su esfuerzo, notaba como se introducía en la vida de entonces, retrocedía como si hiciera un viaje en el tiempo. - Sí... era una mujer alta, morena... sí... guapa... un tipo muy andaluz...Papá le demostraba mucha amistad...

Guardó unos minutos de silencio mientras yo, expectante, esperaba sus palabras.

- Creo recordar que a causa de esta mujer tuvo un disgusto serio con mamá, después de nacer Palomita, cuando nuestra hermana tenía un año o dos. Lo recuerdo porque mamá se enfadó mucho con él, con papá - aclaró. -Yo ya era una chaval mayorcito y recuerdo que mamá quiso marcharse a Madrid, sí, le dijo a papá que se iba con todos nosotros. Yo me preocupé... estaba algo asustado, no soportaba que nuestros padres discutieran y menos la posibilidad de que intentaran separarse. - Me miró con esa serenidad que da el descubrimiento de los hechos de un suceso que intranquiliza.- Parece ser que mamá lo pilló con ella... o lo necesitó en un momento determinado y lo fue a buscar y no estaba... o alguien le "sopló" que estaba con la tal Lola, eso no lo sé... - Se recostó en el respaldo de la silla descansando, además de su cuerpo, el cansancio mental. - Bueno... - dijo al cabo de un rato mientras tomaba los últimos sorbos del chocolate - Sabemos que, probablemente, muy probablemente, papá tuvo un lío de faldas con una antigua novia, después de casado. Pero eso no cambia nada de nuestras vidas, porque, afortunadamente, no tuvo consecuencias. No recuerdo más del asunto y no sé si nos fuimos a Madrid o no, pero sea como fuere, mamá lo perdonó. Es evidente que su amor mutuo era sólido, continuaron juntos hasta su muerte, una muerte ejemplar, llena de afecto.

Magda R. Martín

Mientras Cristóbal rememoraba, las escenas que iba nombrando se grababan en mi memoria como si salieran de una nube para tomar cuerpo. Creía recordar aquel altercado y el viaje a Madrid con nuestra madre pero no estaba seguro si eran recuerdos auténticos o condicionados por las palabras de mi hermano. Por lo tanto los dejé en el mismo rincón escondido de la mente, tendrían tiempo de salir a la luz si eran reales.

Bueno, allí se quedaban los datos. De momento no había más que averiguar, teníamos que esperar los resultados de la investigación en el Registro Civil. Ambos nos sentíamos cansados más anímica que físicamente, las conclusiones a las que habíamos llegado no pasaban de ser el hallazgo de unos hechos que mostraban los defectos y virtudes que nos acompañan a todos los seres a lo largo de nuestra existencia. Nuestros padres eran unos más, con esa mezcla de bondad y maldad, de perfección e imperfección que caracteriza al género humano.

El reloj marcaba casi las tres de la madrugada, entre una cosa y otra, se nos había ido el santo al cielo... Nosotros debíamos de ir a dormir. En silencio, con cuidado de no despertar a los durmientes, nos dirigimos a nuestras habitaciones siempre unidos por esa emotividad especial que se había despertado entre nosotros.

Magda R. Martín

13

El domingo 26 de Agosto, cogí el vuelo de retorno a Málaga. La semana completa que terminé de pasar junto a mi hermano y su familia me devolvió a la sociedad activa como un nuevo ser lleno de dinamismo. Paseamos a diario entre los campos cántabros en un silencio admirativo de la naturaleza a la que permitíamos penetrar en nuestras almas y llenar el vacío dejado por la lucha, los problemas y ese estresante quehacer diario, que deja exhaustos y exprimidos nuestros sentidos como si fuéramos baterías caducadas necesitadas de una conexión urgente con la pureza de la energía universal; las noches, las dedicamos al recuerdo del pasado, observando y comentando las fotos conservadas en la caja de cartón. Fueron momentos de distensión, de recuerdos que, la mayoría de las veces, no se materializaban porque las personas fotografiadas nos resultaban desconocidas. En una de ellas creímos poder reconocer a nuestra abuela paterna, una mujer hermosa, de ojos grandes y oscuros, suave sonrisa y enmarcado su rostro por una mantilla blanca, en lo que parecía una fiesta taurina de principios del siglo pasado y esos detalles nos emocionaban. Todo nos unía. Sacamos a la luz los recuerdos de nuestra infancia y adolescencia, las amistades, algunas ya olvidadas que, de pronto, se hacían un hueco en el recuerdo como si quisieran surgir de las sombras del olvido para revivir una vida ya finalizada.

Magda R. Martín

Todos aquellos recuerdos nos llenaban de satisfacción pero, al mismo tiempo, fuimos tomando conciencia de que nos mostraban, con dureza agridulce, el paso inexorable del tiempo. Los rostros de aspecto antiguo, pasados de moda, plasmados en una cartulina, ya no formaban parte de nuestra actualidad, eran algo olvidado, pretérito. Y guardamos las fotografías con un sentimiento de dulce tristeza, como algo valioso, con esa ternura que se experimenta por los objetos abandonados que, en su día, tuvieron una importancia especial y, pasado un tiempo, cuando los reencuentras escondidos en una caja, entre las hojas de un libro, con una dedicatoria cursi tan importante en otro tiempo, entonces vuelven a ser doblemente valiosos porque forman parte de tu ser, te pertenecen y traen a la actualidad lo que es intrínsecamente tuyo, los recuerdos.

El día de nuestra despedida, Cristóbal me dijo que hablaría por teléfono con los demás hermanos para reunirnos en el piso de mamá en Madrid y decidir si se ponía ya a la venta o se esperaba un tiempo a que la economía del país mejorara. Me tendría al corriente - dijo. Y así con un fuerte abrazo en el que me sentí más amado que nunca, nos despedimos.

Magda R. Martín

14

Mientras preparaba mi viaje a Cádiz, aproveché los últimos días de Agosto para entretener mi tiempo en el arreglo del jardín de nuestra casa de Ronda. Más que arreglo era un tener algo que hacer, un mover las manos al mismo tiempo que la mente no paraba en su ritmo trepidante de imágenes y recuerdos. Se amontonaba el pasado junto al presente en una mezcla de sopa mental que no sabía separar. Todo estaba unido, revuelto en un batiburrillo de ideas que se entremezclaban violentamente y acababan por proporcionarme un fuerte dolor de cabeza. Por eso, algunas veces, el relajo era mirar una flor que brotaba, arrancar una hierba, colocar un tiesto en un lugar más sombreado o viceversa y así me paseaba por el jardín escuchando el sonido crujiente de la graba bajo mis pies. Aquellas piedrecitas que se esparcían por el suelo como pequeñas perlas de recuerdos de años olvidados. Tantas veces pisadas, tantas veces repetidas. A mi madre no le gustaban demasiado, decía que le lastimaban la planta del pie y se estudió la idea de embaldosar el jardín pero, mi padre sólo pavimentó la entrada. Los laterales derecho e izquierdo y la parte trasera, quedaron siempre cubiertos por la graba.

Mis recorridos por el jardín, terminaban siempre en el mismo sitio, frente al pequeño árbol de mimosa. Me gustaba sentarme en el suelo, en las baldosas que rodeaban el edificio en sí. Apoyaba la espalda en la pared y, unas veces con una taza de café en la mano y

Magda R. Martín

otras, si el tiempo era excesivamente caluroso, con una cerveza o refresco, contemplaba lo que era la tumba de mis padres. Aquellos padres tan amados que no podía comprender hubieran desaparecido de mi vida. Cuando pensaba en ellos, creía que, en cualquier momento sonaría el teléfono y oiría la voz de mi madre: "...Pedrito, cariño, ¿cómo estás? Descastado, que no llamas, no sé nada de ti.." Luego yo preguntaba enseguida: "¿...y papá cómo está?" Mi padre... aquel hombre que para mí era un ejemplo a seguir, un modelo a imitar. Aquel hombre alto, de cara enjuta, recio de cuerpo y de voz, firme, sereno en las vicisitudes. Tomando decisiones cruciales en momentos difíciles. Aquel hombre que yo amaba tanto y que, sin embargo, su desamor me obligó a esconder mi afecto para que nadie comprendiera mi dolor y me considerase celoso o pegajosamente tierno. Aquel hombre que sufrió cuando, en aquella infancia olvidada de mis tres años, tuve el accidente de coche que me dejó en coma durante unas horas y del cual, todavía, en la actualidad, la cicatriz perdurable, no me permitía olvidarlo. ¿Acaso había sido quien más les hizo sufrir, yo que tanto los amaba? Entonces recordaba, con claridad, las palabras de mi hermano mayor, de Cristóbal, cuando explicaba el llanto descontrolado de mi madre y sus incomprensibles palabras merecedoras de aquel dolor como castigo divino que mi padre intentaba controlar y consolar con sensatez. El tiempo de la convalecencia fue largo y duro. Se temió durante tiempo por mi vida y más tarde, cuando todo volvió a la normalidad, el suceso se fue convirtiendo poco a poco en motivo de rechiflas cuando yo cometía o decía alguno de mis disparates: "Pedrito, el golpe te ha dejado "tocado"". Allí estaban ambos, unidos para siempre en un polvo que se mezclaba con la tierra para volver a ser materia que transportaba una energía y acabaría transformándose en Dios sabe qué cosa. Al llegar a esta conclusión era el momento en que se me ocurría analizar la posibilidad de la existencia de un espíritu que nos definiera individualmente a cada uno de nosotros. Y me agarraba a

Magda R. Martín

esta solución como una náufrago a una tabla. Era la única forma de retener el amor. Pensar que ellos seguían existiendo en algún lugar, en alguna forma imposible de definir. Que continuaban siendo sensibles al afecto y que, por lo tanto, nos seguían amando. Me seguían amando a mí, a Pedro a su Pedrito, a su único hijo pelirrojo. Pero no compartía yo esas creencias precisamente. La vida, mis estudios, mi profesión, me habían enfrentado a la muerte más de una vez y la única creencia que se había ido arraigando en mi corazón era la de que éramos un cúmulo de átomos unidos que, en algún momento determinado, lo que sustentaba aquella unión, dejaba de ser y todo se descomponía, como si se embarullaran las piezas del puzzle y desapareciera la figura. Dejaba de existir, ya no era nada más que el recuerdo de un dibujo. Sabía que aquella idea no era ni muy científica ni muy ortodoxa: era vulgar, simple, pero a mí me gustaba hacer aquella comparación, hasta cierto punto infantil. Tal vez porque me hacía sentir como el adolescente que comenzaba a expresar ideas profundas que el padre orientaba al conocerlas. Era consciente de que todavía deseaba el apoyo, la confianza de mi padre. Era algo que se había quedado escondido en mi subconsciente, un afecto, un interés hacia mí nunca conseguido.

Ahuyenté de mi cabeza aquellas ideas, debía de ser consecuente, era un hombre de 45 años, hecho y derecho. Se suponía que con una estabilidad emocional equilibrada. ¡Cuidado, Pedro! me dije, no dejes que tus afectos frustrados se apoderen de tu estabilidad mental. Aquel era el momento de salir a dar una vuelta. De olvidarme de todo. De pasear por la Alameda hasta pararme frente a la panorámica del tajo donde descansaba la vista y los pensamientos en momentos de juegos a "bandoleros" escondidos por la serranía rondeña. Aquella Ronda, ciudad hermosa, capital de los bandoleros que robaban a ricos para regalar a pobres, José María el Tempranillo, Luis Candelas, "El Pernales". Aquella Ronda, bella ciudad en lo alto de un macizo rocoso que se mantenía en manos de ángeles como un milagro y como un misterio indescifrable en las noches de luna y luces artificiales que iluminaban sus monumentos: El Puente Nuevo sobre el tajo, garganta profunda que despierta el vértigo, las murallas, la Puerta de Almocábar, la Iglesia del Espíritu Santo de estilo gótico renacentista, fundada por los Reyes Católicos. Aquella Ronda, ciudad antigua: la Arunda denominada así por los primitivos Celtas y posteriormente nombrada por los árabes, Izn Rand Onda. Absorbía con avariciosa codicia todo aquel conocimiento, toda aquella gracia natural hasta que me hacía daño y, como ebrio de un encanto singular, regresaba lentamente hacia el hogar para que no se escapara de mi mente todo el cúmulo de hermosura, recogido en mis paseos solitarios.

15

La llamada de Cristóbal la tuve el martes 28 de Agosto.

- Pedro, he conseguido ponerme en contacto con todos los hermanos... - oí un silencio y un suspiro - ¡al fin! No creas, me ha costado lo mío. Con los gemelos sólo pude hablar con Alonso, y a Carlitos el solitario, pude localizarlo cuando volvió de sus vacaciones en la Sierra de Cazorla... Bueno, como te decía, hemos quedado en reunirnos todos los hermanos, pero sólo los hermanos, sin mujeres ni hijos, ¿vale? - aquí hizo un silencio en espera de mi respuesta afirmativa y luego oí su voz que continuaba informándome: - Nos reuniremos en el piso de mamá el 31 de agosto que terminan las vacaciones. Hemos pensado que las doce de la mañana sería buena hora, así, después de ver el ático y ponernos de acuerdo para su venta o no, podemos comer todos juntos... una celebración entrañable... de las que ya no suceden... - adiviné en el tono de su voz una nostalgia triste.

- Por mí no hay inconveniente. Estaré ahí a la hora fijada. - Yo también hice un silencio, hubiera querido poder abrazar a mi hermano pero en aquel momento sólo tenía palabras, e intenté que fueran lo más afectuosas posibles.- Será un reencuentro feliz,

Magda R. Martín

Cristóbal, después del último tan doloroso. Me parece muy bien lo de la comida, sólo los hermanos, buena idea...

- Fue cosa de Alonso..., a mí me pareció estupendo... Reservaremos mesa en algún restaurante de esos típicos y emblemáticos de Madrid, podemos darnos un gustazo ¿no te parece? La cuenta a escote, en eso hemos quedado. Bueno he decidido por ti, espero que no tengas inconveniente.

- Ninguno, Cristóbal. Si no has reservado mesa todavía ¿qué te parece en Lardy y comemos un buen cocido?

- Pedro, yo prefiero La Bola, allí se come el mejor cocido de Madrid y el ambiente es estupendo.

- A tu gusto, Cristobalito, me parece muy bien La Bola, tú decides.

- Vale. Venga, voy a intentarlo. Os daré una sorpresa - Dio un giro a la conversación y me dijo: - ¿Cómo va la investigación?

- Dispuesto a viajar a Cádiz en busca de información. Lo haré a principios de septiembre cuando empiece la vida laboral normal. Mientras tanto, me dedico a descansar, estoy relajándome más que nunca pero la que no para quieta es mi cabeza. ¡No puedes imaginar el revoltijo de ideas que vienen y van...! - Oí su risa y unas palabras de despedida, luego el silencio. Nos volveríamos a ver en Madrid al cabo de pocos días, otra vez todos los hermanos juntos, otra vez los Martín Rodero, poniéndose de acuerdo en el ático de mamá, aquel ático visitado con frecuencia que mi madre siempre conservó con cariño.

Magda R. Martín

Había sido su primera vivienda en soledad cuando salió del Convento donde se educó. Lo consiguió con el dinero de la venta de unas tierras en la provincia de Zamora pertenecientes a su padre y que fueron a parar a ella por herencia cuando murió la tía que la adoptó al quedarse huérfana. Siempre le tuvo mucho cariño... "su nidito..." lo llamaba. Cuando hablaba con mi padre sobre aquel piso o cuando lo habitábamos, en esas temporadas madrileñas de nuestra infancia y adolescencia, se captaba entre ambos una complicidad de sucesos añorados en aquel lugar. Apostaría, sin temor a perder, que en aquel piso, se habían consolidado decisiones amorosas trascendentes para sus vidas. Y ahora, se nos escapaba de las manos, toda aquella energía acumulada en sus paredes, se esfumaba, se perdía porque los dueños, los que la amaron, habían desaparecido. Se habían llevado con ellos los recuerdos, todos los rescoldos de una vida hermosa.

Aquellos pensamientos volvieron a ser un acicate para mis pesquisas. Quería saber... sin embargo, no sabía qué quería saber. Tal vez, los sentimientos de mis padres en su juventud, cuándo se conocieron, lo que sintieron al verse por primera vez. Por qué decidieron casarse ¿había tenido mi madre algún otro novio? ¿O fue mi padre el primero? Él sí había conocido a otras mujeres... estaba Lola... la mujer que ahora ya sabía era la comadrona que ayudó en nuestros nacimientos... ¿Hasta qué punto pudo haberla amado? Mi madre lo supo... sí. En aquel punto se abrió en mi mente un claro. Como si anduviera por un bosque sombrío y, de pronto, llegara a una planicie donde el sol deslumbraba y recordé lo que ya había insinuado Cristóbal en Santillana cuando descubrió la identidad de la mujer.

Nuestra hermana Paloma, tendría poco más de un año, o tal vez dos. La bronca fue fenomenal, llegamos del colegio y nos encontramos a mi madre hecha un basilisco, discutiendo con mi padre. Le echaba en cara una infidelidad. Él intentaba calmarla

89

Magda R. Martín

defendiéndose de las acusaciones que decía eran infundadas, pero en su voz se notaba la insinceridad. Mi madre hizo las maletas, y con todos nosotros, volamos desde el aeropuerto de Málaga a Madrid. Mi padre se presentó en la casa el fin de semana como perro apaleado y estuvieron hablando encerrados en la habitación durante un largo tiempo en el que los tres hermanos mayores, nos hicimos cargo de la cena y de la atención a los pequeños. El domingo siguiente, por la tarde, regresamos a Ronda para consuelo y satisfacción de todos nosotros. No podíamos comprender la separación de nuestros padres, no cabía en nuestros esquemas. Era imposible. Y, afortunadamente, poco a poco, todo volvió a la normalidad y el amor triunfó. Me hubiera gustado conocer las palabras y razonamientos empleados para convencer y perdonar pero eso no lo sabría nunca. Fui consciente de que mi deseo por conocer la vida de mis padres iba "demasiado allá". Debía parar, no podía ahondar en tantas intimidades, eran personales, íntimas, sólo les pertenecían a ellos y se las habían llevado a la tumba. Al pequeño hoyo en el jardín de la casa de Ronda donde mi padre quiso mezclarse con la tierra y mi madre le acompañó, seguramente por ese deseo inmenso que tenía de no separarse nunca de él. Era curiosa, sin embargo, aquella decisión. Tenía cierto misterio que, estaba seguro, fue lo que inconscientemente despertó en mí el deseo de investigar. Cada vez que pensaba en ello, sentía una extraña inquietud, un hormigueo recorría mi cuerpo. Había algo desconocido a lo que no podía dar cuerpo ni forma, algo que dejaba una laguna en mi mente en cuanto intentaba unir todos los hilos que formaban la urdimbre de sus vidas. Tenía que continuar con la investigación.

Magda R. Martín

16

El vuelo desde Málaga a Madrid fue como siempre, rápido y normal aquel sábado por la tarde. El taxi me llevó hasta mi pequeño piso de la calle Reyes Magos y me dejó frente al terraplén de tierra circundado de mampostería para evitar su derrumbe en el que sobresalía la enorme pita, aquella planta de hojas carnosas terminadas en un aguijón que crecía entre piedras dispuestas de manera ornamental acompañada de chumberas y flor de lavanda en aquel minúsculo jardín que bordeaba el edificio y que siempre había sido motivo de asombro para mi curiosidad por su crecimiento exuberante.

Me sentí bien cuando subí las escaleras que ascendían hasta el edificio que se encontraba sobre el altozano. El piso olía a cerrado, le faltaba vida. Abrí ventanas, subí persianas y olfateé como perro sabueso el aire que llegaba hasta el cuarto piso donde estaba asomado en una observación de lo que podía vislumbrar de la ciudad y volví a sentirme feliz. Aquello era mío. Me pertenecía. Y con ese deseo de posesión tan humano, la sensación de dominio se apoderó de mí. Sin quererlo me sentí poderoso y hasta cierto punto creo que puedo decir despótico. Con todas estas sensaciones no pude evitar el recuerdo.

El piso lo compré con la parte que me correspondió de la venta del que conseguimos Montse y yo en la calle Bravo Murillo cuando

Magda R. Martín

nos casamos. A Montse la conocí cuando vino a Madrid para organizar unas conferencias sobre Criminología que se debían celebrar en Barcelona. Trabajaba en la Universidad Autónoma de la capital catalana y yo estaba haciendo el máster en la Complutense. Fue un enamoramiento rápido, un poco sin sentido. Nos casamos al terminar nuestros trabajos universitarios y fijamos la residencia en Madrid. Pero pronto surgieron los desacuerdos. Ella no se habituaba a ningún trabajo en la capital, no le gustaba Madrid, añoraba su ciudad natal y su ambiente, y a mí, no me gustaba Barcelona. Me sentía incómodo en aquella ciudad, rechazado. Los padres de Montse eran muy amables conmigo además de muy cultos, pero ahí quedaba todo. Hubiera deseado menos protocolo y más cordialidad. No, aquello no era lo mío, pero pronto nacieron las niñas, primero Nuria, y al año siguiente, Berta. Como una paradoja, aquellos nacimientos que debían habernos unido más, nos desunieron completamente. Las niñas tuvieron que nacer en Barcelona por deseo de la madre y yo debía trasladarme continuamente en el puente aéreo para atender a mi trabajo y a mi familia al mismo tiempo, así llegó la indiferencia y el cansancio. Al cumplir la pequeña Berta, dos años. Montse me presentó la alternativa. O dejaba Madrid y buscaba un trabajo en Barcelona o nos separábamos. Si he de ser sincero sólo me dolió un poco el alejamiento de mis hijas pero, un día, mientras las contemplaba relacionándose con sus abuelos maternos, hablando en catalán entre ellos, sin incluirme en la conversación, me sentí aparte. Comprendí que no me pertenecían, eran hijas de Montse yo sólo había sido un instrumento, importante sí, pero sólo el instrumento que había hecho posible la ocupación de su lugar en este mundo. Entonces supe lo que tenía que hacer. Aun habiéndome planteado la posibilidad de trasladarme a trabajar a Barcelona, Montse y yo no sentíamos nada el uno por el otro, aquel matrimonio había sido un accidente y así lo asumimos. Las niñas venían a verme de vez en cuando, yo las amaba de una manera ausente, debía forzar mi

Magda R. Martín

pensamiento para saber que portaban mis genes, sabía perfectamente que estaban muy bien con su madre y su familia materna. Vinieron a la incineración de mis padres, ni siquiera podía nombrarlos como sus abuelos, apenas los habían visto y menos tratado pero, nos gustara o no, tanto Montse como yo, debíamos admitir que ellas tenían una parte de los Martín Rodero. Luego, cuando encajé todo el cambio, un día me llamó para arreglar nuestro divorcio, quería contraer un nuevo matrimonio. Como el nuestro había sido solamente civil, no hubo muchos problemas, ambos estábamos de acuerdo y toda la separación de bienes se hizo legalmente. Con el dinero que me correspondió del piso donde vivíamos en Madrid, me compré el actual, mi pequeño pisito de la calle Reyes Magos donde ahora me encontraba recapitulando en mi vida.

Yo no había tenido necesidad, hasta el momento, de ningún nuevo matrimonio o pareja, la experiencia adquirida me dejó con un desabrimiento que no me impulsaba a repetir. Por otra parte mis necesidades físicas por tener una relación con una mujer tampoco eran acuciantes, las controlaba a la perfección. Unos años después del divorcio, tuve una aventura con una de mis secretarias que no llegó a nada serio. Poco después abandonó el bufete y no supe más de ella y aparte de algún amorío esporádico, surgido en alguna reunión de profesionales que se encontraba con bastante facilidad si así lo deseabas, no había habido ninguna relación seria en mi vida. Ahora estaba inmerso en la investigación de la familia y eso me entusiasmaba, llenaba mis horas. Además, al comenzar Septiembre, volvía a abrir mi bufete de la calle Zurbano. Alex, el abogado que trabajaba conmigo, era quien comenzaba la tarea. Debería ponerme en contacto con él para organizar el trabajo que estuviera pendiente. Lo llamaría por teléfono.

Magda R. Martín

17

Aun teniendo aire acondicionado y soportando un calor todavía bastante intenso, pasé la noche sin conectarlo; con las ventanas abiertas, escuchaba el murmullo de la vida que retornaba a la gran ciudad. De vez en cuando, una ráfaga de aire, llevaba hasta mi nariz el olor dulzón de la lavanda y alguna otra planta aromática que no sabía distinguir. Me dormí de madrugada, con la mente agotada por tanto recuerdo.

El piso de mi madre se encontraba situado en la calle María de Molina, así que, por la mañana, después de asearme y desayunar, opté por caminar por la calle Menéndez Pelayo y, bordeando el parque del Retiro, coger el metro en Príncipe de Vergara hasta Avenida de América, de allí sólo tenía que caminar unos cuantos metros hasta llegar al piso de mi madre. El paseo, en un día soleado, de esos madrileños días que nos regalan un cielo de un azul espectacular, me sentó a las mil maravillas. Disfruté observando los jardines que se veían tras las rejas del parque, en un ensueño de paseos nunca conseguidos en la medida del deseo. Los riegos mañaneros esparcían un frescor que se agradecía y la chiquillería todavía en vacaciones, alegraba con sus expectativas de esperanza los momentos de desilusión de los mayores, la mayoría de ellos abuelos que ocupaban su tiempo ya vacío de responsabilidades en el cuidado de los nietos.

Magda R. Martín

Las llaves del piso de mamá, estaban en posesión de Cristóbal, por ser el mayor de los hermanos, quien se hizo cargo de ellas al morir nuestra madre, con el consentimiento de todos. Cuando yo llegué, la puerta se encontraba entreabierta por lo que no tuve que llamar y entré. Se encontraban todos excepto nuestra hermana Paloma que, como siempre, llegaba tarde. Los abracé con verdadero cariño; me percaté del cambio que, poco a poco, se operaba en nuestro aspecto. Envejecíamos sin darnos cuenta. No sé si éramos conscientes de nuestra situación pero percibí con tristeza, que comenzábamos a ser extraños. Sí, nos amábamos, éramos hermanos, habíamos compartido vida, padres, casa, juegos... Entonces nos pertenecíamos unos a otros. Ahora formábamos un aparte, nos habíamos adueñado de nuestra individualidad, éramos hermanos pero esta palabra ya no concretaba nada, era una palabra abstracta, vaga, indefinible. Mis hermanos gemelos no podían disimular su pertenencia a la milicia, ese algo especial que siempre llevan consigo los que visten uniforme que los identifica de alguna manera y así se lo dije.

- Es el corte de pelo - dijo Miguel, comentario que subrayó su gemelo moreno.

Carlitos me sorprendió fumando en pipa, era el más joven de los varones, luego le seguía la niña. La niña que precisamente llegaba en aquel momento, alborotada y disculpándose por su tardanza, una niña de 36 años, madre de un hijo que cumplía seis y de una niña de tres, según nos explicó orgullosa.

Una vez calmada la curiosidad por un reencuentro en el que tampoco había un largo espacio de tiempo pero sí más interés personal que en el anterior, comenzó la reunión propiamente dicha. El salón continuaba igual, sin transformaciones, salvo las alfombras que estaban enrolladas junto a una de las paredes. La terraza desde

Magda R. Martín

donde se veía el tráfico de la calle seguía con los ventanales cubiertos por los visillos blancos y unas cortinas azules lo mismo que una ventana situada en la pared de la derecha desde donde se podía ver el jardín grande y bien cuidado de un colegio de monjas. El sofá de tres plazas y las dos butacas que rodeaban la mesita de centro, parecían nuevas y pensé si mi madre habría encargado tapizarlas de nuevo aunque la tela me pareció la misma de siempre y los muebles de roble, brillaban como si estuvieran recién comprados. Seguro que nuestra madre se ocupó, antes de morir, de que todo estuviera en orden previendo las reuniones a las que nos veríamos obligados.

Ninguno quiso sentarse, cada uno de nosotros escogió un sitio que, presentí, a cada cual le comunicaba algo personal. Yo, me acomodé en el marco de la puerta que daba a la habitación donde dormía en compañía de Joaquín y Cristóbal siempre que nos trasladábamos al ático.

- Bueno. Lo primero - dijo Cristóbal convocando nuestra atención. - He hecho copia de las llaves de este piso para que cada uno de nosotros podamos hacer uso de ella siempre que lo necesitemos. Bien, dicho esto - y entregando las llaves a cada uno, continuó: - Como sabéis mamá dejó dicho que todo lo que le pertenecía se repartiese entre todos a partes iguales y como nosotros quisiéramos, confiaba en nuestro buen entendimiento, por lo tanto, os pido a todos que no la defraudemos. Antes de morir, en el momento en que nos comunicó su deseo de que sus cenizas fueran mezcladas con las de nuestro padre y enterradas en el jardín de la casa de Ronda, me pidió que, por ser el mayor de los hermanos, me hiciera cargo del reparto de los bienes, bueno... todo eso ya lo sabéis así que vamos a ponernos de acuerdo y a repartirnos lo que haya, en buena armonía. Ya está en trámite la cancelación de las cuentas de los Bancos y

Magda R. Martín

cuando las tenga, os mandaré copia de todos los documentos y haremos las transferencias a cada una de vuestras cuentas.

Mientras Cristóbal hablaba, pude fijarme en mi hermano Joaquín. Al hacer alusión al dinero, sus ojos chispearon de codicia y sentí un profundo dolor. Cristóbal seguía hablando y presté atención.

- Bueno. Lo más importante y el principal motivo de que nos hayamos reunido aquí es para decidir si ponemos este piso en venta ya, o esperamos a que la economía mejore y suban los precios de los pisos. Hay que tener en cuenta que aunque es ya muy antiguo, está situado en una parte muy céntrica de la ciudad y se puede vender por un precio elevado.

Se aclaró la voz bebiendo un sorbo de agua de un vaso que tenía sobre la mesa y aproveché el momento para dar una opinión sobre algo que, parecía, nadie tenía presente.

- El piso es muy antiguo Cristóbal, sí – dije - pero hay que tener en cuenta que se reconstruyó cuando papá y mamá decidieron fijar aquí su residencia...ya te lo dije... cuando papá se retiró y dejó su trabajo ¿os acordáis? - dije dirigiéndome a todos.

- Sí, es verdad...- dijo Joaquín - se pidieron unos permisos creo que al Ayuntamiento para cerrar parte de lo que era la terraza y se tiraron e hicieron paredes nuevas.

- Sí, ya me acuerdo, claro - el que hablaba era Carlitos - el piso se remodeló, eso le da más valor. Se puede vender a un precio muy alto. Un ático en la calle María de Molina de Madrid puede costar sus buenos 700.000 Euros.

97

Magda R. Martín

- Yo creo que debemos empezar a hablar con alguna inmobiliaria seria para que le pongan un precio - la que habló fue Paloma, como siempre, pragmática, no se andaba con zarandajas.

Los gemelos se miraron el uno al otro y como acostumbraban, dijeron a un tiempo hablando en plural:

- Nosotros aceptamos lo que decidáis.

A Joaquín no había ni que preguntarle, aunque yo no sabía si los demás estaban al corriente, él era quien había levantado la liebre, como se acostumbra a decir, por lo tanto era el primero que deseaba vender. Y la decisión se tomó por unanimidad. Cristóbal se pondría en contacto con alguna Inmobiliaria de renombre para que valorasen el piso y lo pusieran a la venta. Mientras, pasaría cierto tiempo en el que, confiábamos, la economía española mejorara. Pero quedaba la segunda cuestión. Los muebles y todo lo que se encontraba en el interior de la casa. ¿Qué hacíamos con ello? Muchas cosas eran entrañables para todos nosotros. Yo tenía una especial predilección por un juego de café de porcelana blanco que mi madre acostumbraba a usar sólo en festividades nombradas o cuando venía algún visitante con el que deseaba lucirse como buena anfitriona. Y lo pedí.

- Si nadie se niega, me gustaría quedarme con el juego de café de porcelana y, con vuestro permiso, buscaré a ver si encuentro fotos, estoy haciendo una especie de recopilación de nuestra vida mediante fotografías, una recopilación de la vida de la familia Martín Rodero, así que si encuentro alguna, también me la llevaré.

Habíamos comenzado a movernos, buscando, mirando, observando muebles, cuadros, abriendo armarios rebuscando en su

Magda R. Martín

interior cosas ya conocidas que formaban parte de nuestros orígenes y que, en aquel momento, nos parecían nuevas. Sentí la mano de Paloma sobre mi hombro y vi sus ojos claros, tan parecidos a los de nuestra madre, fijos en mí.

- Mamá guardaba papeles, cartas y fotos en un baulito que escondía en el altillo del armario de su habitación y seguramente encontrarás también algo en los cajones de la mesa de trabajo de papá - y sin ningún motivo me dio un beso largo.

Mientras me dirigía hacia el lugar indicado, oí la voz de Cristóbal que decía:

- Lo que más me apena es este buró tan antiguo de mamá. Le tenía mucho cariño, creo que era lo único que le quedaba de su familia. Si nadie lo quiere me gustaría quedarme con él, aunque sé que tiene bastante valor como antigüedad..., si queréis lo valoramos...- no oí más, pero pensé que Cristóbal no se merecía aquel silencio egoísta. Y volvió a dolerme el corazón pero fue un dolor que desapareció rápido. En el altillo del armario estaba el baulito y aquel encuentro me alegró. Decorado con conchas, caracolas, cromos y perlas pegadas sobre su exterior. Cuando quise abrirlo descubrí que estaba cerrado con un pequeño candado y la llave había desaparecido. La busqué inútilmente por el fondo del armario. Allí no había nada, así que decidí llevármelo sin abrirlo, ya encontraría la manera, no sería muy difícil abrir aquel pequeño candado. Cuando ya se nos hacía tarde para nuestra reserva en La Bola y comer nuestro cocido madrileño tan esperado, en los cajones de la mesa de trabajo de nuestro padre, según me había dicho la cotilla de mi hermana, descubrí cartas, papeles y fotos. Arramplé con todo, lo metí en una bolsa y lo dejé sobre la mesa donde otros, ya habían dejado los objetos que deseaban llevarse. Paloma se había decidido por la ropa,

Magda R. Martín

por la cantidad que se veía, debía de haber vaciado los armarios. ¡Mi querida hermana pequeña! La alegría y sorpresa de mis padres, la última en nacer. Me hizo sonreír al encontrarme otra vez con sus ojos claros que mostraban una mirada entre confusa, culpable y al mismo tiempo firme, dispuesta a defender todo lo que deseaba apropiarse, resultaba un poco cómico. ¡Era tan hermosa como mi madre! pero tenía el pelo más claro, algo rubio. Mi madre lo tenía oscuro, lo que hacía resaltar más la mirada verde de sus ojos.

- Bueno, chicos - Me hizo gracia la manera de expresarse de Cristóbal, dio unas palmadas para que prestásemos atención como si fuera un profesor y dijo - ¡Vámonos que se hace tarde! Como ya tenemos cada uno nuestra llave, que cada cual se arregle para venir a buscar lo que ha escogido...- Hizo un silencio y con una sonrisa, mientras se dirigía a la puerta de salida, exclamó: - Supongo que respetaremos los deseos de cada uno de nosotros...

Así fuimos saliendo en dirección a la calle. Yo subí en el coche de Cristóbal con Joaquín que ocupó el lugar del copiloto mientras, Carlitos que también había venido en Metro, y yo, ocupábamos el asiento trasero. Los gemelos se fueron en el coche de uno de ellos, no sabía de cual, y Paloma en su Volkswagen Polo. Nos encontraríamos en el Restaurante.

18

El sábado1 de Septiembre, tomé un taxi, aunque tenía mi Audi en el garaje, no me apetecía conducir, ni siquiera sabía cómo andaba de gasolina y pensé que necesitaría una puesta a punto, así que me decidí por el transporte público. Recogí del piso de mi madre las cosas que me había adjudicado y me las llevé. Era el primero en hacerlo, sobre la mesa estaba toda la ropa de Paloma, algún cuadro que no sé quién lo había escogido, y utensilios; jarros de cerámica, estatuillas, y notas en las que, cada uno, con su nombre, determinaba lo escogido ante la imposibilidad de colocarlo sobre la mesa, como por ejemplo las alfombras. Aquello acabó con mi entereza, era desolador, me parecía una competición de buitres hambrientos por los restos de una vida. La vida de mis padres y, en silencio, lloré durante un rato. Cuando bajé con todo lo mío metido en las bolsas de plástico y subí al taxi, no pude evitar pedirles perdón en la soledad del vehículo y como si fuera una oración de arrepentimiento, les prometí hacer buen uso de todo cuanto llevaba conmigo. Cualquier descubrimiento al que pudiera llevarme todo aquel bagaje saqueado, nunca lo emplearía en hacer o decir algo que tuviera la certeza de que a ellos les hubiera disgustado exteriorizar. En aquel taxi madrileño, en un primer día de Septiembre, en el que mi corazón rebosaba una inmensa y triste añoranza del pasado, como ladrón penitente, prometí a mis padres ser totalmente honesto y discreto con cualquier hallazgo. Nunca me retracté de esta promesa.

Magda R. Martín

Cuando pensé en mi regreso a mi Andalucía querida, en un principio decidí hacerlo en el Audi que guardaba en el garaje, para trasladarme después, por este mismo medio, a Cádiz, en busca de mis pesquisas, pero volví a desecharlo, me pareció más fácil moverme en avión y en taxi cuando fuera necesario que ir de acá para allá buscando calles y lugares de los que desconocía su ubicación. Así que, otra vez, cogí el avión hacia Málaga.

Aunque mi idea era comenzar mi viaje a Cádiz al día siguiente, al despertarme por la mañana en mi casa de Ronda, me encontré muy cansado tanto física como mentalmente y decidí descansar. Prefería ir con el ánimo bien dispuesto para que los sucesos no me sobrepasaran, debía controlar la situación y no permitir que la situación me controlara a mí, mas el paso del tiempo en la casa de Ronda, se hizo tedioso.

Después de colocar lo que había llevado conmigo en su sitio correspondiente, - guardé el juego de café en la vitrina del armario del salón y todos los documentos, papeles y carpetas cogido de los cajones de la mesa de trabajo de mi padre, los adjunté a las cajas de fotos que investigaba - (Necesitaba calma y tiempo para estudiar lo que tuviera algún interés y lo que podía ir a la papelera). Como digo, mientras manejaba sobres y papeles, muchos ya amarilleados por el tiempo, surgió la idea. Fotos y documentos los pondría en el ordenador después de escanearlos y los imprimiría en un CD para, una vez finalizada la investigación y con todos los datos de nuestras raíces bien aclarados, enviarle uno a cada hermano para que pudieran estar orgullosos de la familia que formábamos.

Al día siguiente, cuando, ya decidido, iba a trasladarme a Málaga para coger el avión hasta Jerez de la Frontera y de allí a Cádiz, sentí una abrumadora pereza que consiguió ponerme de mal humor. En aquel momento sólo deseaba ponerme al volante de un coche y comenzar mi viaje dando libertad a mi pensamiento, sin embargo, mi coche estaba bien guardado en el garaje de mi casa de

Magda R. Martín

Madrid ¿qué podía hacer? Alquilar un coche. Y así lo hice aunque aquellos cambios de decisiones hicieron patente la poca claridad de mi mente y esta certeza me hizo sentir inseguro. Volví a regañarme a mí mismo, necesitaba control sobre mis actos.

Magda R. Martín

19

A las diez de la mañana del día 3 de Septiembre salí de Ronda por la A 374, dirección Cádiz. Me sorprendió el cosquilleo en el estómago que sentí al enfilar la carretera, presentía que, aquel acto, podría tener una gran trascendencia en mi vida y como un aviso de peligro, volví a recordar las palabras de mi hermano Cristóbal... "deja las cosas tranquilas... no las revuelvas..." , o algo así. Pero no podía, debía terminar lo comenzado y después, con los resultados, estudiaría lo que debería hacer.

Dos horas más tarde aparqué el coche en las cercanías del Hotel situado en la calle San Francisco. Lo primero que sentí fue, como no, otra vez, nostalgia de tiempos pasados en aquel lugar en compañía de mis padres.

Acostumbrábamos a intercambiar las playas de Málaga y Cádiz en nuestras vacaciones de verano y observé con los ojos entrecerrados la hermosa y deslumbrante luz del paisaje de la Tacita de Plata permitiendo que colmara esa parte especial de nuestro ser que llamamos alma. Allí estaba el oleaje del Atlántico que dejaba aparecer su sabor salado a mis labios. Era la primera reacción sentida y deseada al llegar a las ciudades marineras y en ésta, casi siempre acompañaba al sabor salitroso, el famoso viento de Cádiz.

No fui consciente de mis pasos, sólo sé que me encontré frente al mar azul, frente al aire, frente a la luz. Aspiré la brisa única del

Magda R. Martín

Atlántico, los aromas de la ciudad marinera, de sus particularidades, de esa vida de siglos que se percibe allí donde los sucesos han dejado poco a poco, centuria tras centuria, la marca de su paso para que perdure en el tiempo, para que cualquier alma sensible, susceptible de captar lo evanescente, recoja el testigo de otras existencias que dejaron prendidos en el aire sus afanes, sus desvelos, sus esperanzas y desesperanzas..., existencias que se van copiando de manera incongruente como si no existiera otra razón diferente para seguir con la vida, como si volviéramos a este mundo para intentar conseguir lo no conseguido y, sin embargo, volvemos a fracasar porque vamos tras lo inalcanzable, tras algo a lo que ni siquiera podemos dar nombre, solamente lo conocemos por "felicidad". Algo a lo que no podemos dar consistencia porque para cada ente, para cada ser, para cada uno de nosotros, la felicidad es diferente. Cada cual la interpreta a su manera y la hace corpórea, la humaniza y cuando quiere asirla entre sus manos para retenerla indefinidamente, se le escapa entre los dedos, se esfuma como volutas de humo que acaban disueltas en el aire y eso es lo que impregna cada lugar de manera individual y al mismo tiempo plural. Así es como se fijan las energías de sucesos pasados, al aspirar el aire, al sentir los olores peculiares del entorno, de ese algo especial que siempre permanece y, con poco esfuerzo, lo palpas, lo adquieres y penetra en tu piel. Es el sabor ancestral a siglos.

Decidí pasear por la ciudad, al día siguiente me acercaría al Registro Civil y haciendo valer mis antecedentes profesionales, procuraría que algún colega me ayudara para conseguir la información deseada.

20

Al salir de la pubertad comenzó a ser consciente de su individualidad. Era diferente de sus hermanos; de Cristóbal, de Pedro... con los gemelos ni se comparaba, los clasificaba como dos seres aparte, siempre juntos, siempre mutuos, como si fueran uno solo, apartados, hasta cierto punto, del resto de los hermanos e incluso de la familia. Carlitos un niño todavía al que le obligaban a proteger y la niña.... no había nada que comentar. Un ser aparte, único. Como si fuera una exquisitez encontrada de pronto y por casualidad. Sin embargo, Joaquín siempre se sintió muy apoyado por su padre y eso le dio una primacía, un poder sobre sus hermanos.

Las correrías de adolescente las acostumbraba a hacer con amigos de ideas más afines a las suyas, que, naturalmente, eran los que tenían peor imagen. Aquellos que se señalaba con el dedo en cuanto surgía algún suceso fuera de lo normal que alterase la paz de la pequeña ciudad. Le quitó a su hermano Cristóbal aquella primera novia, la hija del Juez, porque sí. Bueno, la niña lo miraba con bastante interés y no le costó ningún trabajo conseguirla aunque luego se arrepintió al ver en los ojos de su hermano el dolor causado. Los estudios no le gustaban, le cansaban, si consiguió llegar a la Universidad fue por complacer a su padre y también porque así se lo exigió, "...eso no te lo permito... antes termina los estudios" - le dijo cuando le propuso poner un negocio -. Pero ni siquiera acabó el primer curso de Empresariales, volvió a casa con suspenso tras suspenso debajo del brazo y supo obtener de su padre un dinero que fue lo que lo llevó a Madrid con aquel Javier que había sido legionario, para abrir una tienda de informática.

A Encarnita, la hermana de Javier, la conoció un día que fue a visitar a su hermano cuando todavía estaban preparando la tienda. Era una chica morena, con una melena larga y ondulada que siempre llevaba cortada en pico. Bastante baja y menuda. Se casó algo entusiasmado, pensando que, con ella, tal vez las cosas salieran bien, pero tampoco le gustó la vida de casado y entonces se dio cuenta de que amaba mucho su libertad, su independencia. Le gustaba hacer y deshacer a su gusto, embarcarse en aventuras arriesgadas sin estar pendiente del resultado. Pensaba que si fracasaba, comenzaría otra cosa que funcionaría mejor y, sobre todo, no le gustaba dar explicaciones de sus actos a nadie. Ese fue el motivo de su separación. A partir de ahí lo que tuvo fueron parejas esporádicas que duraban un tiempo, hasta que se acababa ese amor ficticio con el que se auto engañaba y así la vida pasaba poco a poco.

Cuando la empresa comenzó a tener problemas, su socio cogió su parte correspondiente, sin ganancias, porque ya no había, y se largó. No supo más de él. Sin embargo, él no cerró la tienda, se arriesgó, y al fin, pudo conseguir ser proveedor de grandes almacenes y hubo una temporada larga que el dinero entró en abundancia en su bolsillo. Fue la época más agradable de su vida. Viajó al extranjero, a América del Sur, a Estados Unidos, recorrió Europa pero como todos los gastos salían de la misma cuenta, pronto el negocio volvió a dar malos resultados. Lo había dejado todo en manos de dos empleados, un chico y una chica jovencita que se encargaba de la parte administrativa y pronto pudo comprobar que la cuenta del Banco cada vez mermaba más. Volvió a pedir créditos y también ayuda de su padre que, aunque lo sermoneaba, siempre terminaba concediéndole algo de lo que le pedía hasta que,

Magda R. Martín

últimamente, cuando ya se retiró y dejó su trabajo como tallista para marcharse con su madre a vivir a Madrid al piso que conservaban allí, todo se acabó y tuvo que arreglárselas por su cuenta.

Los créditos lo agobiaban, para hacer un pago conseguía crédito sobre crédito hasta que los Bancos se negaron a avalarle porque la deuda aumentaba y los pagos se demoraban. Luego llegó la muerte de sus padres y consiguió parar las reclamaciones de abrumadoras deudas con la promesa de cancelarlas después de recibir la herencia correspondiente; hasta que le embargaron todo lo que tenía, se había quedado sin nada. Pero la vida siempre da una de cal y una de arena y a él le llegó la de cal por medio de Beatrix, la inglesita que se había enamorado de él.

La conoció en un Bar donde se reunía con amigos españoles y extranjeros para practicar idiomas, claro que él sólo practicaba el inglés que era la lengua extranjera de la que tenía algunas bases. Era una chica mayor, aunque no decía nunca su edad, él calculaba que tenía más de cuarenta, incluso llegó a pensar que podría alcanzar los mismos años que él, pero eso no importaba, al contrario, hacía más fácil la conquista. En cuanto la vio supo que le había caído bien. Los ojitos azules de la inglesita no se despegaban de su cara morena y él supo sacar partido de aquella preferencia. Se dejó querer. Beatrix mimaba y ayudaba siempre que podía al español moreno y atlético que tenía algo indescriptiblemente atractivo sin poderse decir que era guapo y aunque nunca le había propuesto matrimonio, confiaba en que llegaría ese momento. Sin embargo, a Joaquín ni se le ocurría pensar en esa solución. Aceptaba la ayuda económica de Beatrix con palabras de agradecimiento y promesas de devolución que, la inglesa o bien creía, o bien esperaba cobrarse de alguna otra manera.

Llegó un día en el que Joaquín o pagaba o se le presentaban serios problemas y como las cantidades engrosaban a medida que pasaba el tiempo, la protección de Beatrix no alcanzaba a sus fines y ese fue el motivo por el que viajó a Santillana para hablar con

Magda R. Martín

Cristóbal. ¡Joder! ¡Tenían que vender el piso de su madre! Les iban a dar un pastón y aunque eran muchos a repartir, los miles de euros que llegarían a su cuenta le iban a hacer un gran servicio. Por suerte lo consiguió aunque no tan rápido como deseaba. Cristóbal era un buen chaval (para él siempre sería aquel chaval bueno que lo vigilaba y aconsejaba pero al que nunca hacía caso). Le sacó seis mil Euros cuando estuvo en Santillana que le dieron un corto respiro, lo gordo estaba en las deudas de los Bancos. Ahora se le presentaba un pago al que no podía hacer frente y si no lo hacía le embargaban su piso de Madrid, era lo único que le quedaba.

Por eso decidió hacerlo. Tenía la llave y aunque en algunos momentos el remordimiento lo ahogaba, no tenía más alternativa y, cerrando los ojos a la verdad, olvidándose del amor fraterno, de la lealtad y la nobleza, se puso en contacto con unos chicos que hacían mudanzas a bajo precio, los contrató y un jueves por la mañana muy temprano, les dio las llaves, (él no se arriesgaba a que alguien pudiera reconocerlo), y vació el piso que su madre tenía en María de Molina. Lo guardó todo en un almacén que alquiló en un polígono y comenzó a vender todas las cosas. Cuando sus hermanos conocieran el desalojo, él se sorprendería como todos, pensarían que había sido un robo de tantos como había por aquellas fechas en la capital. Un piso deshabitado, muebles, cuadros y utensilios de calidad. (El ordenador de su padre se lo había adjudicado él y ya estaba en su poder), etc. Estaba decidido a negarlo todo, no sabía cómo se solucionarían las cosas, no quería pensar, sólo se daba las gracias porque la venta a un anticuario del buró de su madre, el que Cristóbal deseaba tener, ya le había dado una suma sustanciosa con la que poder parar un desahucio. Tenía que seguir adelante. No podía detenerse a sentir la vergüenza que, como un roedor rabioso, le mordía el corazón.

21

Cádiz me llenaba de una nostalgia que causaba dolor a mi corazón. El Hotel en el que me hospedaba, era conocido para mí. Más de una vez nos habíamos instalado en él, cuando en verano, pasábamos un tiempo en aquella amada ciudad, la más antigua de Occidente. Recordaba como a mi padre le gustaba explicarnos la historia de sus piedras, de sus calles, la crónica de hechos sucedidos, centuria tras centuria. Llamada Gadir, primitivo nombre que le dieron los fenicios que significa etimológicamente "castillo" o "fortaleza". En latín, la ciudad es nombrada Gades y en árabe Qädis, siempre a caballo entre el Océano Atlántico y el Mar Mediterráneo. Según nos enseñaba nuestro padre, fue fundada por los tirios ochenta años después de la guerra de Troya. De ella partió Aníbal para la conquista de Italia y alcanzó una gran prosperidad en la época romana. De allí partió también Cristóbal Colón en su segundo viaje para las Américas, fue escenario de numerosas batallas navales y de la creación de la primera Constitución española. Mi padre se sentía muy orgulloso de sus orígenes gaditanos y así me quería sentir yo, orgulloso de mis orígenes. Por eso mi afán en descubrirlos hasta el más pequeño detalle.

Había decidido pasar los días que quedaban de la semana anterior en visitar, a solas con mis recuerdos, la bella y luminosa ciudad, pero antes pensé que sería conveniente hacer una llamada a

Magda R. Martín

mi despacho de Madrid para hablar con Alex. Le pedí que me buscara algún colega que estuviera destinado en el Registro Civil de Cádiz y que pudiera echarme una mano en mis averiguaciones, así sería más fácil conseguir lo que deseaba en lugar de ir de pardillo o bien de prepotente enseñando mi título. El miércoles por la mañana tuve una llamada suya en la que me daba un nombre: José Gómez Fernández y así fue como me presenté en las oficinas del Registro Civil en busca de mis orígenes en la mañana del 11 de Septiembre.

Me resultaba llamativo el desasosiego que sentía siempre que pretendía ahondar en nuestra vida familiar, como si estuviera haciendo algo prohibido y me preguntaba si serían miedos a lo desconocido, influencia de las desconfianzas de Cristóbal o si, realmente, era una intuición, una premonición que me avisaba de algo que no debía descubrir. Con estos temores indescifrables me encontré cara a cara con un hombre alto y muy delgado, entrado en la cincuentena, con un bigote abundante, canoso y muy bien cuidado, que me saludó cortésmente con aquel acento andaluz seseante tan hermoso de los gaditanos y que me hizo retroceder a momentos muy entrañables en el que mis padres cambiaban impresiones sobre sus diferentes acentos. Mi madre hablaba un castellano perfecto, firme y exacto que, no sé por qué, extendía mi imaginación hacia la España medieval de caballeros andantes y guerreros siempre esperados por esposas encerradas en castillos esparcidos por la meseta de nuestra amada España. Mi padre, sin embargo, era acusado frecuentemente por mi madre que le tachaba de farsante porque, decía, que cuando hablaba con ella y con los que no eran andaluces, usaba un castellano tan perfecto como el suyo pero al hablar con sus paisanos, el acento andaluz lo acentuaba de manera notable. Siempre recordaré la expresión de mi padre en aquellos momentos cuando le respondía: "¿Yo, farsante? ¡Si hablo siempre igual...! Creo, con sinceridad, que mi padre no era consciente de este cambio en el acento. Simplemente era una reacción mimética.

111

Magda R. Martín

Me fijé en la mirada curiosa del hombre que, sorprendido, parecía esperaba una respuesta a alguna pregunta que me había pasado desapercibida por lo que me disculpé y le expuse la intención de mi visita al Registro. Aunque no era mi deseo dar demasiadas explicaciones personales, no tuve más remedio que confesar al funcionario mis pretensiones y darme a conocer como posible nieto e hijo de las personas de las cuales buscaba los datos.

Esperé durante un rato por recomendación del hombre que desapareció de mi vista hasta que, al cabo de unos minutos, me ofreció el paso a un pequeño despacho donde en un ordenador comenzó a mirar la información literal de la partida de nacimiento de mi padre. Los datos que conseguí me dejaron confundido y lleno de inquietud. Mi padre estaba reconocido como hijo natural por un tal Cristóbal Martín Álamo, casado, de profesión marino mercante y la madre, Ana María Núñez García, soltera, vivía en la calle La Caleta donde había ocurrido el alumbramiento. Estaba anonadado y el hombre que me atendía cuando se percató de la situación, se quedó en silencio esperando mi reacción que tardó unos minutos en llegar. Mientras, aprovechó para sacar una copia del documento que me entregó. Me despedí de una manera inconsciente, las noticias descubiertas se enredaban en mi cabeza sin poder ordenarlas y me fui con el papel en el bolsillo agradeciendo la atención del empleado. No sé si fue al ver cómo me había afectado la noticia de que mi padre era un hijo bastardo o simplemente porque deseaba ser amable, pero el caso es que se ofreció para lo que pudiera servir -dijo- si le necesitaba en otra ocasión. Le agradecí el ofrecimiento pensando que sí, tal vez, volvería a necesitar de su ayuda.

Fui directamente al Hotel y me tumbé en la cama. Las piernas me temblaban como si hubiera participado en una maratón y una tristeza suave se adueñaba lentamente de todo mi ser. Y comencé a comprender silencios, falta de explicaciones, dudas. Me tomé una aspirina para calmar un dolor de cabeza incipiente e intenté

Magda R. Martín

relajarme. Cerré los ojos y en silencio, me mantuve durante no sé cuánto tiempo en la cama. Había comenzado a tirar de la madeja pero la lana salía gastada, podía romperse en cualquier momento y debía ir enrollándola con cuidado. Los temores inexplicables comenzaban a tomar cuerpo.

Me despertó el sonido de mi móvil. Cristóbal estaba al otro lado. Su voz agregó más inquietud a la que ya se había formado en mi corazón.

- Pedro. Tengo que darte una mala noticia...- noté como forzaba su voz para mantenerse firme pero era evidente que estaba cercano al llanto y me asusté. En la mente se forjaron multitud de ideas superpuestas unas a otras que me aterrorizaron. Más muertes no, pensé. Y allí presentes, en esos recovecos extraños del cerebro, aparecieron las figuras de Pura, de los dos hijos de mi hermano, y el rostro de cada uno de los que formábamos la familia Martín Rodero. Pero la voz de Cristóbal puso cierto orden en las ideas.

- Han robado todo lo que había en casa de mamá. Muebles, cacharros, cuadros, todo... todo.

- ¿Cómo ha sido eso? - dije sorprendido.

- Pues... no lo sabemos con exactitud. Me avisó Paloma muy alterada. Parece ser que cuando fue a recoger sus cosas, al entrar en la casa la encontró vacía, casi le da un síncope.

- ¿Pero por dónde han entrado? - dije yo intentando averiguar más datos, a mi hermano le notaba reacio. Como si se negara a dar explicaciones y eso no lo entendía.

- ¿Lo habéis denunciado? - volví a preguntar ante su silencio.

- Sí...

- ¿Y qué ha dicho la policía? - tuve que volver a preguntar, Cristóbal parecía no reaccionar.

- Que lo ha tenido que hacer alguien que tuviera las llaves del piso. Todo estaba en orden, bueno... las cuatro paredes que es lo que han dejado. La cerradura intacta, y no se había forzado nada. Han preguntado a los vecinos pero nadie dice nada... ya sabes... cada uno va a lo suyo. Una anciana del principal parece ser que ha dicho a la policía que vio un camión de mudanzas pero que no le dio importancia porque creía que éramos los dueños los que vaciábamos el piso - Hizo un largo silencio y terminó diciendo: - Pedro, no quiero acusar a nadie pero me temo que ha sido uno de nosotros, ya sabes...

Sí. Ya lo sabía, Joaquín había hecho otra de las suyas.

- ¿Y qué vais a hacer? - Si en aquel momento mi hermano Joaquín hubiera estado delante de mí, creo que me habría liado a hostias con él. No podía creer que llegara a aquellos extremos pero al oír la voz serena de Cristóbal, la furia se tornó en una terrible tristeza que se acumuló a la adquirida con el conocimiento de la bastardía de mi padre. Pero eso, de momento, era sólo cosa mía, no se lo iba a contar a nadie, ni siquiera a Cristóbal.

- Nada. Vamos a retirar la denuncia. No queremos que se hagan averiguaciones. Supongo que tú también estarás de acuerdo...- y sin permitirme dar una opinión, continuó - He hablado con todos los demás y han optado por el silencio, todos nos sentimos avergonzados.

Magda R. Martín

No pude evitar la pregunta:

- ¿Has hablado con Joaquín? ¿Qué dice a todo esto?

- Dice que no sabe nada...

- ¡No sabe nada...! ¡Será cabronazo!

- Olvídalo Pedro. Dejemos las cosas como están. A nuestros padres no les gustaría ver esta desunión entre nosotros. Sólo quería que lo supieras, lo que más me duele es que haya desaparecido el buró de mamá...no porque yo deseara quedarme con él, sino porque no sé a qué manos irá a parar y ella... lo amaba tanto...

La rabia volvió a llenar mi boca de amargura pero callé e intenté animar a Cristóbal que me interrumpió.

- Bueno, por cierto. Ya he hecho las transferencias a vuestras cuentas bancarias del dinero en efectivo que había en las cuentas de nuestros padres, te he enviado la documentación a la casa de Ronda ¿por dónde andas ahora?

- Estoy en Cádiz. En este momento descansando en el Hotel - entonces fue cuando oí la pregunta que no deseaba escuchar.

- ¿Has averiguado algo?

- Todavía nada - mentí - he estado disfrutando de la ciudad y de nuestros recuerdos infantiles y adolescentes... cuando veníamos en verano... ¿te acuerdas?

Magda R. Martín

- ¡No me voy a acordar...!¡Benditos años! Algunas veces la vida debía pararse y no avanzar.

- Sí Cristóbal, estoy de acuerdo contigo, pero la vida es terriblemente cruel, acostumbra a deleitarse destruyendo esperanzas...

- No seas derrotista, Pedro - noté que su voz era algo más animada - a la vida hay que hacerle frente con valentía, nunca hay que darle la espalda porque entonces es cuando te ataca a traición y es cuando más duele. Debemos poner la verdad sobre la mesa aunque nos abra el corazón y lo corte en pedazos, es la única manera de vencerla, por lo menos, en parte...

Yo no sabía que responderle, le concedía que estaba en poder de la razón pero dentro de mí continuaba viva una rabia imposible de controlar y tenía que serenarme, así que, para terminar la conversación, le dije:

- Te tendré al corriente de los resultados de mis pesquisas, Cristóbal. Gracias por tu llamada y haz con este caso lo que creas más conveniente, sé que acertarás. Te quiero Cristóbal. - Oí un "yo también" susurrante y el "clic" de fin de llamada.

Volví a tumbarme sobre la cama, el dolor de cabeza se había acentuado, era imposible dormir. La hora de la comida estaba quedando atrás, eran las tres menos cuarto de la tarde así que bajé al comedor para ver si todavía quedaba tiempo para que me sirvieran algo de comer.

22

Por la noche estaba algo más tranquilo, me había oxigenado paseando por la playa y contemplando el Atlántico mientras mantenía al margen los pensamientos dolorosos, hasta que poco a poco, conseguí la serenidad tan necesaria para poder ser ecuánime en mis apreciaciones. Cené de tapas por las calles del casco antiguo, comiendo la tortilla de camarones que todavía no había probado y regresé al Hotel para leer con más tranquilidad y fijarme con detalle, en la copia literal del certificado de nacimiento de mi padre que me habían entregado en el Registro Civil.

Después de lo descubierto, algo en mi interior se sentía herido, no deseaba conocer más pormenores por lo que me vi obligado a esforzarme para poder ser objetivo. Desplegué la hoja y comencé a leer lentamente:

Declarante el padre con domicilio en Cádiz. Marino mercante. Casado (nombres de los funcionarios y números de libros y actas que corresponden). Madre (aquí el nombre de mi abuela con una palabra que detuvo mi lectura: <u>soltera</u>) con domicilio en.... Tomé nota de la calle donde decía había nacido mi padre. Y recapacité: Soltera, sí. Mi padre era hijo de madre soltera reconocido como hijo natural por un padre casado con otra mujer que no era la madre biológica de mi padre. Creí que aquellos datos eran suficientes pero al seguir leyendo de manera superficial para obtener más datos que pudieran interesarme, un nombre atrajo mi mirada. Uno de los testigos se

Magda R. Martín

llamaba Juan- José Gutiérrez Hierros... No podía ser otro que Juanjo, nuestro querido Juanjo, el hombre tan amigo de mi padre casado con Mariola y que nos cuidaron desde niños como si fueran nuestros propios abuelos. ¡Lástima que ya hubiera fallecido! Se llevó el secreto a la tumba porque él era al que en Ronda, apodaban el "Comandante", quien había cuidado de mi padre desde niño, cuando quedó huérfano a los siete años. ¿Qué pasó entonces? ¿De qué conocía Juanjo a mi abuelo?

Como si me expusieran todos los detalles sobre la mesa, mi mente desenredaba los hilos y ataba cabos. Juanjo debía conocer a mi abuelo por su profesión, probablemente había sido marinero o tal vez de más alta graduación ¿contramaestre? Mi abuelo probablemente era el Capitán que mandaba el buque mercante. Así declaraba ser su profesión. Por lo tanto, nuestro querido Juanjo, había sido el confidente de ciertos amores ocultos de los que nació mi padre y, al morir mi abuela, Juanjo, tal vez por decisión de mi abuelo, se hizo cargo de aquel hijo trasladándose a Ronda. Los motivos no los conocía pero recordaba que, Mariola, la mujer de Juanjo era rondeña. Podría ser esa la causa del traslado.

Me quedé en suspenso durante un rato pensando con cierta tristeza en los resultados de mi investigación y comprendí por qué mi padre no hablaba nunca de sus antepasados, sólo decía que era hijo de un marino y que mi abuela fue una mujer muy hermosa. Mientras dormía decidí saber más sobre mi abuela. Tendría que volver al Registro Civil y entrevistarme con... no recordaba su nombre. Mañana lo buscaría en mis notas antes de dirigirme a las oficinas oficiales.

Me desperté algo mareado y después de desayunar me tomé una aspirina que despejó mi cabeza. A media mañana entraba, otra vez, en las oficinas del Registro y, casualmente me encontré con la mirada escrutadora del funcionario que atusaba su bigote bien cuidado. No fue necesario pedir su ayuda, se ofreció amablemente al

Magda R. Martín

mismo tiempo que escudriñaba mi persona con una mezcla de curiosidad y extrañeza. Le pedí una copia de la defunción de mi abuela y otra de la de mi abuelo. La primera no fue difícil de obtener, la segunda tuvo más inconvenientes. Mientras que pude darle una fecha muy aproximada del fallecimiento de mi abuela, la del progenitor de mi padre era desconocida para mí y después de pensar un rato, recordé la conversación mantenida con Cristóbal. Según creía haber oído a Juanjo, mi abuelo podía haber muerto cuando mi padre ya tenía los 18 ó 20 años por lo tanto, si había nacido en 1929, se podían mirar los fallecimientos a partir del año 1947, año más, año menos. El amable funcionario comenzó a buscar el Acta de defunción a partir de 1945, por dar un poco más de margen y, al final, consiguió los datos en 1949. Me entregó las copias, le agradecí su atención ofreciendo mis servicios para lo que fuera necesario si estaba dentro de mis posibilidades y me marché. Esta vez con prisas. Deseaba leer cuidadosamente los dos certificados de defunción.

Me senté en una butaca de mi habitación del Hotel cerca de la ventana y comencé a leer. Ana María Núñez García, fallecida el 4 de Abril de 1.936 de tuberculosis pulmonar. La dirección donde se había producido el fallecimiento era la misma que constaba en el nacimiento de mi padre, por lo tanto, mi abuela, había tenido su casa en esa dirección durante, por lo menos, los años en que vivió con su pequeño hijo, quien, con el tiempo, fue mi padre. Don Cristóbal Martín Álamo, fallecido de bronconeumonía en el Hospital General el día 16 de Agosto de 1949. No habíamos ido desencaminados, mi padre tenía en aquella fecha, 20 años. Doblé las copias, las guardé junto con las partidas de nacimiento y tomé una decisión. La dirección de la casa de mi abuela se encontraba en el antiguo Barrio de la Viña y hacia allá me dirigí. Tenía que encontrar más información.

23

Me paré frente a la casa de tres pisos que, muy probablemente había sido reconstruida, en el número que se citaba en los certificados conseguidos. En el piso bajo de la casa encalada, unos tiestos con flores adornaban las verjas de las ventanas y en el momento que yo observaba el edificio, una mujer de unos sesenta años o más, salió a barrer la entrada. Me armé de valor y la interpelé sin ningún miramiento. Estaba ligeramente asustado, me parecía estar ocupándome de intimidades de vidas ajenas que no me estaba permitido conocer.

- Perdone, señora - la mujer me miró interrumpiendo su trabajo y con su deje andaluz, respondió:

- Usted dirá...

No sabía la manera de comenzar la conversación y esa duda produjo a la mujer un recelo que, al observarlo, vencí con rapidez.

- Busco información sobre una mujer que vivió en esta casa hasta el año 1936 y que se llamaba Ana María Núñez. ¿Usted sabe si alguien podría darme algún dato sobre ella?

Magda R. Martín

La mujer no perdía detalle de mis palabras y me miraba con una suspicacia que me desanimó. Se quedó un rato en silencio observándome y al poco respondió:

- Eso hace ya muchos años, chiquillo - volvió a quedarse en silencio, un silencio que aproveché para ampliar referencias y ahuyentar desconfianzas.

- Sé que tuvo un hijo en el año 1929 que se llamó Cristóbal Martín....- la palidez de su rostro aumentó paulatinamente y enmudecí, me percaté de que estaba pisando terreno prohibido. Pero noté como se recobraba de su sorpresa y con entereza me respondió:

- Mire usted, mi madre tiene 98 años y sí creo que conoció a esa mujer pero no sé hasta donde podrá darle información porque su cabeza... no rige muy bien... sabe usted.... Bueno, está muy apagadita la pobre, usted ya me entiende...

Dejó la escoba apoyada sobre el marco de la puerta y me invitó a seguirla.

- Pase usted, venga... venga conmigo.

La seguí por un pasillo largo que llevaba hasta un patio cubierto de azulejos de media pared para abajo y rodeado de macetas con plantas de todo tipo, clavellinas que colgaban de las paredes en racimos, blancos, rojos y rosas. Geranios de los más variados colores, petunias, gloxinias, azaleas y un sin fin de variedades de flores daban un aspecto acogedor, ligeramente perfumado y fresco a la estancia. Junto a una puerta que daba entrada al interior de la vivienda propiamente dicha, sentada en una rudimentaria mecedora, se encontraba una anciana extremadamente arrugada con un vestido

Magda R. Martín

estampado de flores que cubría un cuerpo que se podía adivinar consumido por los años. En una mesa redonda, un vaso con un líquido espeso y rojo que adiviné era gazpacho, esperaba que la anciana lo consumiera. Cuando entré me miró sin elevar una cabeza que, posiblemente ya le costaba enderezar a causa de la artrosis en las cervicales. Los ojillos claros me llamaron la atención porque, todavía, a pesar de los años, conservaban una viveza muy peculiar. Había en ellos inteligencia y curiosidad.

- Madre...- La mujer más joven acercó su boca hasta la oreja de la anciana para hablarle, obviamente era sorda - este señor - dijo señalándome - pregunta por Ana María, la que tuvo al niño... al Cristobalito...

La anciana volvió a mirarme, yo intenté sonreír y pensé que lo mejor era presentarme:

- Me llamo Pedro Martín Rodero... - no me dejó continuar, con su voz cascada dijo en una pregunta a la que parecía ser era su hija... - ¿el del almirante?

Me quedé atónito. Otra vez salía a relucir la palabra, "el almirante" y no se me ocurrió otra cosa que pensar de manera incongruente si, en realidad, mi abuelo había sido almirante. La mujer más joven se encogió de hombros y dijo:

- No ha habido otro...

La anciana volvió a mirarme esta vez con más fijeza en aquella mirada que parecía de aguililla.

- ¿Qué quiere usted saber, chiquillo? Eso ya pasó hace muchos años.

Magda R. Martín

No quería descubrirme pero supe que si no lo hacía no conseguiría la información deseada, así que opté por decir la verdad.

- Soy uno de los hijos de Cristóbal Martín Núñez.

Las dos mujeres estaban expectantes, no me quitaban la vista de encima como si fuera a succionarlas en un ataque imprevisto. Intenté calmarlas llegando a su fibra sensible con mis palabras. Era evidente que conocían, mejor dicho, habían conocido la existencia de mi abuela y de mi padre.

- Mi padre, Don Cristóbal Martín Núñez, murió hace poco más de dos meses y he querido saber que había sido de mi abuela. Se llamaba Ana María Núñez García.

- Sí... ya sé cómo se llamaba...- respondió la anciana sin dejar de mirarme. Meneó la cabeza de arriba a abajo sin separar la vista de mi cara y la oí decir: - Yo ayudé a nacer a tu padre... al pequeño Cristóbal - Se quedó un rato muda, como si recordase o como si ya no quisiera decir más, y entonces soltó una retahíla de palabras que a mí me pareció como si las estuviera leyendo en un libro y que satisfizo mis deseos de información.

- El almirante la sacó de la mancebía, era muy hermosa Ana María... y le compró piso aquí, en este mismo en el que yo vivo ahora... pero entonces la casa era más baja...Él la visitaba cada semana... Su mujer tenía casa aquí en Cádiz, un palacete... por ahí... ya no me acuerdo donde. Tenía título y todo, marquesa o condesa... no sé...Era todo un galán el almirante y a la Ana Mari la quería a rabiar... fíjate que no la dejó sola nunca, ni cuando murió... Estuvo con ella hasta el último momento... y eso que entonces andaban las cosas muy revueltas, chiquillo... sí. Algunas veces venía a visitarla con aquel muchacho alto... que no sé cómo se llamaba... Juancho o Juanto.... Unas veces lo esperaba en el coche, otras lo venía a recoger... y se iban... otra vez a sus casas o a la mar. Cualquiera sabe...

Tenía que interrumpirla, debía saber quién era mi abuelo.

- ¿Usted conoce detalles sobre la vida del Almirante? - dije usando sus mismas palabras para que lo reconociese - ¿Me puede explicar algo más sobre él? Creo que es mi abuelo y quisiera conocer más cosas de su vida... Si usted lo recuerda, le agradecería mucho que me lo explicase - repetí.

- Un hombre muy conocido. De familia muy rica pero venida a menos, arruinados... eran   de San Fernando. Su mujer no,..- Enmudeció como si quisiera hablar con más claridad - quiero decir que ella no era de la isla,   era gaditana de Cádiz, marquesa o condesa... no sé...- Volvió a repetir lo dicho como si aquel detalle fuera muy importante - Linda también pero era suave, rubia.... tenía varios hijos todos mayores que nuestro Cristobalito. Ana María era una mujer morena, de ojos como palomas, enormes, acariciadores y una melena oscura que movía con elegancia... era la mujer más hermosa que he visto nunca. Cuando ella murió, el almirante ya no volvió más y yo me quedé aquí, en la casa....- Volvió a ausentarse su mirada y como antes hizo con las palabras, de pronto revivió y dirigiéndose a la que la había nombrado como madre le dijo:

- Trae un sobre que hay en la cómoda de mi habitación... un sobre un poco grande.

- Sí, ya sé que sobre dices - y con una rapidez que demostraba la alteración que le había ocasionado el suceso, entró en la casa para volver a aparecer a los pocos minutos con un sobre de tamaño mediano, en la mano.

Cuando la hija le entregó el sobre a la anciana, ésta sacó de él, aunque con torpeza por su temblor en las manos, unas fotos muy envejecidas en blanco y negro que tomaban ya un tono sepia. Me las enseñó. En ellas se veía una mujer joven, de aspecto anticuado pero de cara hermosa. En una de ellas estaba acompañada por dos hombres que pude reconocer, al más mayor, sin dificultad, vestido de marino, sonriente, mi abuelo. El que se veía bastante más joven, era muy alto y al fijarme en sus facciones reconocí a nuestro querido Juanjo, el que siempre fue el gran amigo de la familia. En otra, la mujer estaba sola con el marino y en otras varias, en lo que se podía ver era el patio en el que en aquel momento me encontraba, estaba acompañada de un niño muy pequeño, no pude reconocer los rasgos de mi padre pero supe que era él. Ya estaba todo aclarado. Mientras sus ojillos vivos me investigaban, le oí decir:

- No te pareces a ninguno de los dos.

Me hizo sonreír la comparación y tuve que repetir unas palabras que multitud de veces había repetido a lo largo de mi vida.

- Sí, soy el pelirrojo de la familia, el único que ha salido así.

Seguía observando las fotos que parecían quemar en mis manos, las quería, eran la parte oculta de la vida de la familia Martín Rodero. Debía de unirlas a las que ya tenía, eran el principio de la historia.

Magda R. Martín

- Me gustaría quedarme con estas fotos, si a usted no le importa - Me costaba no perder la compostura, estuvo de un tris que no me echara a llorar como un niño pero conseguí rehacerme.

No sé si fue porque la mujer se percató de mi emotividad o porque realmente aquellas fotos habían ya pasado a la historia de su vida, el caso es que las volvió a guardar en el sobre y me las entregó.

-Toma, son tuyas, mi niño. En el momento en que yo muera irán a parar a la basura y para eso ya falta poco...así que llévatelas.

Al darme el sobre, acarició mi mano con la suya surcada de arrugas que daba a su piel un aspecto de pergamino envejecido y me pareció ver en sus ojillos, una humedad que, en otra ocasión, se hubiera podido transformar en lágrimas. Ahora ya no le quedaban para poder llorar.

Me invitaron a un gazpacho que acepté, aquel descubrimiento me había dejado la boca seca y amarga. Mientras permanecía sentado en una silla de enea junto a la anciana tomando la bebida, procuré absorber la energía exhalada por mis abuelos y mi padre que todavía hubiera podido permanecer allí. Obligué a mi mente a retroceder en el tiempo para vislumbrar las figuras que aparecían en las fotos y me introduje como si fuera un ente sobrenatural, en los momentos ya finalizados de aquellas vidas para llevarlos conmigo.

Al terminar de beber el gazpacho fresco y sabroso, les agradecí sus atenciones y me fui por donde había venido. La anciana no volvió a pronunciar una palabra como si el esfuerzo hecho la hubiera agotado. Dejé a la más joven terminando de barrer el portal de la casa donde había nacido mi padre y donde había muerto mi abuela. Cuando ya me alejaba, saqué una foto de la fachada con la cámara del móvil. La mujer no dejaba de mirarme, tenía tema para comentar

Magda R. Martín

con vecinas curiosas y cuando ya me marchaba, algo a lo que no supe dar una explicación, me impulsó a darle una de mis tarjetas donde se leía mi nombre, profesión y las direcciones de mi despacho en Madrid y la de mi casa particular. Sin saber por qué, añadí con un bolígrafo, la dirección de nuestra casa en Ronda.

24

Regresé a Ronda conduciendo despacio, sin prisas, admirando la belleza que me rodeaba pero, al mismo tiempo, sin percibirla. Mi mente estaba en lugares pasados, revivía escenas sucedidas en otros tiempos que habían dejado una estela que yo deseaba recorrer en la actualidad para descubrir el origen de su luz.

Después de entregar el coche alquilado me encerré en la casa con un gesto inconcebible en mí. Cerré con llave y candado la cancela, la puerta de la casa, y bajé persianas dejando todo en penumbra. Deseaba huir, desaparecer. Me senté en una butaca del salón y estuve un rato meditando mientras analizaba todos los sucesos, todos los pasos dados para descubrir mis raíces, las raíces de la familia Martín Rodero y como una película que pasa por la mente a cámara lenta comencé a desgranar imágenes, palabras, expresiones que, si se estudian, son las que dicen más que las palabras. No podía olvidar los ojos chispeantes de la anciana que conoció a mi abuela, fijos en mí, indagando en mi interior para conocer a fondo mis intenciones.

Recordé sus palabras: "... el almirante la sacó de la mancebía y le compró piso aquí..." No cabía duda, mi abuela había sido una prostituta que trabajaba en un burdel de la que se enamoró, probablemente, el que luego fue mi abuelo, "el almirante...".

Mi mente se encontraba en una ruidosa confusión total, en ella se acumulaban unos sentimientos inquietantes que no sabía discernir

Magda R. Martín

por lo que intenté calmarme y analizarlos. ¿Cuáles eran las sensaciones que se enfrentaban unas a otras en mi interior? ¿Dolor, tristeza, humillación, orgullo herido, decepción...? Opté por esta última, sí, estaba decepcionado, tristemente decepcionado. Y pensé ¿por qué? Entonces fue cuando comprendí como los humanos acostumbramos a idealizar todo aquello que amamos. Mi padre fue el ejemplo del hombre que yo deseaba ser, sus defectos no eran tales, eran firmeza de carácter, hombría, seguridad, honestidad...y a través de él se extendían las utopías hacia los ancestros y aquellos ideales me enorgullecían, en mis genes se prolongaban todas aquellas virtudes y, de pronto, el conjunto de estatuas que formaban mis antepasados, caían de su pedestal, eran seres normales y corrientes, con más defectos que virtudes. Seres que ocultaban sus errores, sus vergüenzas, como todos y cualquiera de los humanos. Eran uno más.

Me di cuenta de que estaba llorando cuando, al frotarme los ojos, se mojaron mis dedos y, entonces, dejé libertad a la emotividad que se desbordó en un llanto sereno que me decía con dura realidad: "¿pues quién te crees que eres tú...?"

No sé si me despertó el hambre, la sed, o el ruido de algo a lo que no supe dar una identificación. Continuaba sentado en la butaca, me había quedado dormido y la tarde declinaba. Me levanté, me refresqué la cara para despabilarme, comí algo de lo que quedaba en la nevera y bebí como sediento en el desierto. Subí persianas y miré la luz que se ocultaba lentamente dejando en el cielo una línea dorada con reflejos naranjas que, poco a poco, se tornaban de un tono malva. Por unos momentos admiré la naturaleza sintiéndome uno más con toda aquella energía incomprendida. Luego miré el jardín. Desde la ventana, veía la fuente semicircular en la que me rompí un diente y a su lado, el árbol de mimosa que ya había crecido considerablemente; en primavera echaría flor. Y miré la tierra que lo sustentaba. ¿Qué quedaría allí de mis padres? -pensé-. Nada, -me respondí-. La muerte es el punto y final de las vidas, sólo quedan los

Magda R. Martín

recuerdos en las mentes de los vivos, de los que, un día, amaron a los que se fueron. Ellos habían terminado su camino, mejor o peor logrado, eso nadie lo sabía. Todos nosotros acostumbramos a realizar actos en los que debemos escoger lo que creemos es mejor para nosotros, ellos lo habían hecho así, estaba seguro de ello. Ahora yo estaba revolviendo en sus vidas, sacando a la luz secretos guardados, debía tener cuidado, era su memoria la que podía dañar y recordé el momento cuando al salir de casa de mis padres, en el interior del taxi juré no publicar nada que pudiera ofender su fama. Y comprendí que el secreto me aplastaba como una losa de mármol sobre mí corazón.

Al día siguiente hablé con Alex mi ayudante en el despacho de Madrid, todo funcionaba todavía sin urgencias de mi presencia. Más tarde llamé a Cristóbal.

-Ya estoy en Ronda, otra vez.

-¿Qué, has descubierto algo interesante?

-Algo...- No sabía qué decirle ni cómo explicárselo, así que lo dejé en el aire - pero nada que ya no supiéramos... A ver cuando podemos reunirnos y charlamos un poco más, la verdad Cristóbal es que esto empieza a cansarme.

Su silencio me dio a entender que comprendía mi deseo de no descubrir sucesos.

-Ya te dije, Pedro, que no se debe remover lo que está quieto. Los rescoldos de otras vidas hay que dejarlos apagar, no conducen a nada. Todo está hecho y pasado. Hay que permitirle a los muertos que se lleven sus secretos a la tumba.

Magda R. Martín

Sí, Cristóbal era muy perspicaz, me conocía a fondo y sabía que había encontrado algo que no deseaba revelar. No hablamos de nada más, sólo le comuniqué mi deseo de verle cuando volviera a Madrid que no sería demasiado tarde, tal vez dentro de una semana. Tenía que hacerme cargo de los asuntos de mi bufete. Él comenzaba su trabajo como Director del Hospital en breves días y estaría muy ocupado - me dijo- pero siempre tendría un momento para mí. Yo estaba seguro de eso.

Pensé salir a cenar en algún Restaurante, necesitaba airearme, distraerme y comencé a recoger los papeles que tenía esparcidos por la mesa. Allí estaba la bolsa con todo lo que encontré en el despacho de mi padre en Madrid y el baulito decorado por mi madre. Mientras curioseaba en ellos, otra vez surgió la idea. Crearía una carpeta en el ordenador y allí metería los archivos de imágenes escaneadas de fotos, negativos, documentos y cartas que me parecieran importantes sobre los sucesos de nuestra familia, cuando lo tuviese todo bien ordenado, lo imprimiría en un CD y lo guardaría. Ahora, ya no estaba muy seguro de que haría con él, probablemente nada. Y cuando yo desapareciera de este mundo, si alguien lo descubría, que sacara sus propias conclusiones. Tal vez los hechos acaecidos ya no tendrían la importancia que yo les estaba dando. El tiempo acaba con todo, hasta con los recuerdos.

Hacía estas reflexiones mientras ponía algo de orden en los documentos de mi padre. Había facturas, documentos de Bancos, bocetos de los dibujos de sus tallas, cartas de clientes, y me llamó la atención una licencia de armas, aparte de que nunca había visto un arma en casa -mi padre ni siquiera era cazador-, porque la fecha era la de mi nacimiento, 1.961. Como no podía darle una explicación coherente al hallazgo, lo guardé todo en el baulito de mi madre donde pude ver, además de bagatelas de todo tipo, un manojo de cartas escritas con letra de mi padre y algunas fotos que fueron a parar al conjunto de las que ya había examinado. Estas eran inéditas para mí. En ellas se veía a mi padre con otros dos personajes, más o menos de su misma edad, vestidos con el uniforme militar que supuse eran de cuando hizo el servicio militar en Marruecos. En una de ellas se leía en el dorso, Larache 1951. En otras estaba mi madre con los tres jóvenes de uniforme, mi padre al que no me costó identificar, uno que parecía rubio y algo gordito y otro muy alto y delgado. Al verlos no pude por menos de sonreír. Mi madre jovencísima, preciosa de cara, pero con una vestimenta que me recordó las películas en blanco y negro de Ingrid Bergman y Joan Fontaine. ¡Qué bonita era mi madre y qué sonrisa más alegre tenía en su cara! En otra de ellas, estaban solamente dos hombres y mi madre, esta vez ellos iban vestidos de paisano, en mangas de camisa remangadas, parecía una excursión o un paseo por el campo. El que reconocí como mi padre agarraba por la cintura a mi madre y el otro muchacho, el que era muy alto y delgado, mostraba una sonrisa de gran felicidad pasando un brazo por el hombro de mi madre que permanecía entre ambos, dejando caer la mano ligeramente sobre su pecho. La fotografía estaba tomada desde cerca, sólo captaba la parte superior de los cuerpos y pude fijarme con claridad en la mano del desconocido que caía sobre el pecho de mi madre. Me llamó la atención porque me pareció una frivolidad poco común en aquellos años en los que llevar cualquier signo que pudiera dar a entender una característica femenina, era considerada en un hombre como una "mariconada". El chico llevaba en la muñeca una pulsera con forma de cadena y eslabones bastante gruesos que, por su anchura, descansaba en minúscula onda sobre el dorso de la mano. Bueno, pensé, siempre ha habido gustos para todo. Lo que más satisfacción me proporcionó fue ver la felicidad que se reflejaba en sus rostros. Según las fechas de las fotos faltaban cuatro o cinco años para la boda de mis padres. ¿Serían ya novios? ¿O acababan de conocerse? Por comentarios recordados, tenía la idea de que mis padres se habían conocido en Madrid en un desfile en el que las tropas de

Magda R. Martín

Marruecos vinieron a la península expresamente para ese acontecimiento. Sí, eran tres compañeros legionarios o del Cuerpo de Regulares, no recordaba bien. Más tarde, los encuentros en la capital de España se hicieron frecuentes hasta que todo acabó en boda y mi madre se trasladó a vivir a Ronda con mi padre. Esas habían sido siempre sus explicaciones cuando se hablaba sobre aquellos recuerdos pasados. Lo que no recordaba era si la amistad con aquellos compañeros del servicio militar se mantuvo en el tiempo o no. Entonces me acordé de las palabras que dijo el anciano en el parque, citó a mi padre con unos amigos legionarios, seguro que eran aquellos, por lo tanto, la amistad debió de durar algún tiempo pero no demasiado, porque yo no los recordaba.

Cerré el baulito, la tapa quedaba un poco levantada, me había visto obligado a romper el pequeño candado para abrirlo y ya no encajaba perfectamente, y con mucho cuidado, lo guardé todo en el cuarto de trabajo de mi padre. De momento me iba a tomar unos días de descanso, sentía que los acontecimientos comenzaban a sobrepasarme.

Magda R. Martín

25

El 17 de Septiembre cerré nuestra casa, la casa de la mimosa. Me marchaba a Madrid, tenía que cambiar de aires, volver a mi rutina anterior, a mi trabajo, al ruido de la ciudad que me hacía desear el descanso en mi pequeño piso del barrio de Retiro. Necesitaba ocupar la mente en cosas que no afectaran de un modo tan intenso mi afectividad. De momento le daba un descanso a la investigación, la verdad es que ya no había mucho más que investigar. Sabía la procedencia de mi padre y lo único que quedaba en el aire era su parentesco con los que podían haber sido sus hermanos de padre. Por el matrimonio de mi abuelo, cabía la posibilidad de que hubiera parientes consanguíneos en Cádiz pero me parecía que eso debía dejarlo tranquilo. Nunca se había conocido su existencia ni nunca se conocería, eran dos ramas diferentes aunque crecieran del mismo árbol. A unas les había dado el sol, lucían, todo el mundo las veía, las admiraba; las otras, crecieron en la sombra, en la soledad, sin alharacas, pero eran frondosas y fuertes, eran a las que yo pertenecía, así lo entendí y me enorgullecí.

Mi primera llamada desde el despacho fue para Cristóbal. Estaba muy ocupado y apenas pudimos hablar, sólo le dije que ya me encontraba en Madrid en mi trabajo diario y que nos veríamos. Alex me puso al corriente de las ocupaciones que habían surgido en mi ausencia, cosas no demasiado interesantes y que él mismo podía solucionar. Aquella tarde, mientras repasaba unos datos sobre unas pruebas que debíamos entregar al Juez sobre un delito de violación, aunque no hubo asociación de ideas de ningún tipo, me acordé de mi hermano Joaquín. ¿Cómo podía haber hecho aquel robo sin tener remordimiento alguno? No podía creerlo, no me cabía en la cabeza la idea. Estaba seguro de que Joaquín lo estaba pasando peor de lo que nosotros podíamos imaginar y decidí ponerme en contacto con él. Era imperativo que se sincerara conmigo. Me sentía con la obligación de propinarle un buen puñetazo y decirle unas cuantas cosas muy claramente. Aquella bajeza no podía quedar sin respuesta.

En principio intenté comunicarme por teléfono móvil con llamadas y mensajes de voz y escritos que no respondió. Luego me acerqué hasta el polígono donde tenía su almacén y lo encontré cerrado. Pregunté en otras naves por si se había trasladado a otro lugar y me dijeron que había cerrado hacía tiempo y que el almacén estaba embargado. En su piso de Herrera Oria, la respuesta fue la misma, el piso había sido embargado. La tristeza y la preocupación, comenzó a llenar mi corazón. Pensé cambiar impresiones con Cristóbal pero deseché la idea. Estaba demasiado ocupado y dolorido para ahondar en su herida. Yo era quien lo había decidido y yo solo debía llevarlo a cabo. Busqué la dirección del último de sus socios. La calle era desconocida para mí y cuando la busqué en el callejero vi que era una urbanización moderna muy alejada del centro, como había conseguido un número de teléfono me arriesgué a probar suerte y la tuve.

Me respondió una voz infantil y cuando le pedí que me pusiera en contacto con su papá, gritó llamándole, lo que me hizo sonreír al recordar nuestra infancia cuando nos gustaba tanto responder a las llamadas telefónicas. Comprendí que todos los niños reaccionaban de la misma manera.

Después de presentarme e indagar por mi hermano, el hombre me dijo que él había dejado la empresa cuando vio que no daba beneficios y que lo único que podía decirme era que Joaquín había continuado con el negocio. Dándole vueltas a la cabeza se me

Magda R. Martín

ocurrió pensar en la inglesita, se llamaba Beatrix, ¿qué más? ¿Cómo podía buscarla? Me faltaban datos. ¿Qué era más factible, buscar a Joaquín directamente o por medio de otras personas?

Estaba en esta disyuntiva cuando, una mañana temprano, antes de salir para el despacho, el sonido del móvil me avisó de un mensaje. Decía así: " Estoy Reino Unido, Stockton". Era de Joaquín, por fin tenía su teléfono. Sin embargo, aquel mensaje en lugar de tranquilizarme me inquietó aún más. Era demasiado escueto. Si no quería que supiéramos nada de él, no habría respondido, aquel decirme, "estoy aquí", me pareció una llamada de auxilio y me preocupé seriamente, de Joaquín se podía esperar cualquier cosa.

No lo pensé demasiado, saqué un pasaje para Londres me informé de la manera de llegar a Stockton, una ciudad al Noroeste de Inglaterra que distaba 400 km. de Londres, podía empalmar un vuelo con la British Midlee y llegar allí en el mismo día. Le puse un mensaje telefónico, un sexto sentido o la intuición me decía que no deseaba hablar. Constaba la fecha, el número de vuelo y la hora del empalme hasta Stockton. Luego añadí: "Si no puedes venir, envía dirección Stockton". Hasta que me embarqué no llegó ningún mensaje así que, después de dos horas de viaje, al llegar a Heathrow cogí el vuelo para aquella ciudad desconocida para mí.

Me sentía algo preocupado por la reacción de mi hermano pero estaba seguro de que necesitaba ayuda. El vuelo con viento de cola, fue corto, sin complicaciones, con un tiempo ligeramente nublado, sobre todo en la ciudad. Al salir por la puerta de " llegadas" busqué a mi hermano con la vista, sin encontrarlo, hasta que alguien tocó mi hombro. Me costó reconocerlo. Él, que era alto y fornido como mi padre aunque no tanto como Cristóbal, se le veía encogido, consumido. Las mejillas las tenía hundidas lo que hacía resaltar su nariz aguileña tan parecida a la de nuestro padre. Unas ojeras muy marcadas y oscuras acentuaban una mirada apagada. Se le veía desaliñado, el pelo largo en greñas pegajosas. Me asusté al verlo y

Magda R. Martín

una profunda compasión me atenazó el corazón. ¿Qué le estaba pasando a mi hermano? Lo abracé, olía mal, a suciedad. Sólo pude decir una palabra, su nombre.

-¡Joaquín...!

Le dije si quería tomar un café y me respondió que mejor sería un té, en Inglaterra se podía beber mejor este brebaje.

La ciudad era bonita, con ese ambiente anglosajón tan característico que cubre las casas con una pátina de antigüedad que, sin embargo, se hace muy presente e invita a encerrarse en el interior para resguardarse de ese frío gris, duro y silencioso tan diferente del de España en donde la frialdad está viva, alegre, y apetece pasear por las calles para robarle el calor y la luz al sol que casi siempre aparece como si quisiera ayudarnos a ser un poco más felices. Jamás podría acostumbrarme a la oscuridad de las horas inglesas donde, en otoño, a las cuatro de la tarde ya es noche cerrada. En España, en pleno invierno, por lo menos tenemos un par de horas más de luz diurna y ese espacio de tiempo, aunque corto, deja tiempo a la mente para prepararse al descanso nocturno.

Nos sentamos en un lugar en el que, en nuestro país, hubiéramos llamado cafetería o bar, allí, sin embargo, se servía té con unos bollos o panecillos especiales llamados "scones" que se acompañaban con mantequilla y mermelada, por cierto muy sabrosos. El suelo enmoquetado de un rojo oscuro haciendo juego con el tapizado de las sillas y los cortinajes, le daban acogimiento a la estancia. No sé si porque todavía no era la hora del té de las cinco, tan común en Inglaterra, el caso es que el local estaba vacío, mi hermano y yo éramos los únicos ocupantes. La camarera que nos atendió nos envió una mirada aviesa, éramos extranjeros y uno muy desaliñado, pero nos sirvió lo que pedimos sin ningún problema; de todas maneras estaba respaldada por un camarero o maitre que se

Magda R. Martín

hallaba tras la barra y que no la dejó sola un instante mientras estuvimos allí.

Observé que Joaquín devoraba los bollos especiales a los que añadía mantequilla y mermelada en abundancia. Con tristeza comprobé que tenía hambre. Ver su transformación me desmoronaba por momentos.

-¿Dónde vives?- le dije aunque no sabía por dónde empezar.

- Un poco aquí y un poco allá.

- Cristóbal me dijo que tenías una novia inglesa.

- Tenía...- dijo sorbiendo la taza de té - Luego continuó: - Pedrito, estoy sin un duro y enfermo, he de marcharme de aquí o me expulsan o me llevan a la cárcel, no sé...

- No te preocupes, te sacaré de aquí - en aquel momento olvidé la rabia y el dolor por la traición cometida, mi hermano Joaquín era digno de compasión. Él, que fue siempre el más presumido de la familia, el que era un poco chulito, el conquistador, ahora estaba hundido, sin saber cómo salir adelante de sus líos. Mientras observaba como devoraba la merienda, llegó a mi memoria aquella vez en que le cogió la moto a un amigo y se fue a dar una vuelta hasta Málaga. Lo trajo la Guardia Civil, era menor de edad y conducía a una velocidad excesiva y sin carnet. Mi padre tuvo que pagar la multa y Joaquín pagó su aventura limpiando la ciudad como barrendero durante una semana. Pero nada lo hizo cambiar.

-Vamos a buscar un Hotel para hospedarnos, ¿dónde tienes tus cosas?

138

Magda R. Martín

- Mi maleta está en casa de Beatrix, pero no puedo quedarme allí, ella vive con otro hombre.

Me miró avergonzado y comprendí su dolor. No pude evitar una expresión de rabia.

- ¡Joder, Joaquín! ¿Qué has hecho con tu vida?

- El gilipollas - metió las manos en los bolsillos de aquel pantalón que parecía se lo había robado a un muerto y salimos del local un busca de un Hotel.

Nos instalamos en el Swallow en una habitación doble, también observados con cierta renuencia por el recepcionista pero, afortunadamente, algo en mí, tal vez mi seguridad y mi tarjeta oro American Expres nos dejó el paso libre. Una vez en la habitación, Joaquín se aseó, le presté una camisa, un jersey y un pantalón que aunque le quedaba algo largo porque yo era de más estatura, estaba en mejores condiciones de lo que llevaba puesto, se afeitó y se recogió el pelo en una coleta, parecía otro. Ahora ya era mi hermano. Luego fuimos a ver a la Beatrix que tenía otro novio en su casa.

Era una casa baja. Bonita, acogedora como son las casas de los pueblos de Inglaterra. Vallada por una verja negra, tenía un minúsculo jardín y tiestos colgados de unos soportes adosados a la fachada que dejaban caer en cascada flores muy vistosas que me parecieron prímulas. En un semicírculo donde se veía una ventana de cristales enmarcados a cuadros y que, tal vez un poco incongruentemente, lo comparé con el ábside de una iglesia románica, pude ver la figura de una mujer rubia. Antes de que llamáramos a la puerta, nos abrió. Joaquín me presentó como su hermano y la inglesa nos ofreció el paso con un "come in, please". En el salón, un hombre de pelo canoso nos observó en silencio con

Magda R. Martín

unos ojos acuosos de color azul claro. Saludé con un "good evening" y permanecí de pie, también en silencio, esperando a que mi hermano realizara sus trámites, después de comunicarle a la mujer que Joaquín volvía a España conmigo.

La habitación donde me encontraba, también enmoquetada, -ésta en un tono gris- como todas las estancias de las casas de este país, contenía muy pocos muebles bastante usados y junto a la ventana pude ver algo también típicamente inglés: un asiento adosado a la pared del ventanal cubierto por cojines de telas muy llamativas.

Al cabo de un rato de espera en el que oí una conversación velada en el piso alto que más me pareció una discusión, ambos se dejaron ver en el umbral de la puerta. Joaquín con una bolsa de viaje en la mano. Aquella casa me estaba provocando náuseas y comenzaba a sudar a pesar de que la temperatura no era alta por lo que la presencia de mi hermano fue mi salvación. Sólo dije "good bay" que fue respondido por el personaje masculino inmóvil igual que una estatua, y cogiendo a mi hermano por los hombros, salimos de aquel lugar como alma que lleva el diablo.

En el primer taxi libre que encontramos nos dirigimos al aeropuerto y partimos hacia Heathrow en el último vuelo. Allí ya no pudimos encontrar ninguno hacia Madrid hasta la mañana siguiente por lo que nos acercamos a un Hotel para pasar la noche. Ambos estábamos más tranquilos y pude ver como a Joaquín le cambiaba la mirada taciturna por una de alegre esperanza. Realmente me conmovió, pero tenía mucho que explicarme todavía.

Como el Hotel se encontraba muy cerca del aeropuerto, el ruido de los aviones nos molestó bastante por lo que decidimos descansar cuanto pudiéramos y aproveché la ocasión para preguntar.

-¿Qué has hecho con tu vida, Joaquín?

Magda R. Martín

No respondió. Se removió inquieto en la cama, y después de un largo rato cuando ya creí que se había dormido le oí decir:

- No lo sé, Pedro... no lo sé.

La respuesta me dio pie a otra pregunta:

-¿Por qué te llevaste todo lo de la casa de mamá?

Esta vez contestó rápidamente sin negarlo.

- Necesitaba dinero urgente. Estaba metido en un buen lío. No tengo ni un euro, Pedro, estoy en la ruina, lo he perdido todo, el dinero de nuestros padres, la empresa, mi piso en Madrid... todo. Me vine a Inglaterra escapando de los acreedores, Beatrix me pagó el viaje y me mantuvo en su casa pero no encontraba trabajo y ella se reunió con un antiguo novio que le daba más seguridad a su vida... y me echó de casa. Estuve viviendo de caridad, mendigando, escondido para que la policía no se fijara en mí. He pasado mucho miedo - dejó de hablar durante unos momentos para continuar al rato - De vez en cuando me acercaba a casa de Beatrix y me daba algo para comer. Un día me dijo que en mi móvil había grabado un mensaje. Yo no llevaba el aparato porque no lo podía pagar y además temía que me lo robasen otros desgraciados con los que me juntaba. Eran tus mensajes y fuiste mi tabla de salvación.

Yo tenía un nudo en la garganta, pensé en lo que pensaría mi padre si estuviera vivo y lo viera en aquellas circunstancias, a su hijo preferido. Entonces le oí llorar. Quise levantarme a consolarle pero decidí no hacerlo, que llorase, le hacía falta y se lo merecía. Debía pasar por el mismo dolor que nos había hecho padecer a todos.

Magda R. Martín

Ya en Madrid nos dirigimos a mi casa de Reyes Magos y lo instalé en una pequeña habitación que estaba al lado de la cocina. Le ayudaría pero tenía que buscarse la vida, yo no deseaba tenerlo como compañero de piso, vivía muy bien solo. Él se quedó desayunando cuando yo salí camino de mi despacho, mientras bajaba al garaje, antes de que se cortara la cobertura, llamé a Cristóbal.

-¡Madrugador, Pedrito! ¿Pasa algo?

- Sí y no.

- Explícate, que me tienes en vilo.

- Joaquín está conmigo, bueno... ahora mismo lo he dejado desayunando en mi casa.

- ¡Qué dices! ¿Dónde estaba?

- En Inglaterra...

-¿Con la inglesita?- me interrumpió.

- Con la inglesita a medias porque estaba más solo que una mona en una jaula. Ya te daré detalles, te llamaba para que estuvieras tranquilo. Cristóbal… Joaquín necesita ayuda.

-¿Qué clase de ayuda además de la económica?

Fui consciente de cuanto nos conocía Cristóbal a todos los hermanos y me sentí una vez más, protegido y acompañado sabiendo que podía confiar en él.

Magda R. Martín

- Está sin blanca, sin trabajo, sin casa, le han embargado todo, lo que saqueó de la casa de mamá, lo empleó para pagar deudas y aun así se ha quedado sin nada. Podemos dar gracias de que no ha ido a parar a la cárcel - Oí un fuerte suspiro al otro lado de la línea.

- Este Joaquín de mis pecados... ¿qué podemos hacer por él?

- Creo que tú deberías de hacerle un examen médico, está en los huesos, y le dan trembleques. No sé, él dice que está débil y lo está, vaya si lo está, pero a veces le miro y parece febril...

-Vale, no te preocupes. Buscaré un momento libre para ir a buscarlo y le haré un chequeo en el Hospital. Hablamos. Gracias por todo Pedrito, entre tú y yo tenemos que mantener a flote la familia Martín Rodero.

- Adiós, Cristóbal.

Cuando entré en el coche murmuraba sus palabras sin darme cuenta de lo que decía pero muy consciente en mi mente: "mantener a flote la familia Martín Rodero..." ¿qué clase de familia éramos? Si él supiera lo que yo había descubierto ¿qué pensaría? Salí del garaje a la calle con la idea de comunicar a Cristóbal todo lo que sabía de nuestro padre y abuelos. El conocimiento de aquellos secretos pesaba demasiado para aguantarlo yo solo, necesitaba compartir el desengaño, entre dos sería más llevadero pero la luz de la calle, el sol maravilloso de Madrid en otoño, me devolvió las energías, las esperanzas y la fuerza para seguir luchando. Me sentí especial, el mejor de la familia, era quien más sabía sobre nuestros orígenes y este conocimiento me ayudó a recuperar mi sensatez. Quizás yo había sido escogido por el destino para guardar el secreto de mis padres, tal vez era la manera en la que mi padre me demostraba el

Magda R. Martín

amor que siempre había deseado y nunca conseguido. Y me sentí feliz.

Por la noche, recibimos la visita de Cristóbal. Joaquín se echó en sus brazos llorando como un niño. Cristóbal lo apretó entre los suyos fuertes y dijo:

-Tienes fiebre.

26

Los sucesos de la vida de mi hermano Joaquín hicieron cambiar mis intereses. Yo tenía una costumbre, reconozco que algo peculiar. Cuando tenía que resolver varias cosas a la vez, imaginaba mi mente como una habitación llena de estanterías o archivadores y en ellos guardaba los temas que podían esperar, mientras sacaba otros de sus carpetas, los más urgentes, para estudiarlos. En el momento actual, la investigación de mis ancestros permanecía archivada aunque pendiente de revisión, y el encuentro de mi hermano Joaquín y la manera de ayudarlo para que pudiera hacerse cargo de su propia vida, lo había colocado sobre la mesa con un pos it que decía: URGENTE.

Me remordía un poco la conciencia porque pensaba que aquel interés por ayudarlo era algo egoísta puesto que me molestaba su presencia en mi casa. Era mi lugar de descanso y él, se apoderaba de mi intimidad, me robaba lo más deseado por mí. Me arrepentí de aquel incipiente odio que experimentaba hacia su persona, ese percibir su intromisión continua en mi vida, me irritaba. De niños y adolescentes siempre se entrometía entre mi padre y yo y ahora, entre Cristóbal y yo que, por cierto, había conseguido hacerle unas pruebas médicas y notaba como su afecto se volcaba en él lo que me provocaba unos celos difíciles de dominar.

145

Magda R. Martín

Me indigné al ser consciente de estos sentimientos y me sinceré conmigo mismo. Sí, tenía envidia, envidia de Joaquín que siempre se llevaba lo mejor sin merecerlo. Como el cachorro ladrón y fuerte de la camada, que deja al bondadoso, humilde y débil, sin comida expuesto a los peligros de su extinción. Toda aquella lucha interna me malhumoraba, era una continua superación, un sobreponerme a mis sentimientos. Sin embargo, sabía que nunca tendría valor para echar de mi casa a mi hermano pero temía que mi genio se descontrolase en cualquier momento y llegara a palabras que nunca desearía pronunciar. Esta lucha debilitaba mi fortaleza anímica pero lo positivo era que me había hecho olvidar los sucesos descubiertos en Cádiz, con lo actual, con la realidad del momento, todo aquel pasado parecía una nimiedad.

Yo veía que Joaquín se sentía feliz a mi lado, y eso me ocasionaba más remordimiento porque siempre salía a relucir la parte negativa, el pensamiento inquietante ¿y si intentaba quedarse allí definitivamente? ¿Y si enfermaba y no podía librarme de él?

Esta idea se intensificó cierto día en que recibí una llamada de Cristóbal. Estaba en mi despacho, revisando unos análisis de unas pruebas incriminatorias cuando sonó el teléfono.

- Pedro. ¿Qué tal? Soy Cristóbal. Tengo que decirte algo sobre Joaquín.

Aquellas palabras me hicieron temblar. Joaquín era mi pesadilla. Intenté hacer acopio de toda la paciencia del mundo y le dije:

- Adelante, Cristóbal...

- Las pruebas a las que ha sido sometido han dado positivo en el VIH...- oí un silencio en el que tuve que ubicar las siglas en mi mente para reconocerlas antes de que Cristóbal me aclarara la información. -Tiene sida.

Si me hubiera echado un jarro de agua helada sobre la cabeza en pleno invierno, no me habría causado tanta impresión. Se acumularon en mi mente sentimientos de duda, temor, aprensión, cansancio ante lo que se avecinaba. La voz de Cristóbal seguía hablando:

- Afortunadamente, la enfermedad está en sus principios y ya sabes que su desarrollo es muy variable, lo mismo puede durar meses que años pero, debemos ser optimistas, Pedrito. Con los tratamientos actuales se puede mantener a raya la enfermedad durante mucho tiempo.

-¿Él lo sabe? ¿Hay que hospitalizarlo?- No sé por qué se me ocurrió esta pregunta, más tarde al analizar la conversación, pensé que otra vez surgía el egoísmo. Deseaba que lo supiera y que lo hospitalizaran para librarme de él ¡menuda rémora me había caído encima!

- No. De momento no. Y a la primera pregunta respondo que sí, lo sabe ¡no lo va a saber! Debe de ser consecuente con sus actos, llevar una vida muy distinta a la que ha llevado hasta ahora, se juega la salud. Me ha parecido que lo ha aceptado con bastante serenidad y creo... creo...- volvió a repetir demostrando cierta duda - que si no lo sabía con certeza, lo sospechaba.

-¡Joder, menuda papeleta nos ha caído, Cristóbal!

- Sí, estoy de acuerdo contigo pero es nuestra obligación ayudarlo dentro de nuestras posibilidades. Luego él es libre de tomar

Magda R. Martín

decisiones y actuar según le parezca, es cosa suya, ahí ya no podemos entrometernos.

- Sí, Cristóbal pero yo lo tengo en casa - dije estas palabras con el temor de que él siempre tan generoso en su comportamiento con nosotros, lo entendiera como una falta de colaboración y rápidamente intenté rectificar - bueno... no es que me guste demasiado su compañía, la verdad, aunque me duela decirlo, su presencia me parece una intrusión en mi vida pero, no lo voy a dejar en la puta calle, por supuesto...- Afortunadamente para mí que ya no sabía por donde salir de la situación, Cristóbal me interrumpió.

-Ya he pensado en eso, Pedrito. Lo he comentado con Pura y hemos llegado a una conclusión. Debemos reunirnos o hablarlo con todos, por teléfono, o como sea. Hay que buscarle un empleo... Yo estoy mirando a ver si en el Hospital, si no en éste, en otro, puedo conseguir algún trabajo para él y, entre todos le buscamos un pisito pequeño, un apartamento donde él pueda desenvolver su vida, no puede vivir a tus expensas, ni tuyas ni de nadie, eso es imposible.

Con aquellas palabras me sentí como si una luz brillante penetrara en mi interior, el camino se ensanchaba, me pareció volver a encontrar la ruta de mi vida, estaba, otra vez, en la carretera principal. Mentalmente le pegué un abrazo de oso a mi hermano, le quise más que nunca.

Nos despedimos diciéndome que ya me tendría al corriente de como se desarrollaban las cosas, que él se encargaría de comentar la situación al resto de los hermanos y antes de acabar la conexión oí unas palabras que devolvieron a mi ánimo la antigua afectividad por Joaquín.

Magda R. Martín

- Haz uso de la paciencia y la bondad por un corto tiempo más, Pedro. Tú siempre lo has hecho, siempre has reaccionado positivamente. Ayúdale cuanto puedas, la vida te lo compensará.

Fue difícil despedirme. Tenía la garganta cerrada por la emoción, no podía pronunciar palabras sólo me oí decir:

-Sí, Cristóbal... lo intentaré...

Magda R. Martín

27

Los dos meses que faltaban hasta la Navidad, pasaron más deprisa de lo esperado. Por suerte para todos, las dificultades familiares se desarrollaban favorablemente, incluso mejor de lo previsto.

Joaquín permaneció en mi casa de Reyes Magos hasta pasadas las fiestas de fin de año. Por medio de una amistad de Pura, la mujer de Cristóbal, la que yo no podía dejar de considerar nuestro ángel de la guarda, consiguió un trabajo para la venta de ordenadores en unos Grandes Almacenes y aunque el sueldo no era excesivamente alto, le daba para vivir sin excesos. Cristóbal por su parte, se ocupó de su salud y mejoró bastante, engordó, estaba más alegre y más fuerte y los fines de semana, me acompañaba hasta Ronda donde charlábamos, recordábamos, o simplemente nos ocupábamos cada uno de lo que le apetecía hacer.

Yo había abandonado un poco la investigación sobre mi familia. Después de lo descubierto me resultaba doloroso ahondar en aquellos sucesos antiguos. Me sentía como si hubiera quitado la venda a una herida sin cicatrizar y destapado una llaga todavía tierna. Así que todo el proyecto continuaba sin finalizar. Las fotos, la documentación, las cartas que estaban en el baulito, todo permanecía quieto, callado. Sin embargo, cada vez que veía algo que me recordara los hechos, como la caja que guardaba las fotos o los

Magda R. Martín

papeles que había recogido de la mesa de mi padre, o el baulito con los secretos de mi madre, me parecían una bomba a punto de explotar. Un volcán que, en cualquier momento entraría en erupción y eso me inquietaba enormemente. Pero así seguían las cosas, era una historia inacabada que me asustaba; presentía que me había metido en un lodazal del que tenía dificultad en escapar. Tenía tanto barro en los zapatos que era imposible levantar los pies para dar un paso y me sentía atrapado en una tela de araña. Aunque, cuando analizaba los hechos con serenidad, yo mismo me alentaba a continuar y me auto censuraba por mis miedos injustificados.

Esos días en Ronda con la compañía de mi hermano Joaquín, fueron muy gratificantes. Fue la primera vez que le vi vulnerable emocionalmente. Mientras paseábamos por la alameda, nos parábamos en el mirador frente al Tajo, para oxigenar nuestras mentes, luego, tomábamos unas cañas en el Bar de Manolo donde, los más viejos que eran quienes nos conocían, comentaban en susurros ininteligibles vaya usted a saber qué cosas de la familia Martín Rodero mientras nosotros hablábamos del pasado. De nuestros padres, de su amor demostrado sin ningún sonrojo ante cualquiera, con un beso a veces demasiado largo, una caricia, una mirada... Eran la pareja más envidiada de la pequeña ciudad. Recordábamos también sus enfados. Nuestra madre, aun siendo dueña de un carácter muy dulce, demostraba en ocasiones un terrible genio difícil de dominar pero, afortunadamente, efímero. Mi padre, que lo conocía, esperaba que pasara la ventolera -como él decía- y el mar volvía a la calma. La sosegada dominación era de mi padre aunque, he de admitir que las pocas veces que le vi realmente enfadado, fue temible.

Hablando sobre estos recuerdos, comenté con Joaquín un suceso pasado al olvido pero que, al enredar en la memoria, había salido a la luz. El recuerdo estaba envuelto en una gran nebulosa por mi parte, yo debía de ser un niño muy pequeño y debió de quedar grabado en el subconsciente porque me pareció gravísimo y seguramente me asustó. Joaquín que tenía casi tres años más que yo, lo recordaba con más nitidez.

Fue una de las pocas broncas que hubo entre mis padres y, como ya he dicho, la que más temor me produjo. Cristóbal, Joaquín y yo, nos encontrábamos jugando en el jardín. Siempre que esto sucedía, la puerta de la casa permanecía abierta para que, así, pudiéramos entrar y salir sin dificultad ni molestar con nuestras llamadas. En aquella evocación, mi mente me situaba al principio de las escaleras que subían al piso alto, cuando oímos las voces. A los gemelos los recordaba bastante pequeños jugando dentro del corralito que mi madre colocaba en el vestíbulo y, este detalle me dio más información sobre mi edad. Yo tendría unos cuatro años, tal vez tres. La voz de mi padre muy alterada, nos mantenía quietos a los tres hermanos al pie de la escalera con nuestras miradas posadas donde estas finalizaban y comenzaba el pasillo. Mi madre, muy agitada, salía del salón seguida por mi padre que llevaba en la mano una escopeta. Recuerdo la furia de sus palabras y de sus gestos. El pelo alborotado, la cara enrojecida con una vena hinchada que parecía un cordón a punto de estallar, cruzaba su sien y con los dientes apretados mientras empuñaba el arma, decía en un grito contenido.: "¡Si viene a por él, lo mato...!" Después sólo recordaba nuestro llanto, la caída de mi madre por las escaleras en un traspiés que dio, y a mi padre sujetándola con sus brazos que pronunciaba su nombre sollozando.

-¿Qué pudo pasar? - le pregunté a Joaquín con la idea de que sus recuerdos fueran más frescos que los míos.

- No lo sé. ¡Yo qué sé! - repitió demostrando molestia por la pregunta - una de las broncas gordas de nuestros padres.

Magda R. Martín

- No recuerdo otra igual - dije extrañado.

- Ni yo tampoco - respondió Joaquín, con una sonrisa que me pareció de complicidad, una complicidad absurda.

Entonces fue cuando me acordé de la licencia de armas que había encontrado entre los papeles de mi padre.

-¿Recuerdas por qué papá tenía un arma? ¿Para qué usaba la escopeta? - pregunté a Joaquín - Yo la vi solamente aquella vez -¿y tú? ¿Sabes que fue de ella? Tenía licencia de armas, he encontrado una entre sus papeles fechada en el año de mi nacimiento...

- No, Pedro, no volví a verla. De verdad que había olvidado este suceso - respondió, otra vez con esa medio sonrisa cómplice que me irritó. Parecía que se identificaba con la cólera de mi padre, como si le enorgulleciera. Y corté la conversación porque sabía que acabaría discutiendo con mi hermano.

Por lo demás, los días fueron tranquilos y hasta me atrevería a decir que dulces. Nos emocionamos muchas veces cuando los pensamientos y los lugares por los que paseábamos, nos obligaban a regresar a la infancia, cuando todos éramos felices, cuando los enfados se saldaban con una palabra de perdón, con un abrazo, con un olvido. La unión familiar era sólida, no tenía fracturas. Incluso en nuestra adolescencia. Luego todo fue cambiando, entraron personas nuevas en la familia. Advenedizos, los llamaba mi madre cuando empezaron a llegar y aunque los amaba porque formaban parte de la vida de sus hijos, creo que nunca los aceptó plenamente. Ella era la gallina clueca con sus polluelos, lo demás estaba fuera de su entorno, no le pertenecía. La edad, los años, la individualidad de cada uno, le arrebataron lo más amado: sus hijos. Creo que entonces fue cuando unió todo aquel amor que ya no podía entregar como deseaba, al amor que le profesaba a mi padre y en aquella madurez que, poco a poco, se fue convirtiendo en vejez, fue el período de tiempo en el que más se amaron y se comprendieron. Luego, la muerte se los llevó a los dos casi a la vez. Y allí estaban sus cenizas unidas a sus memorias, a su vida pasada en aquel pueblo que guardaba en el aire las alegrías, las tristezas, los enfados, los peligros de tantos momentos vividos. Y sentí como si todo aquel aire impregnado de sus sentimientos, me envolvía para transmitirme sus secretos. Secretos que yo, solamente yo, estaba obligado a desvelar. Y volví a entusiasmarme con la investigación, pero todavía no era el momento. Mi vida tenía que pacificarse, volver a la pasividad del verano. Estar en soledad para meditar, analizar y descubrir... siempre descubrir sucesos que cambiaban la perspectiva de nuestras vidas pasadas, de la familia Martín Rodero.

En el mes de enero, Joaquín abandonó mi apartamento y fue a vivir a uno alquilado en la calle Luchana. Como siempre se lo consiguió Pura, mi querida Pura. Era una mujer encantadora, llena de bondad y muy perspicaz. Siempre dispuesta, siempre al cuidado de todo, siempre vigilante para que nada se le escapara. Cuando la veía en su casa moviéndose de aquí para allá observando que todo estuviera en orden, me parecía contemplar una enorme fragata que se bandeaba entre las olas de manera majestuosa, sorteando tormentas y marejadas para llegar, al fin, al amparo seguro del puerto. Así sucedió con Joaquín. Lo amarró a puerto como un barco que hubiera estado a la deriva. Removió Roma con Santiago para buscarle un lugar decente donde vivir y lo consiguió. Nunca supimos cuanto tuvo que hablar, suplicar o interceder para obtenerlo, pero después de la fiesta de Reyes, Joaquín estaba habitando aquel piso de una sola habitación, soleado y amueblado (yo supuse que esto fue obra de Pura, había un toque femenino y personal que me recordaba a ella,

Magda R. Martín

pero nunca lo dijo) Ninguno podíamos pensar que aquel acto de generosidad fue el último de su vida.

El 11 de Febrero, murió de una embolia cerebral mientras dormía. Cristóbal la encontró dormida para siempre cuando se despertó por la mañana. Su entierro fue un nuevo reencuentro de la familia. No hubo rencores, ni palabras desafortunadas, ni comentarios hirientes. Sólo amor. Como ella lo hubiera deseado.

Cristóbal tuvo una gran fortaleza y yo le acompañé a Santillana del Mar para enterrarla en el panteón familiar. Se quedó solo. Los hijos estaban con sus estudios, uno en Sevilla, y el otro había conseguido una beca en Escocia. Luego emprenderían su camino particular.

Poco tiempo después, vendió su piso de Madrid, demasiado grande, demasiados recuerdos -dijo-, y compró un apartamento muy bonito, pequeño y acogedor muy cerca de mi casa, en el barrio de Retiro, cosa que a mí me produjo una enorme satisfacción. Le tenía cerca aunque pronto pude comprobar que pasaba la mayor parte de las horas en su Hospital. Se metió de lleno en la medicina.

La vida de la familia Martín Rodero comenzaba a declinar y una extraña sensación de premura por arreglar... no sabía qué... comenzó, otra vez, a intranquilizarme.

II

Magda R. Martín

1

Marcela Orozco de Sancipriano, heredó el título de Marquesa al nacer como primogénita del Marqués del mismo nombre el 24 de Abril de 1.903 en la ciudad de Cádiz.

El nacimiento tuvo una triste celebración puesto que aquel mismo día, Don Ricardo Orozco, Marqués de Sancipriano y padre de la niña, había recibido la fatal noticia: La última de sus propiedades en América ya no le pertenecía. Desde el desastre del 98 en el que la guerra con Estados Unidos había dejado a España sin sus colonias en aquel continente, muchas familias se arruinaron y una de ellas fue la del Marqués citado.

Con la pérdida de Cuba, Filipinas, Puerto Rico, y otras más, la ciudad de Cádiz hasta entonces pujante, entró en decadencia, en especial como puerto de comercio exterior donde la familia del Marqués hacía sus transacciones. A partir de entonces, el estatus familiar se vio obligado a mantenerse de una manera muy precaria, vendiendo propiedades de la región gaditana que, poco a poco, les dejó sólo con el palacete de Cádiz donde tenían su vivienda, lugar en el que habían recogido las pertenencias más amadas, como aquella pintura enorme del antepasado marino, fallecido en la batalla de Trafalgar como un valiente, de la que jamás se deshicieron.

Por todas estas vicisitudes, se creyó siempre que los padres de la recién nacida Marcela Orozco, heredera del título nobiliario, que

Magda R. Martín

habían conservado y aumentado sus bienes conseguidos de generación en generación, fallecieron de pena dejándola huérfana a los 10 años por lo que se hizo cargo de ella una hermana soltera del difunto padre, entrada en edad y en carnes que no salía de sus aposentos sin perfumarse y emperifollarse de la manera más llamativa posible. De esta Doña Paquita, que así se llamaba la solterona, se decían y se murmuraban mil y una anécdotas, unas graciosas y otras no tanto y entre ellas se comentaba lo que nunca se supo, si su pelo crespo y rubio lleno de lazos y peinas, era natural o postizo. Tampoco se supo nunca como pudo mantener su economía que, aunque mermó considerablemente, sus fiestas que se conocían por ser las más famosas en Cádiz, nunca dejaron de celebrarse en el palacete de su propiedad que siempre conservó, no se sabe si hipotecado o no.

La tía de Marcela, era bien conocida en Cádiz por ser una hábil casamentera y aprovechó la tutoría de su sobrina para casarla antes de que cumpliera la mayoría de edad, con un marino de buena planta y buena familia aunque algo arruinada, como muchas familias gaditanas de la época y que le aventajaba en veinte años de edad. Marcela aceptó. No podía hacer otra cosa; además de que su tía no se lo hubiera permitido, no se sentía feliz en aquella soledad de fiestas y saraos en las que Doña Paquita recibía en su palacete, día sí, día no, a la flor y nata de la bonita Tacita de Plata, y que, como se ha dicho, nunca dejó de celebrar aun con las estrecheces económicas en las que se encontraba y que misteriosamente resolvía. El marino, que, en cuanto fondeaba su barco en la bahía gaditana, asistía a las reuniones de la peculiar tía, también aceptó encantado la proposición matrimonial; los años se le echaban encima y al pasar la mayor parte de su vida en la mar, no había tenido tiempo de buscar esposa aunque sí amores, de todos conocidos pero nunca publicados.

Su estancia en tierra, cuando el navío que gobernaba permanecía amarrado a puerto, lo ocupaba en frecuentar a una

Magda R. Martín

hermosa mujer que todos conocían como Anamari y que, según las malas lenguas, había sacado de una mancebía para ponerle casa en la ciudad, exactamente en el Barrio de la Viña, menguando, con ello, los pocos bienes patrimoniales que le quedaban. Se decía y se comentaba el profundo y secreto amor que el marino profesaba a la mujer cuya belleza excepcional, corría de boca en boca por toda la ciudad de Cádiz. Le puso de criada a una muchacha muy joven traída de la isla y también se murmuraba que gastaba lo que le quedaba de fortuna para tratarla a cuerpo de rey. Cuando la dejó embarazada y nació el fruto de aquellos amores encubiertos, ya se había consumado su matrimonio con la joven Marquesa de Sancipriano y aun nacidos ya dos varones y una niña de aquel desposorio, al que, hay que decir que nunca olvidó de cumplir con su deber, no se echó para atrás en el momento de reconocer a aquel hijo al que dio su apellido y también su nombre, aunque éste ya lo poseía su primogénito legítimo, por lo que tuvo dos vástagos con el mismo nombre pero no de la misma madre. Esta historia, de todos sabida pero nunca nombrada, era la comidilla en la ciudad de Cádiz de aquellos años y así fue como, el marino, dejó en el mundo un hijo ilegítimo llamado Cristóbal Martín Núñez que, aun siendo muy amado, nunca pudo jactarse de la paternidad de aquel marino que lo visitaba a escondidas de una sociedad que contaba el secreto a voces.

Los amores con la antigua meretriz fueron de los que crean leyenda. Escondidos, apasionados y desgraciados porque, al cumplir el niño los siete años, unos meses antes de que se declarara una guerra cruenta en España, la madre murió a causa de una enfermedad que fue minando su salud lentamente.

El Capitán de la Marina mercante sufrió un tremendo golpe emocional con aquella muerte y como no quería dejar al hijo en orfanatos o al cuidado de criadas, pensó en su Contramaestre al que le unía una gran amistad y confianza por tantas expediciones realizadas juntos.

Magda R. Martín

Dicho Contramaestre, llamado Juan-José Gutiérrez y marino por nacimiento de familia de pescadores en la ciudad blanca de Barbate, luchó por conseguir un puesto mejor en la mar que la de salir a llenar la barca de peces y, con mucho empeño lo consiguió, llegando a ser uno de los Contramaestres más jóvenes de la marina mercante.

La casualidad hizo que por aquellas mismas fechas en las que murió la amante del Capitán Don Cristóbal Martín Álamo, el Contramaestre se desposara con una joven rondeña que conocía ya desde tiempo llamada María de la O y decidiera abandonar la marina para fijar su residencia en el pequeño y hermoso pueblo del que era oriunda su esposa, donde, al frente de un negocio de objetos marineros empezó su vida de casado. Quería sentar la cabeza y dejar la mar, le dijo al Capitán, y esas palabras fueron la oportunidad que el marino mercante utilizó para que, personas en las que confiaba, se hicieran cargo del pequeño Cristóbal. El niño abandonó Cádiz en brazos de Mariola y Juan-José Gutiérrez que se hicieron cargo de su educación y mantenimiento. El marino los visitaba con tanta frecuencia como le permitían sus ausencias obligadas en la mar porque amaba con ternura a aquel niño al que no podía presentar en público como hijo, dado que la sociedad en la que se desenvolvía, no se lo permitía, y no deseaba organizar ningún escándalo del que no podía prever las consecuencias, tenía esposa e hijos legítimos a los que les debía una fidelidad. La única licencia que se tomó y de la que no retrocedió, fue la de reconocer como hijo y dar su apellido a aquel niño nacido de unos amores escondidos.

La marquesa de Sancipriano, su esposa, nunca se lo recriminó, jamás se supo si porque, a causa de la ausencia de amor, no le importaba, o porque no deseaba darle tres cuartos al pregonero y evitar así, en parte, los comentarios maliciosos de toda la vecindad, amigos y enemigos.

El marino murió a los 65 años dejando viuda a Marcela Orozco, marquesa de Sancipriano que siguió viviendo en el palacete, hasta

Magda R. Martín

que sus tres hijos, los dos varones y una hembra, contrajeron matrimonio cuando Cádiz ya volvía a ser la ciudad pujante y hermosa que siempre fue.

2

Los dos hijos varones de Marcela Orozco y el Marino Mercante Cristóbal Martín Álamo, llevaban la mar en la sangre y optaron por incorporarse a la Armada Española al cumplir su mayoría de edad. Se decidieron por la Escuela Naval Militar de Marín en Pontevedra, donde consiguieron entrar como alumnos sin ninguna dificultad y al proyectar su futuro, las ocupaciones de su profesión y la formación de una familia con mujeres de la región gallega en aquel extremo de España tan alejado de su Cádiz natal, les llevó, poco a poco, a dejar de visitar a la madre Doña Marcela, que quedó sola con la hija menor, la cual, por cierto, llevaba su mismo nombre.

La joven Marcela, única hembra después de los dos varones nacidos del matrimonio, acabó casada con un viticultor jerezano dueño de unos viñedos de los que se sacaban buenos vinos de Jerez y que, aunque no se pudo interpretar con seguridad como una boda concertada, sí se aceptó el matrimonio por parte de toda la familia como una buena unión que sacaba de apuros económicos a la marquesa y a la hija, que, una vez casada, se trasladó a vivir a Jerez de la Frontera donde se encontraban las tierras y viñas del nuevo esposo, llevando consigo a la madre que nunca abandonó.

Este matrimonio de la hija menor del marino Cristóbal Martín Álamo y la marquesa de Sancipriano, tardaron unos cuantos años en conseguir descendencia y cuando, al fin, les nació su única hija que aceptaron como una bendición del cielo, le pusieron por nombre

Magda R. Martín

Clara-Isabel, por aquello de seguir con los nombres familiares, según decía la abuela Doña Marcela, pues había habido una tía en la familia con ese nombre a la que no se sabe por qué, la Marquesa le guardaba un recuerdo especial aunque nunca la había conocido. La nieta, Clara-Isabel, a la que acabaron nombrando con el diminutivo de Clarisa, era amada fervorosamente por aquella abuela gaditana con título de Marquesa, que era correspondida del mismo modo con demostraciones de afecto, palabras, caricias y cuidados que la anciana sólo admitía de la dulce nieta criada en soledad, tal vez, porque le recordaba el desamparo que ella había sufrido en su infancia.

Desde que Clarisa era una niña, Doña Marcela, se entretenía en explicarle historias, no se sabía si ciertas o inventadas, sobre su vida en Cádiz, su infancia, su orfandad, su juventud en compañía de su extravagante tía Doña Paquita, de los antepasados marinos, algunos de ellos muertos en la famosa Batalla de Trafalgar, y de sus posesiones perdidas en Ultramar en donde, decía, un pariente suyo había sido Virrey, pero eso Clarisa lo ponía un poco en duda, más bien lo atribuía a la imaginación de la abuela y a ese afán de conservar un estatus de nobleza familiar que no deseaba perder. La nieta admiraba a su abuela Doña Marcela, y le encantaba escuchar todas aquellas historias de batallas navales, amoríos escondidos y pintorescos personajes como, por ejemplo, la tía abuela Doña Paquita. Cuando le explicaba su manera de vestir y peinarse, Clarisa le daba vida en su imaginación, colocándole una vestimenta estrafalaria aunque rica, llena de lazos y perendengues, dos rosetones en las mejillas a causa del colorete y una viveza en su ir y venir en las reuniones y saraos que organizaba un día sí y otro también en la ciudad de Cádiz en aquel principio del siglo XX, según le explicaba con todo lujo de detalles, la anciana abuela.

A Clarisa nunca se le dio bien el trabajo del cuidado de las viñas y los vinos y aunque le dio un buen disgusto a sus padres, haciendo

Magda R. Martín

uso de una terquedad de carácter, al finalizar sus estudios secundarios, se empeñó en matricularse en la carrera de Antropología en la Universidad de Sevilla por su gusto especial de conocer a fondo todo lo concerniente al ser humano, tanto en lo físico como en el comportamiento social. Tal vez, aquellas historias escuchadas de boca de la abuela desde su infancia, fueron las que despertaron su interés por el conocimiento del hombre, no estaba muy segura, el caso es que finalizó sus estudios con muy buenas notas y consiguió un empleo como profesora en la misma Universidad pero pronto contrajo matrimonio con un antropólogo inglés al que conoció en un viaje de estudios a la isla anglosajona y del que enviudó al año de casada. Esa desgracia en su vida a una edad demasiado temprana, en lugar de impulsarla a buscar un sustituto, la llevó a retirarse a la casa de su madre en Jerez de la Frontera donde se dedicó al estudio y a cuidar a su anciana abuela que vivía con ellas y a la que, como se ha dicho, amaba profundamente.

En la actualidad, contando ya los 105 años de edad, la única persona que lograba que se comunicara por medio de la palabra, era Clarisa.

Al encerrarse en sus estudios antropológicos y, tal vez, también a causa de las historias familiares que la abuela Doña Marcela le explicaba continuamente, siempre añadiendo algún detalle nuevo, se interesó por la biografía de la familia y pensó que sería un trabajo interesante realizar un estudio cronológico y genealógico.

Comenzó dibujando un árbol generacional desde el antepasado más antiguo que la abuela doña Marcela recordara. Por más que la anciana exprimió su mente, su recuerdo no pudo ir más allá de finales del siglo XVIII cuando un tal Bartolomé Orozco, Marqués de Sancipriano, oficial de la Armada Española, padre de su tatarabuelo, luchó contra la Armada Inglesa del Almirante Nelson,

Magda R. Martín

embarcado en el buque insignia Santísima Trinidad de la flota española donde perdió la vida.

Un día, como tantos otros, se encontraban ambas sentadas bajo la parra que ensombrecía el patio de aquel sol del verano de su bonita Villa Blanca-Marcela, regalo de boda para los contrayentes, del padre del esposo jerezano. Clarisa observaba con triste emoción a aquella mujer que era su abuela y que parecía una pasita secada al sol con millones de arrugas que surcaban un cuerpo consumido por la edad mientras luchaba en un intento por hacerle recordar algunos datos sobre su matrimonio con el marino mercante Cristóbal Martín Álamo. Ante una de las preguntas en torno a su felicidad conyugal, fue cuando llegó la sorpresa. La anciana mujer abrió sus ojillos oscuros y dijo:

- ¡Ay chiquilla... la felicidad! ¡Cómo se encuentra...! Él no me lo dijo nunca pero yo sabía que visitaba a una mujer en el Barrio de la Viña. Pepillo, el chiquillo hijo del jardinero, era el correveidile que me informaba de cuanto acontecía o podía acontecer en la ciudad y le envié para que se enterara de lo que había de verdad en aquella fábula. Cuando volvió, me dio el nombre de la mujer, Ana María y me dijo que tenía un hijo con el mismo nombre de mi esposo y del mayor de mis hijos, tu tío Cristóbal.

El esfuerzo por recordar y también por hablar, agotaba a Doña Marcela y Clarisa debía de sacarle información con cuentagotas respetando su descanso. Pero la nieta era obstinada, en cuanto veía la animación en sus ojos, comenzaba la interrogación. Así fue como, otro día en la que ambas se encontraban, como de costumbre, sentadas en sus horas de descanso, a la sombra de la parra, se atrevió a insistir.

Magda R. Martín

- Abuela - dijo tomando entre las suyas una de las manos arrugadas y deformadas de la mujer -¿qué hiciste tú al conocer la infidelidad del abuelo?

Doña Marcela permaneció callada durante unos momentos para hablar lentamente al poco rato:

- Me hice la tonta, como acostumbramos a hacer la mayoría de las mujeres cuando conocemos una infidelidad... callé y sufrí.

Clarisa no quería romper el embrujo del recuerdo que se adivinaba en la expresión de su abuela y al poco la oyó continuar hablando:

- Un día me armé de valor y me acerqué a la casa del Barrio de la Viña donde vivía la mujer. Allí, intentando pasar lo más desapercibida posible, escondida en un coche con un velo que me ocultaba el rostro, pude ver cómo llegaba él, cómo besaba al niño que elevó entre sus brazos y abrazaba a la mujer... una mujer muy hermosa aunque muy demacrada. Me pareció pálida y excesivamente delgada pero muy hermosa, sí... una morena guapísima... -Volvió a callar. Movió su bastón que agarraba con la mano derecha, y comenzó a dibujar misteriosas líneas en el suelo y antes de cerrar los ojos para, lo que se suponía echar un sueño, dijo: - Entonces fue cuando pude llorar. Así fue como descubrí la certeza de que tu abuelo no me amaba... ya imaginaba que se había casado conmigo por interés... yo tenía título, fortuna... casa... buena fama... juventud... Y él era un hombre con veinte años más que yo. Solitario... venido a menos... siempre en la mar... y enamorado de otra mujer....

Magda R. Martín

Después de estas palabras, se durmió hasta la hora en que le sirvieron la comida. Para Clarisa aquel descubrimiento fue un notición. Ahora ya sabía que podían existir parientes consanguíneos desconocidos, debía añadir una rama al árbol genealógico de su abuelo Cristóbal Martín Álamo, pero ¿quién sería aquel niño, aquel nuevo Cristóbal? ¿Habría muerto ya? ¿Tendría descendencia? Por las palabras de la abuela debía de ser algo más joven que sus tíos, ambos ya fallecidos en la actualidad, ¿quizás de la edad de su madre que cumplía los 80? Si era así, los parientes de aquella rama eran sus primos, primos sólo por parte de abuelo pero primos al fin. Y decidió averiguarlo.

3

Fue al comenzar Octubre de aquel año 2007. Desconcertada después de la información sobre la infidelidad del abuelo, se sentía obligada a indagar en los datos que conocía para saber si existían otras persona que los emparentasen. ¿Por dónde empezar? -se dijo-. La sensatez y los escasos conocimientos que había obtenido sobre los hechos, la llevaban al Barrio de la Viña en Cádiz, donde su abuela le había dicho vivió la amante de aquel abuelo que ella conoció solamente por fotografías. Y allá se fue en su Golf gris metalizado, para intentar conseguir lo que deseaba en la calle donde su abuela descubrió, un día ya pasado, la infidelidad del esposo.

Se alojó en la casa que su abuela todavía conservaba en la ciudad, en una habitación que la guardesa cuidadora de la finca, había acondicionado para habitar. Era una casa grande, de piedra, con el escudo que se suponía el familiar, en la fachada principal. Situada en una recoleta plazuela, semejaba más que una casa particular, un palacete dedicado a museo o cualquier otra actividad oficial, sin embargo, en el interior y una vez ascendidas las escaleras de piedra que llevaban al primer piso, todo era comodidad en habitaciones bien acondicionadas y baños añadidos que daban un bienestar al hospedaje. En ella dejó correr su imaginación, llenando las estancias con momentos festivos en reuniones de amistades de aquella tía abuela Doña Paquita, solterona y extravagante que al final de sus días, les había dejado en herencia aquella casa rodeada de jardín. Clarisa no necesitaba que nadie la empujase para hacer uso de

Magda R. Martín

su imaginación, era lo suficientemente soñadora por naturaleza y disfrutaba reviviendo aquella época con la mayor exactitud posible.

Al día siguiente miércoles, se fue a la casa en donde pensaba conseguir noticias sobre la vida oculta de su abuelo.

No le costó encontrar la calle cuyo nombre llevaba anotado en un papel. Aun habiendo transcurrido tantos años, la abuela Doña Marcela, no lo había olvidado, como acostumbra a pasar con los detalles de sucesos que nos afectan intensamente.

Lo primero que hizo fue observar la casa mientras daba vida en su mente a escenas en las que su antepasado se reunía a escondidas con una hermosa mujer y un hijo que debía ocultar. Toda aquella usurpación de hechos le transmitía una realidad fifcticia que, sin embargo, le servía para introducirse casi de manera tangible, en los sucesos pasados. Aquellas escenas que ahora sólo existían en su cabeza, habían sido reales en alguna ocasión, y todavía permanecía viva la secuencia.

Con cierta audacia, llamó a la puerta y cuando una mujer mayor apareció en el umbral, se presentó como Clara-Isabel Centeno Martín, nieta de Don Cristóbal Martín Álamo. La expresión de asombro en la cara de la mujer y las palabras que dijo a continuación la sorprendieron tanto que no le permitieron continuar hablando.

--¡Caramba! Parece que todo el mundo se acuerda de Don Cristóbal al mismo tiempo.

-¿Qué quiere usted decir? - preguntó desconcertada.

- Pues, mire usted, que no hace todavía un mes que vino un señorito preguntando también por el Almirante

-¿El Almirante?- preguntó con más sorpresa si cabe.

- Bueno... - rectificó la mujer - el marino... Don Cristóbal...

-¿Ah sí?- ¿Y me puede decir quién era ese señorito? - dijo empleando la misma expresión verbal de la mujer - ¿Dejó su nombre? - Tenía que enterarse, aquello podía ser una pista importante para sus pesquisas. La mujer la miró de arriba a abajo y le respondió:

- Pues deben de ser parientes porque, recuerdo que dijo que él también era nieto del Alm... de Don Cristóbal.

-¿Ah sí?- repitió Clarisa - Por favor, me interesaría mucho saber su nombre y su dirección, ¿por casualidad no se la dejó?

- No - respondió la mujer haciendo esfuerzos por recordar, - creo que dijo que se llama Pedro o Pepe...algo así...- pero rápidamente se corrigió a sí misma - ¡...espere, espere...! sí, dejó una tarjeta...- y sin mediar palabra, comenzó a rebuscar en el pequeño cajón de una consola que estaba colocada en el pasillo a la entrada de la casa. - ¡Aquí está! - dijo entregando a Clarisa, con aire de triunfo, una pequeña cartulina rectangular.

Clarisa leyó muy interesada los datos escritos en la tarjeta de visita:

PEDRO MARTÍN RODERO
Abogado criminalista
Zurbano 28, 1º A (Despacho)   Reyes Magos 8, 4º B (Particular)
Teléf.: 91537 48 59- Madrid   Teléf.: 653 02 05 14 - Madrid
San José, 13 (Ronda - Málaga)

Magda R. Martín

Guardó la tarjeta en el bolso y mientras pensaba que, seguramente era más factible que aquel Pedro Martín Rodero, que, por cierto, podría ser su primo, le diera más información que la que iba a conseguir de aquella mujer, se despidió de ella agradeciendo su atención.

- Muchas gracias, señora, ha sido usted muy amable. Precisamente deseaba ponerme en contacto con este señor...- Y pensando en tranquilizar un poco la perplejidad de la mujer, le dijo una medio mentira: - Es mi primo, sabe usted... y hacía mucho tiempo que no sabía nada de él.

La mujer la despidió con una sonrisa imprecisa y cuando ya se alejaba la oyó decir:

-A mandar...

4

Volvió a su casa de Jerez, entusiasmada, con la tarjeta en su bolso como si llevara en él un tesoro. La noche anterior a su regreso a Jerez, antes de acostarse en aquella cama grande de cabecero antiguo y colchón moderno, la leyó por enésima vez. Pedro Martín Rodero. Claro, llevaban el mismo apellido: Martín, ella en segundo lugar porque le correspondía por parte materna, los dos eran nietos del mismo abuelo pero él, de una rama escindida de la familia. Tenía que ser hijo del hijo oculto de su abuelo, de aquel niño Cristóbal que tenía el mismo nombre y apellido que su abuelo materno y el mayor de los hermanos de su madre, su tío Cristóbal. Curioso que ese nombre comenzara a pasar de generación en generación porque, su primo carnal, el primero de los hijos de su tío, los gallegos, como los llamaban por el asentamiento de esta parte de la familia en tierras gallegas, también llevaba el mismo nombre, Cristóbal. Y comenzó a hacerse cantidad de preguntas a las que no podía encontrar respuesta. ¿Por qué el primo recién encontrado se llamaba Pedro y no Cristóbal como su padre? Tal vez ahí finalizaba la saga de los Cristóbal. ¿Y por qué la coincidencia de fechas en la búsqueda del abuelo? No se conocían, ninguno de los dos sabía de la existencia del otro, o eso suponía. ¿Qué resortes se estaban moviendo en las sincronías universales para que, ambos al mismo tiempo decidieran buscar información en el mismo lugar?

Magda R. Martín

Cepilló su melena corta y oscura ligeramente ondulada, extendió por sus labios una crema hidratante y se deslizó entre las sábanas satisfecha del resultado del día. Por la mañana regresaría a Jerez.

Cuando llegó a la ciudad del vino, aparcó el golf en el garaje de su casa Villa Blanca-Marcela, después de admirar los hermosos jacarandás de flores azules que adornaban la Alameda y se dirigió a la sala de la casa donde la abuela dormitaba sentada en el sillón entre almohadones. La madre, que preparaba la comida en la cocina, al oír su llegada, le preguntó:

-¿Qué has andado haciendo en Cádiz?

Iba a responder explicando las noticias cuando un sexto sentido le avisó de que, tal vez, a su madre no le gustaría saber nada de aquel asunto, al fin y al cabo, la acción del abuelo no era muy encomiable para su familia legal. Mantuvo una amante, no sabía durante cuánto tiempo pero el suficiente como para tener un hijo con ella al que, además, reconoció, puesto que los apellidos habían pasado a una tercera generación. Se quedó pensativa, y se dio cuenta de que era la primera vez que prestaba atención a aquel detalle. ¡Caramba con el abuelo! Debió de amar mucho a aquella mujer. Qué curiosidades tenía el destino.

Hizo como si no hubiera oído a la madre y, canturreando subió las escaleras que la llevaban a su cuarto. Mientras se vestía de trapillo para estar por casa pensó si su madre estaría al corriente de la historia. Nunca le había hecho ningún comentario sobre aquel asunto tan celosamente guardado.

Por la mañana proyectó el plan a seguir. Buscaría el contacto con el tal Pedro Martín Rodero pero no sabía muy bien por qué, cada vez que levantaba el teléfono para llamar al número que constaba en la tarjeta, un repeluzno inexplicable la dejaba sin suficiente serenidad para hablar y de lo que sí estaba segura era de que necesitaba mucha firmeza y objetividad si quería desentrañar aquel caso. Por este motivo dejó pasar las horas sin tomar una decisión.

Mientras desayunaba en el pequeño saloncito que daba al patio donde la parra lucía unos racimos de uvas que comenzaban a secarse, excelente golosina para avispas y pajarillos, miró a su anciana abuela a la que la enfermera contratada para asistirla durante las primeras horas del día, ya había colocado entre cojines, lavada, peinada y vestida, en el sillón junto a la cristalera que daba al patio. El tiempo comenzaba a refrescar y ya no era tan agradable estar al aire libre aunque, durante las horas del mediodía, cuando el sol del sur, todavía calentaba con fuerza, la trasladaban al patio bajo aquella vid trepadora que sombreaba el lugar. Sus grandes pámpanos verdes agarrados al sarmiento, debían de traerle dulces recuerdos a la abuela porque siempre se quedaba absorta con la vista fija en ellos y, en algunas ocasiones, cuando la cercanía se lo permitía, desenroscaba con lentitud cuidadosa de manos artríticas, los zarcillos enroscados como tirabuzones que permitían a la vid agarrarse a la pared, mientras los admiraba con una dulzura especial como si acariciase el pelo de una niña querida.

Clarisa la observaba imaginando su vida larga e intensa. Casada tan joven con un hombre mayor al que seguramente no amó, y mientras meditaba sobre estos pensamientos, pensó que si no podía hablar con su madre sobre aquel oscuro suceso familiar, sí podría hacerlo con la abuela. Estaba segura de que aquel dolor causado por la historia guardada en su corazón durante tantos años, deseaba salir a la luz. Hay cosas en la vida que, a medida que pasa el tiempo, dejan de tener el valor que se le da en el momento del hecho y eso era lo que sucedía en aquel instante con los amores secretos del abuelo, estaba segura. Ella, la abuela, Doña Marcela, no había podido mantenerlos encerrados en su corazón por más tiempo y pensó si aquel esperar para publicarlos, para que perdieran ese doloroso poder que tienen las cosas escondidas, estaba sucediendo

Magda R. Martín

ahora. No le quedaba demasiado tiempo de vida, eso lo sabían todos, incluso ella, mejor dicho, ella más que nadie y aquel secreto la mantenía en pie como a un moribundo que no puede expirar hasta haber confesado sus culpas. Sí, le explicaría a su abuela su aventura en el Barrio de la Viña, le enseñaría la tarjeta de Pedro Martín Rodero y le diría que aquel pequeño Cristóbal que fue hijo de su marido, tenía descendencia, una descendencia que, aunque no quisieran aceptar, formaba parte de sus mismas raíces.

Daba el último sorbo al café y observó a su abuela que tenía la vista fija en la parra que se veía tras los cristales; con tristeza vio que comenzaba a perder hojas, el otoño ya había hecho su entrada con su silencio imperceptible, en un acecho lento, mudo, que anunciaba los fríos del invierno incitando a los más débiles a poner orden en unas vidas que, como el verano lujurioso, llegaba a su fin. Con esa intuición especial e inexplicable que surge en algunas ocasiones al observar a una persona, le pareció que su abuela conocía sus pensamientos. No podía dar una explicación coherente, era un movimiento apenas perceptible de su cabeza completamente blanca, como si tuviera ojos en la nuca que la observaban sonrientes y le dijeran: "...a mí no me engañas, te conozco, sé lo que estás pensando...". Se levantó, y con la bandeja de desayuno ya consumido en una mano, se acercó a su abuela y posó el brazo libre sobre sus hombros al mismo tiempo que dejaba sobre la nívea cabeza, un beso suave y largo.

5

- Abuela, he estado en Cádiz, en el Barrio de la Viña.

Doña Marcela miró a su nieta. Parecía que no había entendido las palabras pronunciadas pero en sus ojillos marchitos, una luz brilló por unos instantes. Volvió a fijar su vista en el patio, en la parra. A lo lejos se adivinaban los surcos de tierra en los que las cepas eran preparadas para obtener un nuevo fruto. Luego, cogió su bastón por la empuñadura horizontal que intensificó la deformación de la mano a causa de la artrosis, miró a su nieta, esbozó una sonrisa y preguntó:

-¿Qué has averiguado, revoltosa?

- Hay parientes de la rama desgajada de la familia Martín Orozco, abuela - y sonrió. No había por qué dramatizar el hecho.

La abuela continuó con la media sonrisa y volvió a perder su mirada en los viñedos lejanos, en la tierra, ella que siempre había sido de mar, abandonó la sal y la brisa por la dulzura de las uvas, el verdor de las vides y el calor del vino de Jerez.

Magda R. Martín

- La vida cambia continuamente, Clarisita, hija...Nunca está quieta, siempre en movimiento aunque nos parezca parada por siglos. La vida es eso... vida... varía, se mueve, cambia. Unas veces, como el verano, muestra sus momentos de luz, de alegría, de descanso. Otras, como el invierno, azota, con lluvia, nieve y frío... un frío que se introduce en el corazón y no hay sol veraniego que lo expulse - Hizo un silencio golpeando el suelo suavemente con el bastón, luego volvió a mirar a su nieta que no perdía detalle de la reacción de su abuela y cambió la conversación rotundamente, como si aquel momento de debilidad en sus recuerdos, lo apartase de un manotazo.

- Clarisita, hija... ¿por qué no te casas otra vez...? Eres muy joven, debes tener hijos...- y regresando la mirada a su interior, a recuerdos lejanos, olvidados en los enredos del tiempo, dijo suavemente: - Las mujeres hemos nacido para ser madres...

Clarisa, observaba a su abuela con aquella ternura intensa que despertaba en ella la figura débil de la anciana. Una debilidad que, sin embargo, se transformaba en fortaleza cuando hablaba, nadie, al oírla, hubiera dicho que era una mujer más que centenaria. Pero eso, sólo sucedía cuando la abuela hablaba con su nieta Clarisa, para los demás era una anciana decrépita al borde de la muerte.

- Abuela - dijo Clarisa sin poder evitar en su voz cierta tristeza - soy más mayor de lo que tú crees, cumplo ya los 38 y no creo que encuentre pareja... tampoco la deseo, de verdad. La dolorosa experiencia pasada me ha dejado un regusto muy amargo y no desearía volver a experimentarla...- quedó pensativa durante unos momentos estudiando sus propios sentimientos y continuó: - No quiero volver a casarme abuela, y no creo que ya pueda tener hijos... No todas las mujeres nacen para ser madres...no..., algunas nacemos para...- se calló indecisa, hizo un gesto ambiguo con la mano y con la

Magda R. Martín

boca y terminó con unas palabras también ambiguas: -...no sé para qué nacemos otras...- y como si hablara para sí misma, acabó: - no sé para qué.

Se hizo un silencio tenso que dejó oír esos ruidos que pasan desapercibidos cuando la mente está activa y ruidosa: unos pasos, un golpe apenas audible, el trino de un pájaro, una voz lejana que pronuncia palabras ininteligibles, el ladrido de un perro en la distancia. La abuela rompió con su voz, el embrujo del silencio:

-¿Quiénes son esos parientes?

A Clarisa la cogió por sorpresa la pregunta, ya había olvidado el principio de aquella conversación y necesitó unos segundos para ubicar su mente en el lugar que correspondía.

- Pues todavía no estoy muy segura, abuela, pero, por lo menos, existe un hombre, un "señorito"- dijo sonriente al recordar la expresión de la mujer de la casa del Barrio de la Viña.

-¿Un señorito?- repitió sorprendida la anciana, con un movimiento de cabeza demasiado rápido para su edad.

-¡Jajaja! Sí, abuela, así me dijeron, que había ido un señorito diciendo que era nieto de Cristóbal Martín Álamo. Me dieron una tarjeta suya - Y mientras se dirigía a por su bolso para buscar la tarjeta, unió el comentario -Bueno, eso de señorito lo interpreto como que no era un hombre de pueblo, sino de ciudad - Le mostró la tarjeta a su abuela y dijo: - De hecho, vive en Madrid, fíjate, es abogado... abogado criminalista...una profesión interesante...- recalcó.

Magda R. Martín

La abuela se puso con lentitud las gafas que colgaban de una cadenilla sobre su pecho para poder leer la tarjeta entregada por su nieta y al poco rato, comentó:

-También tiene dirección en Ronda...- y se quedó en suspenso para continuar al momento -Tu abuelo viajaba mucho a Ronda, cada dos por tres, en cuanto estaba en tierra venía a verme, siempre con algún regalo, alguna rareza de otro país, alguna planta exótica..., me besaba, me abrazaba, me amaba durante un día y se iba... a Ronda... nunca supe a qué... o tal vez nunca quise saberlo.

El silencio era espeso y dulce a la vez, con esas dulzuras que resultan empalagosas y que, de pronto, cambian a una turbulencia, como si un mar se encrespara en una tormenta terrible, pero la abuela supo calmar el temporal despertado en su interior, ya no tenía razón de ser.

-Averigua, Clarisita, averigua... es parte de vuestra sangre...- y como para sí misma, leyó con voz susurrante - Pedro Martín...- aquí hizo una pausa y repitió -...Martín...- para terminar diciendo -...Rodero...

Cerró los ojos y pareció dormir. Clarisa la arropó con una manta ligera tejida a ganchillo con lanas de colores llamativos. La besó en la frente, guardó la tarjeta en su bolso y se alejó para buscar un quehacer en la casa. Necesitaba poner sus ideas en orden.

Magda R. Martín

6

La muerte de Pura me entristeció más que a nadie. Me costaba creer que no volvería a ver su figura obesa y tierna, pendiente de todos, de que nada faltara en las reuniones, de que las tensiones pasaran desapercibidas, de su amor por Cristóbal y la familia. Pero tuve que acostumbrarme, la vida seguía su curso impasible ante los acontecimientos que se iban desgranando entre sus horas, entre sus días, entre sus años. Como si fuera un caminante ciego que sigue y sigue sin ver lo que está sucediendo a su alrededor, sólo tiene una meta, llegar, llegar, llegar a un lugar inalcanzable porque la vida siempre está caminando, nunca encuentra el fin del camino. Somos los caminantes los vencidos, los cansados por el esfuerzo de la andadura. "Ya no puedo más..." -decimos- y nos abandonamos a mitad del sendero. Nos dejamos caer esperando el descanso final mientras otros siguen con la esperanza de llegar a no se sabe dónde.

Pero yo no podía dejarme vencer, mis pies, aunque heridos, debían continuar la marcha, no podía rendirme porque arrastraba a otros que, quizás, todavía tenían que seguir adelante. Había muchas cosas pendientes que tenía que resolver, no podía dejarlas a medias. Como decía mi padre: "cuando una cosa se empieza, hay que finalizarla... para bien o para mal" Nunca se debe dejar nada a medias porque cortas las esperanzas y las posibilidades de otros que te acompañan y uno de los que me acompañaba a mí en el camino por el que transitaba en la actualidad, era mi hermano Cristóbal. Era

Magda R. Martín

mi obligación ayudarle a superar su dolor, debía de decirle: "...
apóyate en mí, hermano. Estoy a tu lado, juntos andaremos este
trecho hasta que puedas continuarlo tú solo otra vez. Ahora soy tu
bastón..."

Se encerró en el Hospital, nunca se le encontraba en casa y un
día pensé que había que echarle un cable de una manera más real.
Fui a verle a su despacho, me saludó con su afecto acostumbrado y
le propuse un viaje de fin de semana a donde quisiera.

- La verdad es que necesito evadirme un poco de todos los sucesos,
sí, Pedro...

Pero me sorprendió su decisión.

-¿Por qué no vamos a pasar unos días a Ronda?

-¿A Ronda?- dije extrañado como si aquel lugar fuera desconocido
para mí - Allí te vas a encontrar con un montón de recuerdos,
Cristóbal - le dije dudoso, no me parecía lo más oportuno después de
la muerte de Pura, volver a visitar el lugar donde estaban las cenizas
de nuestros padres, casi recientes, y rememorar hechos y situaciones
pasadas tan entrañables para ambos, pero él insistió.

-Sí, Pedro. Me gustaría estar allí, sólo unos días. Creo que podría
reencontrarme a mí mismo, lo necesito. Recordar mi juventud, mi
infancia... a nuestros padres... ver caras conocidas, envejecidas como
la mía. Conocer tristezas y dolores de otros, compartir alegrías,
dichas, amores, nacimientos...- me miró con un entusiasmo
desconocido en él que me sorprendió.

- Bien... dije, como tú quieras. Sí - dije después de pensarlo bien -
me gustará tu compañía... - iba a decir: "...visitaremos los lugares a

Magda R. Martín

donde íbamos con nuestros padres, Juanjo y Mariola..." pero no me atreví. Le dejaría que él escogiese, yo sólo deseaba ayudarle a superar su pérdida, tal vez porque mi dolor por la ausencia de Pura era demasiado profundo y pensaba que el suyo debía de ser infinitamente superior.

Aquella misma semana cogimos mi coche y nos fuimos hacia Ronda felices como dos muchachos que hacían su primera escapada. Conduje yo hasta llegar a la primera vía de servicio pasado Despeñaperros y después de tomar un café que nos entonó, Cristóbal condujo el coche hasta Ronda. Entramos en la casa como si fuéramos dos chavales, estábamos contentos. Mientras él dejaba el equipaje en el interior, abrí el buzón, sólo había propaganda y cuando ya traspasaba el umbral, vi una carta de letra desconocida dirigida a mí, no tenía remite. Pensé en alguna publicidad para algún congreso o conferencia o cualquier acontecimiento en la ciudad o en la Comunidad andaluza y la dejé sobre la mesa con el resto de los impresos propagandísticos. Recorrimos la casa aireando habitaciones dejando que entrara el sol por las ventanas y los dos tuvimos la misma idea: visitar el árbol de la mimosa, lo que era la tumba de nuestros padres. Nos quedamos en silencio delante del pequeño árbol que empezaba a mostrar su floración en pequeños botones todavía verdes. Había crecido con rapidez, no podía creerlo. La pared de ladrillo que protegía la casa del exterior, estaba vacía, limpia de plantas. En la esquina del ángulo de la pared seguía el tiesto de grandes dimensiones que siempre había estado allí sobre una loseta de piedra, en el que se veía plantado un naranjo. Aquello me emocionó.

- Cristóbal, mira. Todavía sigue vivo el naranjo ¿recuerdas que lo plantamos con las semillas de una naranja?

Magda R. Martín

- ¡Síiii...! ¡Fíjate! No me había dado cuenta... y está todavía vivo...Deberíamos trasplantarlo a la tierra, quitarlo del tiesto.

- Sí, creo que sería una buena idea.

- Y plantar más flores, madreselva o hiedra que suba por las paredes... una buganvilla... quedarían muy bonitas las paredes llenas de la flor morada.

- Sí, tenemos que pensarlo. Tal vez la buganvilla la podíamos poner a la entrada que trepara por la pared frontal de la casa.

- Sí, habría que estudiarlo - me pasó la mano por la espalda en una caricia suave y pude ver la luz en sus ojos.

Una vez dentro, recorrimos otra vez todas las estancias, recordando nuestra vida allí durante tantos años y pronto nos percatamos de que nos estábamos poniendo nostálgicos, así que agarré a mi hermano y ahuyentando la añoranza, le dije:

-¡Venga, Tobalito! Vamos a tomar unas cañas.

Y salimos gozosos aunque con los ojos empañados por las lágrimas. Mientras caminábamos despacio por las calles de la ciudad, Cristóbal me hizo una pregunta:

-¿Qué, Pedro? ¿No has vuelto a indagar en la vida de nuestra familia?

Aquello me produjo un dolor en el corazón y le dije que no, que lo había dejado porque estaba algo cansado al no sacar ninguna conclusión final. Pero de vuelta a casa recordé las fotos de nuestros padres con los dos amigos y se las enseñé a Cristóbal.

-¿Tú conocías a este par de amigos?

Cristóbal miró las fotos por el anverso y el reverso, las estudió e hizo el mismo comentario que había hecho yo al verlas.

-¡Qué joven y qué guapa está mamá!

Sonreí en afirmación muda al comentario y luego me dijo:

- Pues no, no sé quiénes son. Amigos de papá supongo, de cuando hizo la mili, está bien claro por el uniforme..., de cuando conoció a mamá - se quedó pensativo durante un rato y dijo: - Sí, algo se hablaba de amigos de la mili, con Juanjo y Mariola, incluso recuerdo algún comentario sobre ellos las pocas veces que papá halaba de su servicio militar en Marruecos. La verdad es que ha habido muchos silencios en esta familia. Ahora que investigamos sin que nuestros padres estén presentes, es cuando soy más consciente.

- Debieron de tener bastante amistad...- dije yo al observar la felicidad de sus rostros - y fijándome, otra vez en la cadena que llevaba en la muñeca el chico alto y delgado, lo comenté con mi hermano: - Mira éste que cadena lleva, parece un macarrilla de nuestros tiempos.

-¡Jajajaa! Pues sí, es verdad.

-¿Ya llevaban estas cosas los hombres de entonces?

Volvió a reír prestando más atención a la foto y dijo:

186

Magda R. Martín

- No sé, a lo mejor era un poco mariconcillo...

Acabamos los dos riendo y volví a guardarlo todo en el baulito de mamá.

Tuvimos que volver al lunes siguiente a nuestros trabajos respectivos en Madrid pero como se acercaban las vacaciones de Semana Santa, le propuse volver a Ronda durante aquellos días festivos. En un principio aceptó, pero cuando faltaban unos días para iniciar las minivacaciones, me llamó por teléfono para decirme que no podía venir. Sus dos hijos llegaban a Madrid; el mayor presentaba a su novia y no podía negarse a verlos, aparte de que deseaba estar con ellos. Por esta razón el viaje lo hice solo.

Cuando llegué a la casa de la mimosa, todo estaba igual que la vez anterior. Habíamos dejado todo limpio y recogido, incluso limpiamos el polvo, tiramos los papeles que inundaban el buzón de propaganda a la papelera y fregamos el suelo. La casa todavía olía a limpio y me propuse descansar una semana... quería hacer el vago, pero algo inesperado me lo impidió.

Salí para hacer un poco de compra; bebidas, fruta y cosas para picar, las comidas fuertes las haría en el Bar de Manolo o en algún restaurante. A mi regreso, al abrir la cancela, observé con detenimiento la fachada encalada y limpia de adornos. Mi hermano Cristóbal tenía razón, una buganvilla sobre la pared le daría un toque de color muy vistoso. Coloqué los alimentos y las bebidas en su sitio y salí en busca de un vivero para comprar una buganvilla.

No me costó encontrarla; era la hora de comer cuando la dejé al lado de la puerta de entrada, había que plantarla y necesitaba algo de tiempo, sin pensarlo más me fui al primer lugar que servían comidas. Estaba cansado y hambriento.

7

Clarisa dudaba, pero sabía que debía hacer algo para conectar con el que ya consideraba su primo. Sin embargo, dejó pasar el tiempo sin hacer nada, sentía cierta timidez que no la dejaba actuar con la libertad deseada por ella. Cada vez que intentaba coger el teléfono para hablar con aquel hombre que llevaba su mismo apellido, sentía unos cambios de temperatura en su cuerpo que no le permitían seguir actuando como quería, sudaba y tenía frío; las piernas le temblaban y no digamos la voz. No podía concederse estas debilidades si tenía que enfrentarse a una persona para decirle: "Hola... soy una prima tuya porque tu abuelo y el mío son la misma persona pero fue un poco "capullo" con mi abuela y engendró a tu padre   fuera de su matrimonio legal". Cuando se hacía estas reflexiones terminaba riéndose de sus propios pensamientos y dejaba que el destino tomara la iniciativa. Esperaba.

Las Navidades se echaron encima con cambios de temperatura ocasionando un fuerte catarro a Doña Marcela que por poco se la lleva al otro mundo y este aviso de un desenlace desafortunado que podía ocurrir en cualquier momento, le sirvió a Clarisa de revulsivo. En cuanto la abuela mejoró le pidió que le nombrara todos los ascendientes que recordara, quería realizar el árbol genealógico familiar e incluir en él la rama desgajada, denominación que dio a la familia desconocida de su abuelo.

Magda R. Martín

La abuela Doña Marcela ya no atendía a razones, su vida se apagaba lentamente y Clarisa no pudo sacar más información de la que ya tenía. El antepasado más antiguo por parte de su abuela era el marino que murió en la batalla de Trafalgar; por parte del abuelo, no tenía la menor información, sólo que había una familia o por lo menos un hijo natural y un nieto, nada más.

La vida de Doña Marcela se apagó el 31 de Enero del 2.008. A unos los dejó tranquilos, ya no se necesitaban enfermeras, cuidados, gastos extras ni garambainas para atenderla. Hubo una buena herencia que se repartió entre la madre de Clarisa y los primos gallegos, puesto que los dos hermanos de la madre y tíos de Clarisa, habían fallecido unos años atrás. A Clarisa todo aquel tejemaneje, la dejó desolada, sin su más amado y seguro confidente. Entonces fue cuando se volcó en la búsqueda del primo escondido.

Pensó que lo más protocolario, dada la situación ilegal que los unía, era un primer contacto por carta y, tal vez porque la ciudad estaba más cercana que Madrid, se le ocurrió enviar el correo a Ronda. Después de emborronar y tirar a la papelera por lo menos media docena de borradores, aceptó el séptimo intento. Decía así:

Muy Sr. mío:

La presente es para comunicarle mi deseo de un encuentro personal con usted para aclarar unos sucesos familiares, dado que he descubierto, con un criterio bastante cierto, formamos parte de la misma familia puesto que mi abuelo, Cristóbal Martín Álamo, casado con Doña Marcela Orozco Sancipriano que fue mi abuela, tuvo un hijo fuera del matrimonio que, es muy posible, sea su padre.

Su dirección la he conseguido por medio de una mujer que vive en el Barrio de la Viña de Cádiz, a la que fui a interrogar para aclarar dudas sobre esta materia. Ella me comunicó su visita unos días anterior a la mía y, ante mi insistencia, me entregó la tarjeta que usted le ofreció con su dirección.

189

Magda R. Martín

Como mi domicilio en Jerez de la Frontera está más cercano a la ciudad de Ronda que al que se cita en la tarjeta en Madrid y puesto que no me parece correcto un acercamiento telefónico dadas las circunstancias familiares un tanto delicadas y tampoco conozco su interés por aclarar esta situación, he decidido remitirle esta carta para que, si es su deseo, nos pongamos en contacto y poder dar un giro amistoso a la situación.

Si lo desea puede llamarme al móvil que le cito: 673425614, o bien responder a esta carta a la dirección que arriba se indica.

Pido disculpas si mi osadía por conocerle resulta impertinente para usted, no es mi intención ofenderle en ninguna forma.

Reciba un saludo cordial,

Había pasado más de un mes desde el envío de la carta y no había tenido respuesta. Este silencio la tenía decepcionada, y daba vueltas en su cabeza a las palabras empleadas en la misiva con la pesadumbre de si Pedro Martín Rodero, podría haberse tomado a mal aquellas letras. O tal vez, pensaba, no deseaba conocer a una familia que pudiera enorgullecerse de su legalidad y ofender, de este modo, su nacimiento. Pero Clarisa era terca, no cedía. Se acercaban las fiestas de Semana Santa y a ella esos festejos no le atraían, más bien la disgustaba tanto folclore. ¿Y si se acercara a Ronda y probara suerte?

No tuvo que pensarlo dos veces. El domingo de Ramos asistió con sus padres a la celebración litúrgica en la que se bendecían los ramos, después del acto que la aburrió terriblemente de tanto verlo año tras año, al llegar a casa, cortaron las ramitas de olivo bendecido que su madre tenía la costumbre de colocar en puertas y balcones, se suponía que para ahuyentar malos espíritus y para que las cosechas fueran generosas y, por fin, el lunes Santo, no esperó más,

Magda R. Martín

cogió su golf plateado y se lanzó a la carretera. En dos horas se plantó en la ciudad de Ronda.

8

A las doce del mediodía, estaba situada junto a la cancela de la casa. El silencio y la soledad daban a entender que nadie la habitaba, a pesar de ello, llamó al timbre. Al cabo de un rato, un hombre alto, delgado y pelirrojo, se dejó ver por el lateral izquierdo del jardín. Llegó hasta la verja sin quitar la vista de Clarisa y la abrió.

- Sí. ¿Qué desea?

La voz grave sorprendió a Clarisa, esperaba oír una voz más fina, aflautada y entonces se fijó en su mandíbula firme, muy masculina. De lejos daba la impresión de persona débil, de cerca asombraba su firmeza, en la voz, en los gestos, en la mirada. Era alto, podría decirse que muy alto y delgado casi hasta flaco pero los hombros delataban unas espaldas anchas. El pelo rojizo, algo enmarañado era lo que, tal vez, le daba ese aspecto un poco infantil, más suave de lo que en realidad era.

- Sí. ¿Qué desea?

La repetición de la pregunta la devolvió a la realidad, un poco azarada respondió:

- Busco al señor Pedro Martín Rodero.

- Soy yo.

Era él. Su primo... suponía. ¿Cómo debía presentarse?

- Mucho gusto en conocerle... Me llamo Clara-Isabel Centeno Martín...- se quedó atascada, no sabía cómo proseguir, la mirada observadora del hombre la alteraba, al fin pudo rehacerse y dijo: - Le envié una carta hace un tiempo...

-¿Una carta? Pues no la he recibido... Bueno la verdad es que éste no es mi domicilio habitual... ¿La envió usted a esta dirección?

- Sí. Hace un mes o más.

El silencio volvió a adueñarse de la situación hasta que oyó decir a su primo:

-¿Y qué decía la carta...?

- Bueno... es que creo que somos primos... mi abuelo era Don Cristóbal Martín Álamo...

- ¡Hostia...!

El espontáneo taco le provocó una risa que no pudo contener.

- Pasa... pasa...- le dijo el pelirrojo desconcertado y empleando el tuteo como si nombrar el parentesco le diera derecho a la familiaridad.

Magda R. Martín

Clarisa entró en el jardín y entonces se fijó más en el hombre. No era demasiado joven, ya tendría los cuarenta cumplidos, aunque aquel pelo claro, sin canas y algunas pecas que ensombrecían una piel blanquísima le daban un aspecto infantil.

- Bueno... me has dejado aturdido...- se quitó unos guantes de jardinería y la acompañó hacia la puerta de la casa - Vamos dentro... ¿quieres tomar algo? Una cerveza, un refresco...

- Agua fría si tienes.

- Sí, por supuesto.

La invitó a pasar a una sala que estaba a la izquierda de la puerta. Parecía una especie de biblioteca pero debía de emplearse para que las visitas esperaran allí. El hombre se ausentó unos momentos que Clarisa aprovechó para observar. Por el ventanal se veía parte del jardín. Una fuente semicircular adosada a la pared de ladrillos rojos, algunos tiestos con geranios, y un árbol de mimosa, no excesivamente alto que comenzaba a florecer. Más a la derecha, en la esquina que formaba el ángulo de la pared que bordeaba la casa, pudo ver un tiesto de grandes dimensiones en el que se veía un pequeño arbolito que también mostraba sus tiernos brotes, creyó reconocer que era un naranjo.

- Aquí tienes, agua fría - El hombre dejó sobre una mesa pequeña una jarra de agua que presentaba el cristal empañado por el frío de su contenido y vertió el líquido en el vaso. Clarisa lo cogió inmediatamente, se le había secado la boca, en parte por los malditos nervios. Estaba dando un paso importante y no sabía cómo iba a terminar todo aquel dislate.

Magda R. Martín

El que suponía era su primo le ofreció asiento en una butaca tapizada de azul al mismo tiempo que él ocupaba la que estaba frente a ella después de abrir un pequeño armario del que sacó una botella de coñac y una copa panzuda para servirse un sorbo. Les envolvió un silencio embarazoso que rompió Pedro, su supuesto primo.

- Bien... Pues sí, creo que Cristóbal Martín Álamo era también mi abuelo, marino mercante ¿no?

- Sí, así es.

- Un nombre que se ha extendido a dos generaciones más, porque mi hermano mayor, también se llama Cristóbal...

-¡No me digas...! El hermano mayor de mi madre llevaba el mismo nombre y el mayor de mis primos, también...

-¡Vaya! Pues si me permites incluirnos, parece que somos la familia de los Cristóbal porque mi sobrino mayor, el hijo de mi hermano, también se llama así.

-¡Jajaja! Eso parece.

- Me gustaría saber cómo me has encontrado y por qué a mí. Soy el tercero de los hermanos.

- Entonces sois familia numerosa...

- Sí. Bastante numerosa. Detrás de mí hay dos gemelos, un solitario que se llama Carlitos y la menor es la niña de la familia... bueno...- añadió sonriendo con una sonrisa dulce y traviesa a la vez que a

Magda R. Martín

Clarisa la fascinó, - una niña que ya tiene 36 años... ó 37..., no sé, no me acuerdo muy bien, incluso puede que tenga 38...

-¡Caramba, siete hermanos! Yo soy hija única - Se fijó en que su primo iba a decir alguna palabra de la que luego se arrepintió y guardó silencio cambiando la conversación con habilidad.

-¿Dónde me has dicho qué vives?

- No te lo he dicho... creo..., vivo en Jerez, mi padre es dueño de unos viñedos, él no es de la rama de los Martín, el apellido viene de mi madre. Hasta hace poco vivía mi abuela, la esposa del abuelo Cristóbal, pero murió el último día de enero, tenía ya 105 años.

--Muy anciana ¿no? Pues todavía no hace un año que han muerto mis padres, los dos, uno detrás del otro...- Guardó un silencio que aprovechó Clarisa para decir un "lo siento" diplomático, a la conversación le estaba costando coger soltura. Ambos estaban muy tensos.

- Ahí, debajo de la mimosa, están enterradas sus cenizas.

Clarisa miró hacia el árbol y preguntó extrañada:

-¿Ahí?

- Sí. Lo pidió mi padre y poco antes de morir mi madre nos suplicó que mezcláramos sus cenizas, las enterráramos en el jardín y plantáramos encima una mimosa... Y así se hizo...

Por la nube triste que cruzó sus ojos adivinó que aquel hombre de pelo rojizo amaba mucho a sus padres.

- Una bonita historia romántica, debían de amarse profundamente.

- Sí, creo que se amaban mucho....- Volvió a ver la nube triste sobre sus ojos y cambió la conversación hacia lo que deseaba que era crear una armonía entre el parentesco que los unía.

- Respondiendo a tu pregunta, la verdad es que te encontré por pura casualidad.

- Yo no creo en las casualidades. Las cosas siempre tienen una razón de ser, suceden por algo.

- Es posible... bueno, la verdad es que siempre he tenido un interés especial por mis antepasados, creo que por eso estudié antropología.

- Antropología... Interesante... bonita carrera...¿En dónde?

- En la Universidad de Sevilla - Retomó la conversación para llevarla al terreno que deseaba - Mi abuela me explicaba muchas historias de antepasados que a mí me entusiasmaban y creo que de ahí saqué la afición. Un día, tal vez porque soy excesivamente romántica, se me ocurrió preguntarle a mi abuela sobre la felicidad en su matrimonio. Casarse con un marino que pasan más tiempo en la mar que en tierra, es problemático, y fue cuando me explicó que mi abuelo tuvo unos amores escondidos de los que había nacido un hijo.

-¿Así que tu abuela conocía la historia?

- Sí. A mí me pilló de sorpresa, nunca lo hubiera imaginado aunque al abuelo no lo conocí.

Magda R. Martín

- Nosotros tampoco. Murió cuando mi padre era un chaval de 20 años.

- A partir de ahí comencé a pensar en la posibilidad de unos parientes desconocidos, otra rama de la familia Martín - aquí tuvo mucho cuidado en no decir la palabra "desgajada", podía parecer despectiva y ofender a su primo - y... bueno... después de algunas averiguaciones, aquí estoy.

-¡Caramba qué sorpresa me has dado!

Se dio cuenta de que la observaba sin disimulo, con curiosidad

- Pues yo aunque no creo en esas casualidades, puedo decir también que he sabido los detalles de la vida de mi abuelo hace muy poco, después de la muerte de mis padres. Removió la copa con la mirada fija en el líquido como si fuera un brebaje mágico que le mostrara escenas futuras o pasadas, luego levantó la vista y Clarisa volvió a ver la tristeza en la mirada gris dorada del hombre - Son esos momentos evocadores - le oyó decir hilando la conversación - en que te haces preguntas que no tienen respuestas, descubres y prestas interés a detalles que cuando han ocurrido nunca han sido interesantes. Sólo con el tiempo, surge el misterio, los interrogantes y entonces se busca una explicación para encadenar con coherencia hechos que han quedado desperdigados por la vida - Volvió a guardar un silencio que entristeció a Clarisa, se percató del dolor de su primo, sufría y ella había venido a reavivar aquella pena.

Se levantó y le dijo:

- Espera un momento, ahora vuelvo - Y la dejó sola en aquella acogedora habitación.

Magda R. Martín

Fue consciente de la energía que emanaba aquella casa. Era fuerte y pacífica pero tenía un punto negro. Algo escondían aquellas paredes que hacía que aquella paz se descompusiera, como si algún niño travieso la desordenara y alguien superior, sobrenatural, un ángel, calmara lo que se había alterado. Le resultaba excitante aquella vivencia, era una sensación fuera de lo común. Los habitantes de aquella casa tenían o habían tenido una potente energía que transmitía el ambiente.

Cuando entró Pedro en la sala, la energía alborotada que había experimentado Clarisa, se calmó, volvió la paz al ambiente.

Traía en la mano unas fotos y una carta.

-¿Esta es tu carta?- preguntó.

- Síií ¿ves como sí la habías recibido?

- Sí, pero está sin abrir - dijo enseñando el sobre por el derecho y el revés para que comprobara que permanecía cerrado - La vez anterior que estuve aquí, vine con mi hermano Cristóbal para animarlo un poco en su tristeza, hace sólo dos meses que se ha quedado viudo ¿sabes?, y cuando la cogí del buzón pensé que era propaganda...- La miró con aquella sonrisa fascinante y moviendo la carta en su mano dijo: - Me vas a perdonar pero estaba en la papelera con la propaganda que tiramos, afortunadamente no había ido a parar a la basura - y mientras pronunciaba estas palabras, rasgó el sobre y leyó, en silencio, la carta.

-¡Jajaja! No importa Pedro, ahora estoy aquí para decirte las cosas personalmente - Pensó en lo que le acababa de decir sobre la viudedad de su hermano y ya con seriedad continuó mientras se servía otro vaso de agua - Parece que estáis en una mala racha, he entendido que tu hermano se ha quedado viudo hace poco tiempo.

Vio como su primo doblaba la carta y la guardaba en el sobre, una vez finalizada su lectura, sin hacer comentarios sobre ella. Comprendió que daba por sentado su contenido después de oídas sus explicaciones y prestando atención, otra vez, a sus palabras, le oyó replicar:

- Sí. Pura era una maravillosa mujer muy difícil de olvidar - Suspiró profundamente, Clarisa intuyó que el comentario lo hacía para sí mismo, sin darse cuenta de que estaba acompañado y comprendió la nube de tristeza que cubría sus ojos. Luego, más alegre, le oyó decir:

- Mira...- y le mostró la foto de un hombre de mediana edad vestido con el uniforme de marino.

-¡Oh...! ¡Yo tengo otra igual! ¡Es del abuelo...! ¡Jajaja!

-¿Sí? Pues nosotros la teníamos ahí, entre las fotos familiares, a partir de ella ha sido cuando he comenzado a averiguar. Mi padre no hablaba mucho de su pasado, ahora entiendo por qué - Le envió una mirada cómplice que comprendió y, sin querer, hizo un gesto afirmativo con la cabeza y siguió escuchando - Lo comenté con mi hermano Cristóbal y decidí hacer indagaciones. Con los pocos datos que tenía, nombres y fechas de nacimiento y muerte, investigué en el Registro Civil de Cádiz y encontré la dirección donde había vivido mi abuela, la madre de mi padre - Fijó su vista en la cara de Clarisa, que creyó ver ahora, en aquellos ojos tristes, una mirada retadora - fue cuando supe que mi padre era hijo ilegítimo.

Magda R. Martín

Captó la tirantez del momento. Era normal que el orgullo herido saliera a flote, debía ser cuidadosa para no ofenderlo.

- Bueno Pedro. Ahora ya nos conocemos, sabemos que somos primos...

-...por parte de abuelo...- dijo aclarando la frase.

- Por parte de lo que sea, Pedro, pero somos familia - Esta vez pudo ver en sus ojos una mirada de ternura.

- Oye, prima nueva ¿cómo me has dicho que te llamabas?

- Clara-Isabel

-¿Y no se te puede llamar sólo Clara o Isabel?

- No. Pero se me puede llamar Clarisa, que es como me llaman todos.

-¡Ah, vaya! Ese sí me gusta... Clarisa... Bonito nombre.- Se acercó a su butaca y sentado en el brazo junto a ella, le siguió enseñando fotos. De Cristóbal, de Joaquín, de los gemelos, de Carlitos y de la guapa Paloma. La última, se la mostró casi con unción, eran sus padres, el día de su boda. Clarisa no pudo reprimir las palabras.

-¡Qué guapos!

- Así hemos salido los hijos...- lo dijo en broma pero en el fondo, Clarisa entendió como se reflejaba un ligero orgullo en su voz.

Magda R. Martín

La invitó a quedarse en la casa durante toda la semana pero aceptó sólo pasar un par de noches, el Jueves Santo debía estar en Jerez. Aunque a ella no le gustaba todo el jolgorio religioso que se organizaba durante esa semana, sabía que su madre se disgustaría si no la acompañaba a los oficios en la iglesia y así se lo dijo a Pedro.

- Lo siento, Clarisa, yo tampoco soy aficionado a esos festejos, pero bueno, estaremos en contacto, primita desconocida, ¡ya verás qué sorpresa cuando se lo diga a mis hermanos! Tenemos que hacer una reunión para conocernos todos ¿te parece?

- Me parece una idea estupenda, Pedro - Y buscando en su bolso, sacó un pequeño bloc y un bolígrafo - Creo que puse mi dirección y teléfono en esa carta que te envié... la carta misteriosa... ¡jajaja!, pero por si acaso, te pongo aquí mis datos.

Después de escribir, cortó la hoja del bloc y se la entregó a Pedro que dijo:

- La guardaré como un tesoro, te lo prometo, ésta no se pierde.

Durante las dos noches que Clarisa se quedó en la casa de Ronda, Pedro ocupó la habitación de sus padres ofreciendo a su prima la habitación con dos camas donde siempre se instalaban los gemelos. Se encontraba al final del pasillo y esto le proporcionaba más intimidad. Durante el martes, a petición suya, le ayudó a plantar la buganvilla a la entrada de la casa que quedó perfecta y el miércoles, lo emplearon en pasear por la ciudad, contando Pedro anécdotas, historias y sucesos de cuando eran niños y adolescentes que Clarisa escuchaba con atención. Visitaron Museos, monumentos, la Plaza de Toros, una de las más antiguas de España... Ella por su parte explicó su vida, su viudedad y aquí surgió la pregunta:

Magda R. Martín

-¿No estás casado, Pedro?

- Estoy divorciado. Tengo dos hijas que ya son adolescentes.

Fueron conscientes del incómodo silencio que surgió entre ambos ante este comentario y casi al mismo tiempo, cambiaron el giro de la conversación hacia temas menos indiscretos. Hablaron sobre todo de la anciana abuela recientemente muerta, de la diferencia de edad con el abuelo, del matrimonio concertado por una tía que se hizo cargo de ella y Pedro, dio detalles de ese deseo inexplicable que le impulsó a averiguar sobre sus ascendentes paternos por medio de fotos que fue lo que comenzó a soltar la lana del ovillo para encontrarse con una madeja enmarañada que nunca había podido imaginar.

- La vida tiene esos misterios, Pedro - dijo Clarisa mirándole a los ojos mientras paseaban por la Alameda - pero no me arrepiento en absoluto de haber dado este paso, de verdad.

Él sonrió, la miró al pelo, a los ojos, a la boca y Clarisa leyó en los ojos de su primo, una aprobación que la satisfizo.

Mediada la tarde se despidieron con un abrazo y un beso en las mejillas. Clarisa comprobó que se sintió muy cómoda entre el calor de aquellos brazos fuertes que engañaban con un aspecto débil. Todo él, engañaba, parecía humilde, sumiso, dócil y, sin embargo, en cuanto se le trataba, se podía saber que era todo lo contrario. Tenía un gran orgullo bien entendido, de su familia, de su persona, de sus ideas, era firme y autoritario sin ser despótico, y demostraba poseer una gran seguridad en sí mismo. Pero todo eso se desdibujaba con una enorme ternura que era la nota característica de su personalidad.

Magda R. Martín

Mientras conducía camino de su casa en Jerez, pensó que era afortunada al haber descubierto aquella rama desgajada de la familia Martín.

Magda R. Martín

9

Los días restantes de la Semana Santa que permanecí en Ronda después de la marcha de mi recién descubierta prima, fueron muy felices. Pensaba en lo sucedido y me sorprendía sonriendo. Era agradable, simpática y monina, la primita, además de osada, porque presentarse así de pronto, a decirle a un primo más o menos ilegal, "hola soy tu prima la oficial, la legítima", era un poco arriesgado, pero tenía que admitir que si yo hubiera estado en el bando contrario, tal vez también habría actuado así. Bueno... el resultado era positivo, la primita me gustó

Con Cristóbal no quería comentarlo hasta mi vuelta a Madrid, cuando me reuniera con él. Con el desenlace actual de los hechos, me veía obligado a contarle toda la verdad que había ocultado y eso me ocasionaba un malestar que no terminaba de encajar. Pero sabía que debía hacerlo. Sin embargo, no podía evitar pensar en que la reacción de Cristóbal o de algún otro de mis hermanos fuera negativa. Así que, primero, esperaría a conocer la opinión de mi hermano mayor.

En cuanto entré en mi casa de Madrid pensé en llamar a Clarisa, saludarla y preguntarle por...algo... era una excusa para oír su voz cantarina con ese deje suavemente gaditano. Cuando ya estaba marcando el número, corté la comunicación, no quería atosigarla, esperaría a poder decirle algo concreto sobre nuestra familia. Vino en mi ayuda una llamada inesperada de Cristóbal.

Magda R. Martín

-¡Hola rondeño! ¿Qué tal los días?

- De maravilla, Cristóbal. Con novedades.

-¡Vaya! Pues por aquí también las hay...

-¿Sí? ¿Qué pasa? Espero que sean buenas noticias.

- Supongo que sí... - La línea quedó muda durante algunos segundos y comprendí que mi hermano ordenaba sus ideas para exponerlas con claridad, y como si la frase no hubiera sido interrumpida, oí que decía - ...que se nos casa Cristóbal...

El nombre tan repetido me obligó a darle el hueco correspondiente en mi mente. Se refería a mi sobrino, otro Cristóbal más, el primogénito de mi hermano mayor.

- ¡Caramba, qué dices! ¿Para cuándo es la boda, tienen fecha? ¿Y la novia, quién es...? No sabía que existiera una candidata tan en serio.

- Calma, calma. No te apresures. Te explico. La chica es muy mona, parece un encanto de niña, es canaria y, según me ha explicado Cristóbal, el padre también es médico en Tenerife, donde vive la familia. El caso es que le ha dicho que le consigue un puesto en un Hospital en cuanto termine la carrera. Está más contento que unas Pascuas y ella, he podido intuir, que con unas tremendas ganas de llevárselo. Así que han decidido casarse el 21 de Junio que es sábado pero ¡agárrate! la boda se celebra en Santa Cruz de Tenerife de donde es la novia. Así que, Pedrito... a preparar el viaje, porque apenas quedan tres meses.

Magda R. Martín

-¡Joder, qué sorpresa, Cristóbal! Esto nos hace viejos.

- Dímelo a mí. Mi pena es que Pura no pueda verlo... pero al mismo tiempo, todo este alboroto me va a servir de ayuda para sanar un poco mi pena.

- Sí y yo me alegro mucho. ¿Se lo has dicho a los demás hermanos?

- A Joaquín, porque vino a revisión el otro día y, por cierto, lo he encontrado muy bien, tanto de salud como de ánimo. Más centrado. A los demás voy a ponerles ahora al corriente, tengo que hacer un montón de llamadas.

Cristóbal estaba entusiasmado lo que me dio una sincera alegría. Se merecía un poco de suerte, la vida le debía un extra. Antes de que colgara, me dijo:

-¿Y tus novedades cuáles son?

-¡Jajaja! ¡No te lo vas a creer! tenemos una prima o primos y tíos...

-¡¡¡Quééé!!!

- Dime cuando podemos reunirnos y te explico la historia, Cristóbal, nos están sucediendo cosas muy extrañas.

- Sí... pero dame un adelanto, me tienes en vilo...

- No, por teléfono no, es demasiado complicado. ¿Por qué no vienes a cenar esta noche y charlamos? Venga, te hago una merlucita a la romana y una buena ensalada.

Magda R. Martín

- Vale, pero déjalo para mañana por la noche, hoy es demasiado precipitado y estoy un poco mareado. Dame tiempo para serenarme.

- Venga, de acuerdo, Cristóbal, tenemos mucho de qué hablar, te espero mañana... ¡Ah! y ya me contarás que dice el resto de la panda sobre la boda... bueno que también tendremos que darle las noticias del encuentro de antepasados perdidos en el tiempo...

-¡Hostias, Pedrito! ¡Lo que me faltaba!

-¡Jajaja! ¡Ya verás, ya verás! Venga Tobalito, hasta mañana y ¡cuídate!

- No tengo más remedio...

La vida nos estaba dando un vuelco, tenía que admitirlo, y pensé si era bueno o malo. La conclusión fue que, como todo en la vida, estaba mezclado lo alegre con lo triste. Como decía nuestra madre "la vida nos ofrece una cucharada de miel mezclada con una de vinagre", esa era la realidad.

Magda R. Martín

10

La cena estaba preparada cuando Cristóbal llamó al timbre. Aunque sólo habían pasado unos días desde nuestro último encuentro, me pareció verle envejecido. La muerte de Pura le estaba afectando demasiado y pensé que aquel acontecimiento imprevisto de la boda de su hijo mayor, podía ayudarle a superar la pérdida como muy bien él comentó en nuestra charla telefónica.

Me dio un abrazo fuerte que me emocionó. Siempre me emocionaba con las demostraciones afectuosas de mi hermano, y podía advertir de un tiempo a esta parte, que cada vez me afectaban más. Pensé que yo también me estaba haciendo un viejo sensiblero.

Se quitó la americana y remangó hasta medio brazo su camisa blanca inmaculada. Mi hermano era un hombre atractivo y como un rayo, pasó por mi mente la idea de un nuevo matrimonio, pero inmediatamente la deseché. Cristóbal estaba enamorado de Pura y aunque esta palabra no era mi preferida porque, a pesar de los años vividos que ya comenzaban a contarse, nunca pude definir de una manera clara la palabra "enamoramiento", creí que era la más adecuada para definir el afecto que le profesaba a su mujer. Porque, ¿qué significaba enamorarse? A esta pregunta la mayoría de las personas respondía: "amar a una persona", sin embargo yo no estaba de acuerdo. A una persona se la ama con el tiempo, cuando la conoces, cuando la tratas, cuando la sufres, cuando la comprendes,

Magda R. Martín

cuando la toleras. No se ama de pronto. Se ama a base de días, de alegrías y sufrimientos. Esos sentimientos fuertes, avasalladores que surgen en la primera entrevista, son únicamente, atracción sexual. Esa dinámica química que arrastran unas hormonas llamadas endorfinas que son las causantes de nuestros sentimientos alegres y que se generan en el cerebro, no en el corazón. Así que decidí admitir que Cristóbal amaba a Pura por todo lo que habían vivido juntos y sabido mantener esa unión que fue la que creó el amor, además de poner en funcionamiento las endorfinas dichosas, por supuesto.

Saqué de la nevera un Rioja blanco que iba a acompañar nuestra cena a base de pescado y nos servimos una copa, ambos brindamos de una manera espontánea que nos hizo reír, por lo mismo:

- Por la familia Martín Rodero...

Nos sentamos a cenar y comenzó la conversación.

- Bueno... ¿quién empieza primero? - dijo Cristóbal.

-Tú – respondí - explícame esa prisa de tu hijo por casarse. Es muy joven.

- Sí, yo también lo creo. Pero al morir su madre parece que, de pronto, han madurado los dos, tanto Cristóbal como Lorenzo.

-Y la niña ¿quién es?

- Pues ya te dije... si yo no la conocía ni sabía que iba en serio la cosa, incluso te diré que a él también le ha sorprendido la precipitación que han tomado los acontecimientos.

Magda R. Martín

Hizo un silencio apurando la copa que volví a llenar, pasó la servilleta por sus labios y continuó:

- Es una chica canaria, ya te lo dije, muy mona, muy dulce, se llama Candela, o sea Candelaria, que es el nombre de la Virgen patrona de Canarias como supongo que sabes...

- Más o menos...- le interrumpí.

-...y nada, que como la niña es de las islas, se quiere llevar allí a Cristóbal. El padre, según me han dicho es médico y puesto que Cristóbal termina este año la carrera, dicen que ya le tiene preparado un destino en un Hospital de Tenerife - Hizo un gesto de resignación mezclado con impotencia y continuó: -Yo no entro en sus vidas, ellos ya son lo suficientemente mayores como para decidir, así que... bueno... ahí está. Ahora se presenta la organización del acontecimiento que, en un principio, me preocupó, pero ellos me han dicho que yo no voy a tener que hacer nada más que asistir a la iglesia y al convite. La familia de ella se encarga de todo. Naturalmente, os enviarán a todos vosotros - lo dijo refiriéndose a todos los hermanos Martín Rodero - una invitación porque le daríais un disgusto si no asistís.

-Yo no tengo ningún inconveniente. Por supuesto que iré. ¿Los demás te han dicho algo?

- Ayer les hice a todos una llamada para comunicárselo y, de momento todos han aceptado...incluso ya han proyectado unas vacaciones en Canarias, dada la fecha de la boda.

Magda R. Martín

- Pues es verdad. Yo también voy a pensarlo. Hace mucho que no visito Canarias, en realidad sólo he estado una vez y no fue en Tenerife, fue en Lanzarote.

- Bueno, hermano misterioso... explícame ahora tus novedades... ¿qué es eso de una prima...? ¿Qué has descubierto?

Terminé la rodaja de merluza que tenía en el plato mientras ordenaba las ideas para poder contarle la historia y después de un sorbo de vino, comencé primero a darle los resultados de mis averiguaciones en Cádiz. Al asegurarle que nuestro padre era un hijo ilegítimo del marino Cristóbal Martín Álamo que había tenido con una mujer gaditana y al que había reconocido dándole sus apellidos, se quedó demudado.

- No puedo creerlo... pero por tu reacción a no querer darme detalles, imaginaba el descubrimiento de algo que no nos iba a gustar demasiado.

Vi como apretaba los labios, unió los dedos de ambas manos y las puso sobre su boca, no sabía si para contener la emoción o para pensar con coherencia. Cuando le quise decir que nuestra abuela, según me informaron, era o mejor dicho, había sido una prostituta, me callé. A mi memoria llegó la promesa que hice a mis padres el día que salí de su casa llevando conmigo las cosas elegidas que les habían pertenecido a ellos. Pensé que aquel detalle podía quedar oculto, ni añadía ni disminuía nada a los hechos y estaba seguro que a mi padre no le hubiera gustado descubrirlo, por eso lo ocultó siempre, así que lo guardé en mi corazón, sólo yo era el dueño del secreto.

Después continué con la sorpresa de la visita de Clarisa, sus explicaciones, su amistad que deseaba extender a la rama oculta de

Magda R. Martín

su familia. Le dije que había, por lo menos, otros dos "Cristóbal Martín" y que la Clara-Isabel a la que debíamos llamar Clarisa y prima, me había gustado bastante.

- Oye, pues hay que conocerla, si ella que es la nieta oficial, nos acepta como familia, yo encantado. Hay que conocerla – repitió - tenemos que contárselo a los demás hermanos, esto es un notición - dijo entusiasmado.

-¡Jajaja! Sí lo es, ya lo creo... nosotros que nos considerábamos los únicos descendientes del abuelo marino, resulta que somos la oveja negra... ¡Joder, Cristóbal! Cuando lo pienso me da repeluzno.

Apretó mi mano con la suya en un gesto de afectuosa connivencia y me dijo:

- Pedro, nosotros siempre seremos los Martín Rodero y ellos serán los Martín... lo que sea... ¿cómo se llaman de segundo apellido?

- No lo sé. Clarisa lleva el apellido Martín en segundo lugar, lo ha heredado por parte de madre...

- Bueno.... hay que encajarlo pero lo haremos poco a poco - quedó pensativo unos momentos y me dijo: - Oye, Pedro. ¿Qué te parece si la invitamos a la boda? Sería una bonita manera de conocernos todos...

- Oye... sí... me parece una buena idea... y creo que puede aceptar... la vi muy contenta por habernos encontrado. Me pondré en contacto con ella.

Magda R. Martín

La conversación giró hacia otros acontecimientos, hacia su trabajo y el mío, yo le dije que tenía las cosas algo abandonadas y que me parecía que iba a terminar el año dejando todo en manos de Alex. Me estaba tomando un descanso algo parecido a un año sabático. Sobre las doce de la noche se despidió y cuando se ponía la americana para marcharse, me lo dijo:

-¿Qué vas a hacer con tus hijas, Pedro? ¿Vendrán a la boda?

- No lo sé, Cristóbal, sabes que no depende de mí. Montse y su familia las han acaparado. Ya sabes el trabajo que me costó que vinieran al entierro de nuestros padres.- Me dolía hablar de eso y quise terminar pronto la conversación por lo que la zanjé diciendo: - Hablaré con su madre que es quien decide, te tendré al corriente.

- Bueno, no te preocupes, tampoco será un problema.

Me dio unas palmaditas en la espalda y ya en el rellano de la escalera nos abrazamos otra vez. Mi querido Cristóbal, mi hermano mayor.

11

Al quedarme solo, en el momento que recogía los platos de la mesa, me invadió una profunda tristeza. El recuerdo de mis hijas, algo que era tan mío y que, sin embargo, no me pertenecía, fue lacerante. Tuve que reconocer que todos aquellos acontecimientos que estaban surgiendo a partir de la muerte de mis padres, estaban minando mi entereza. Hasta que Cristóbal nombró a mis hijas, no había pensado en si iban a asistir o no a la boda de su primo y me obligué a sincerarme conmigo mismo. No es que no hubiera pensado en ello, es que no quería pensar en ello. Me dolía. Hablar con mi ex-mujer resultaba penoso; una persona con la que había tenido esa intimidad tan gratificante que sólo se consigue con una pareja, ahora se cambiaba por una desagradable incomodidad y tenía que admitir que el trato con mis hijas comenzaba a ser como el de unos desconocidos o el de unos amigos a los que se les va perdiendo el afecto. Pero a mí seguía afectándome aquel desapego. Si quería verlas debía ir a Barcelona, quedarme un rato con unas jovencitas a las que podía presentir molestas, con ganas de que la visita finalizara como sucedió en el entierro. Era muy desalentador, pero tenía que aceptarlo, me estaba quedando sin hijas. Tal vez fue esta aceptación lo que me irritó, no quería dejarme vencer y al día siguiente llamé por teléfono a la madre de mis hijas.

- Hola Montse, soy Pedro.

Magda R. Martín

- Hola Pedro, ¿qué tal, cómo estás?

- Yo muy bien ¿y tú?

- Muy bien gracias, ¿y tu familia?

Su cortesía tan medida me irritaba hasta el punto de querer mostrarme grosero, pero me contuve y fui al grano, exponiendo mi deseo.

- Bueno, la cuestión es que Cristóbal, el mayor de mis sobrinos, se casa el 21 de Junio y me gustaría que las niñas asistieran a la boda. Es en Santa Cruz de Tenerife, la novia es de allí y podríamos pasar unos días de vacaciones.

El otro lado del teléfono se quedó mudo, lo sabía, no era bienvenida la petición.

- Bueno... le preguntaré a ellas...- volvió el silencio - el problema es que ya tenemos reservada una casa rural en el Pirineo para cuando terminen el colegio... No sé.

Sí... no sé... no sé cómo decirte que no quiero que vayan – pensé.

- De todas maneras, ya te diré algo, como todavía hay tiempo ¿verdad?

- Sí, todavía hay tiempo, pero me gustaría saberlo cuanto antes.

Magda R. Martín

- Sí, claro... está bien, lo consultaré con ellas y con mi marido... ya te llamaré. Un saludo, adiós.

No respondí, cerré la conversación. En mis oídos golpeaban las palabras con ese sonido arrastrando las eses y cerrando las vocales que tienen los catalanes cuando hablan castellano diciendo: "...lo consultaré con mi marido...", y ese detalle incongruente, me aseguró en mis convicciones. Me estaba quedando sin hijas, pero, he de decir que, al final me equivoqué porque Nuria y Berta, vinieron a la boda.
    La segunda llamada fue para Clarisa.

- Hola, soy Pedro ¿todavía te acuerdas de mí?

-¡Cómo olvidarte, mi querido primo!

- Lo de "querido" me gusta, lo de "primo" no tanto. ¿Qué tal por Jerez?

- Estoy en Sevilla, he venido porque me han ofrecido un trabajito en la universidad para hacer de suplente hasta final de curso.

- Eso es estupendo ¿no? Entonces ¿te quedas ahí durante estos meses? ¿No vas a Jerez?

- Iré los fines de semana, el resto lo pasaré aquí. He alquilado una habitación muy cerca de la Plaza de España, detrás del parque de María Luisa.

- Qué bien, me alegro mucho por ti. Oye, quería decirte que todos mis hermanos conocen tu existencia, ya saben que tenemos una primita muy guapa.

Magda R. Martín

-¡Jajaja! ¡Qué zalamero eres, Pedro... Bueno, ¿y qué han dicho?

-¿Qué van a decir? Después de la sorpresa todos quieren conocerte - esto no era una auténtica verdad porque todavía no sabía si Cristóbal había hablado con ellos, probablemente no, pero estaba seguro de que su reacción sería, además de curiosidad, de alegría. Siempre habíamos estado muy solos, y la aparición por sorpresa de una pariente, nos iba a alegrar a todos.

- Pues diles que yo también a ellos.

- Pues mira, seguramente no tardaremos demasiado porque ayer estuve cenando con mi hermano Cristóbal y me comunicó la boda de su hijo mayor...otro Cristóbal por cierto...- oí una risa alegre que me contagió - y hemos pensado que sería una fecha bonita para reunirnos y conocernos todos, así que... ya sabes, estás invitada...

-¡Oh! ¡Estoy encantada! Acepto de todo corazón ¿Para cuándo es la boda?

-Te doy detalles. La novia es de Canarias y, naturalmente quiere casarse allí, en Santa Cruz de Tenerife, por lo tanto nos tenemos que trasladar a las islas. Será el 21 de Junio.

- Quedan tres meses justitos...- después de un silencio, pensé que para ordenar mentalmente su situación, la oí decir: - De todas maneras, había pensado en hacerte una visita en Ronda ¿o te apetece venir a Sevilla?

- Como tú quieras, Clarisa. Pero tanto en Ronda como aquí en Madrid, tú tienes alojamiento, ya sabes... y allí en Sevilla yo tendría que buscarme un Hotel.

Magda R. Martín

- Sí eso es verdad, pues iré a verte a... ¿dónde?

- Mira sería bonito que vinieras a Madrid, te coges un vuelo y estás aquí en un periquete. Te presentaré ya a alguno de mis hermanos, por lo menos a Cristóbal ¿qué te parece?

- Acepto. ¿Te parece bien el viernes?

- Me parece maravilloso, dime que vuelo coges y voy a por ti al aeropuerto.

- No te preocupes estaremos en contacto, Pedro. Gracias por acordarte de mí.

-¡Cómo no! Después de la sorpresa que me diste no hay quién te olvide... aparte de por otras muchas cosas....

Volví a oír su risa cantarina y se despidió con un hasta pronto. Cuando puse el móvil sobre la mesa, me di cuenta de que había estado coqueteando con mi prima.

12

Por más que lo intentaba no conseguía concentrarme en mi trabajo, mi cabeza parecía una olla de grillos. Las imágenes, conversaciones, situaciones pretéritas o futuras, bailaban en mi cabeza una danza frenética que no me dejaban pensar con coherencia. Clarisa no vino aquel fin de semana, me llamó para decirme que debía atender a cuestiones familiares y aunque no aclaró cuáles eran esas situaciones, mi intuición me dijo que, nuestro encuentro, el encuentro de los familiares extra-oficiales, tenía algo que ver. Estuvo muy correcta y amable cuando me habló pero noté en su voz cierta tristeza que no había apreciado en otras ocasiones. No se lo dije a nadie pero me desanimó, quizás las cosas no eran tan fáciles ni tan bonitas como se creía a primera vista. Me prometí a mi mismo ser más objetivo con los sucesos que ocurrían de manera tan veloz en mi vida.

Me forcé en ocuparme de alguno de los trabajos pendientes en la oficina y ayudé a Alex a cotejar unos informes que nos había enviado el Juez. Pero me cansaba y comprobé que mi trabajo no era lo bastante eficiente, podía cometer algún error y decidí dejarlo, definitivamente creí conveniente tomarme el año como sabático. Por lo tanto, le propuse a mi hermano Cristóbal reunirnos los fines de semana, también podríamos incluir a Joaquín para darle ánimos, y hacer viajes cortos, por la sierra madrileña, Segovia, Ávila... Aceptó, pero después del primer fin de semana que recorrimos los caminos de Navacerrada, ambos estábamos aburridos. Joaquín se negó a venir, según me explicó Cristóbal, estaba uniéndose a un grupo con inquietudes parecidas a las suyas y alguna persona del grupo -me dijo- creía que también padecía la misma enfermedad de Joaquín. A mí no me extrañó que se reuniera con aquel tipo de personas, parecían tener una personalidad similar a la de mi hermano y él no iba a cambiar de la noche a la mañana, eso era imposible pero si él era feliz, se sentía realizado y no perjudicaba a nadie ni tampoco a sí mismo, todo estaba bien. De momento, continuaba con su trabajo y parecía que lo iban a ascender de categoría, me dijo Cristóbal. Eso nos proporcionaba una gran tranquilidad.

Charlamos también sobre nuestra prima y cómo había comentado ya su descubrimiento con el resto de los hermanos. Un poco sorprendido me dijo, que parecían no haberle dado demasiada importancia al hecho, a todos les parecía una novedad inesperada que les alegraba y deseaban conocer pero estaban más pendientes de preparar el viaje a las Canarias para la boda de Cristobalito. En eso todos habíamos llegado al mismo punto. Aprovecharíamos las fechas para pasar unas vacaciones. Y la verdad es que la idea me entusiasmó. Estaríamos todos los hermanos y sobrinos además de Clarisa que esperaba no se echara atrás y este entusiasmo se acrecentó el domingo por la noche de la semana siguiente cuando me llamó Montse. Me dijo que habían decidido (no dijo quién pero adiviné ella y su marido, decisión que, por cierto, me dolió pues un extraño decidía sobre mis hijas, algo que me hubiera correspondido a mí), y después de hablar con las niñas, -me dijo-, que sí asistirían a la boda. Esto me dio una gran alegría que no oculté. Quedamos en que yo me ocuparía de proyectar el viaje y la estancia y lo único que ella debía hacer era acompañarlas al puente aéreo y dejarlas en el avión. Yo las recogería en Madrid y, a partir de ahí, eran cosa mía.

Magda R. Martín

- Montse - le dije cuando ya nos despedíamos - hemos decidido, hermanos y sobrinos aprovechar el viaje para pasar unas vacaciones en las islas, como ya creo que te adelanté, no sé por cuánto tiempo pero no excesivamente largas, claro, eso depende de cada uno, y me gustaría que Nuria y Berta se quedaran ese tiempo con nosotros....

Me quedé a la expectativa, esperando una respuesta que tardo unos segundos en llegar.

- Bueno, eso dependerá de ellas, si quieren quedarse, no tengo inconveniente.

Le agradecí el detalle y que usara el verbo en singular en la frase decisiva. Este acontecimiento me levantó el ánimo y lo primero que hice fue llamar a Cristóbal para hacerle partícipe de mi alegría. Sentí que él la compartía con sinceridad.

13

Finalizada la visita a su primo y de vuelta a su casa de Jerez, Clarisa se sentía casi eufórica. Aquel hombre recién conocido, había conseguido llegar a las fibras sensibles de su corazón. Y se sorprendió pensando en él, analizando su voz, sus gestos, su pelo rojizo, su mandíbula varonil, aquellos ojos claros entre grises y dorados y su sonrisa un tanto pícara. Sobre todos los pensamientos surgía uno con fuerza. Esa debilidad aparente que, en cuanto se trataba con él, se transformaba en una fuerza y seguridad pasmosa. Se sentía feliz porque había comprobado, durante aquella estancia tan corta y después, en el interés de las llamadas, que ella también había conseguido interesar a Pedro. Fue entonces cuando se percató de que era la primera vez, después de su viudedad, que se fijaba en un hombre como tal. Su primo Pedro, le gustaba. Y todos esos descubrimientos no podía guardarlos para sí, necesitaba comunicarlos, compartir la alegría con alguien porque, lo mismo que las penas, los sentimientos fuertes y profundos, necesitan airearse para darles amplitud, para que se expandan en esas ondas energéticas que llenan el universo y así puedan realizarse, como si en ese universo estuviera la aquiescencia, la aceptación de un padre omnipotente que es, al fin y al cabo, quien da el consentimiento para la ejecución de los deseos. Y la persona más cercana que Clarisa tenía a su lado, después del fallecimiento de su anciana abuela, era su madre.

Magda R. Martín

Aquella mañana se encontraban ambas desayunando frente a la cristalera desde donde la abuela había disfrutado de la vista de la parra que ensombrecía el patio. Ahora estaba yermo, una vez fallecida la anciana mujer, fue podada sin que nadie pudiera dar una razón lógica de por qué se hizo, simplemente ya no se necesitaba, como si fuera algo que, cumplido su cometido, ya no tenía ninguna razón para continuar en aquel sitio. Nadie iba admirar sus pámpanos ni buscaría la sombra que proyectaban, dando un respiro a la canícula veraniega. Nadie ya, iba a parar mientes en sus zarcillos enrollados ni a acariciarlos como tirabuzones de niñas antiguas peinadas por madres solícitas que ocupaban las horas en el quehacer del cuidado de la casa y de los hijos. Ahora el pequeño andamiaje que sujetaba el emparrado, estaba frío, vacío, blanco de cal como los sepulcros que cita la biblia. La muerte se había llevado la belleza y el verdor de la planta como si quisiera seguir disfrutando de ella en esos idílicos jardines del Edén tan nombrados y nunca vistos.

La madre ya no era una persona joven, ni siquiera madura, entraba ya en esa fase que se puede considerar como un principio de ancianidad, los 80 años. Mientras sorbía el café de la taza, se lo dijo:

- Madre... he estado averiguando sobre la vida de mi abuelo...

La madre la miró inquieta.

-¿De qué abuelo?

- De tu padre, del marino Cristóbal Martín.

La taza del café con leche que la madre tenía en la mano, golpeó el plato que estaba sobre la mesa con un ruido que casi fue una palabra de indignación.

224

Magda R. Martín

-¿Cómo te has atrevido?

- Madre...- dijo Clarisa procurando suavizar la situación, fue consciente de que no había escogido el momento adecuado para comunicar la noticia, pero ya no había marcha atrás - Hablé con la abuela antes de morir. Ella me explicó las aventuras del abuelo y me picó la curiosidad. Fui al Barrio de la Viña en Cádiz y allí me informaron de lo sucedido en su tiempo... más o menos... - No sabía cómo continuar ni que detalles debía dar y cuales callar. El rostro de su madre era la expresión de una ira contenida. Lívido por momentos, las aletas de la nariz dilatadas y una mirada fija dura como el acero. En aquel momento supo que su madre estaba al corriente de las aventuras de su abuelo y por asociación de ideas, comprendió que toda la familia estaba al tanto de lo sucedido pero, el orgullo, no permitió a nadie buscar a los familiares que podrían existir de aquella rama desgajada de la familia Martín.

-¿Pero cómo te has atrevido?- volvió a repetir la madre llena de indignación - fue una aventura deshonrosa de tu abuelo...

- Son cosas que pasan en la vida, madre... al fin y al cabo, reconoció al hijo...

-¿Y eso no te importa? ¿No te importa esa mancha en la familia?

- Madre, no estamos en el siglo dieciocho donde para salvar la honra, las personas se desafiaban en un duelo. Eso pasó a la historia... Probablemente el abuelo amaba a aquella mujer... hay que tener en cuenta que el matrimonio de la abuela fue concertado.

Magda R. Martín

-¡Y qué! - repuso la anciana sin poder dominar la indignación - Aquella mujer era una prostituta a la que le puso casa en Cádiz...

- Bueno... no lo sabía...- la aclaración la había cogido por sorpresa pero no se arredró - razón de más para creer que estaba enamorado de ella.

- No puedo oírte decir esas cosas - dijo la madre al tiempo que se levantaba con el servicio de desayuno en la mano.

Se acercó en silencio a la cocina demostrando con su paso rápido y potente el enfado que la dominaba. Clarisa continuaba en su sitio, desolada. Cogió su plato y su taza y se dirigió a la cocina donde la madre limpiaba la loza bajo el grifo de la fregadera.

- Madre... Existe una familia bastante numerosa que llevan nuestros apellidos. Son también nietos del abuelo - Tenía que decirlo todo, no podía callarlo, ya no. Le dejaba a su madre la aprobación o no, pero ella no lo iba a ocultar más, no tenía por qué. Aquello no era una vergüenza, era un hecho pasado que había tenido unas consecuencias y el resultado estaba allí, claro como el agua. No había por qué darle la espalda. Encadenando la conversación, continuó - Yo he conocido a uno de los nietos, una persona encantadora, si quieres te doy más detalles si no, me callo.

- Pues cállate, yo no quiero saber nada de este asunto. Siempre ha estado oculto y para mí continuará así. A tu abuela ya no le regía la cabeza, por eso te lo explicó...

- Como quieras...- le respondió tristemente, sabía con certeza que su abuela, a pesar de los años, conservaba las ideas muy despiertas.

Magda R. Martín

Clarisa llamó aquel día a Pedro, no se veía con fuerzas para encontrarse con él y le puso una disculpa, no iría a Madrid, no, de momento. Se veía obligada a transformar la tristeza surgida de improviso, por una alegría que debía recuperar.

Magda R. Martín

14

Me sentía muy inquieto, malhumorado, algo dentro de mí era un burbujeo de malestar a lo que no sabía darle nombre. Me levantaba temprano con ánimo de ir al despacho, pero unos momentos más tarde decidía no ir. Pasaba el día proyectando imaginariamente sucesos de cuando fuéramos a la boda, de mi encuentro con mis hijas, de cómo lo pasarían, de si desearían marcharse con su madre y el sucedáneo de padre que tenían; de mis hermanos -no sabía por qué pero me acordaba de ellos más que nunca- y entre todo aquel desorden de pensamientos e ideas, el que más me inquietaba era Joaquín. También recordaba a Carlitos, tan silencioso, tan sólo. Hablando con Cristóbal los días que estuvimos paseando por la Sierra de Madrid, no sé por qué circunstancia, nombró a las tres niñas hijas de Carlos y me sorprendió porque casi las había olvidado. La mayor, Silvia, dijo, cumplía diez años. Tuve que preguntarle cuántos años tenían las otras dos y me respondió, Marga siete y la pequeña Leonor, cinco. Ni siquiera recordaba sus nombres. En aquel momento fui consciente también de la imagen de mi cuñada, la mujer de Carlos, parecía que la había olvidado y la hice presente en mi mente. Rubia, alta, de ojos verdosos. Me dolió no poder referir nada más de ella. Sólo el adelanto que hizo Cristóbal de su nuevo embarazo. Lo mismo me sucedía con los otros hermanos, los gemelos, con dos chicos Miguel, chico y chica Alonso. De la que

Magda R. Martín

con más detalle me acordaba era de Paloma, tan movida, tan nerviosa, tan guapa, tan enamorada de su Raúl que a mí me parecía un poco imbécil, tanto ser judoka, tanto jugar al tenis, tanto ir al gimnasio, y aquella parejita como ella siempre los nombraba cuando se refería a sus hijos, niño y niña. El pequeño Raúl, con cierto parecido a los Martín Rodero pero con algo inconfundible de su padre que no sabía precisar y la niña que no me recordaba a nadie. Sí, allí, en mi mente, exponía como en una fotografía a los que formábamos la familia. Fue curioso comprender que Cristóbal, era un ser aparte, el más amado, sin duda alguna, el mejor comprendido, como si en lugar de un hermano fuera un padre.

Ocupado en estas observaciones pude darme cuenta de que lo más irritante era el silencio de Clarisa. Me había entusiasmado con ella y, de pronto, tal como llegó se esfumó. No había sabido nada más de ella desde la llamada en que se desdijo de su visita a Madrid. Aquello era lo que me alteraba, tenía que aceptarlo. Clarisa me había llegado al corazón. No iba a dejar que se escapara. Cogí el teléfono y la llamé.

- Pedro...

Su voz me emocionó.

- Clarisa ¿qué pasa? ¿Te has arrepentido de tu deseo en conocer a la familia?

-¡Oh, no, Pedro! No...

La noté triste.

- En realidad... bueno... no sé... Iré a verte... hablaremos... ¿Estás libre este fin de semana?

Magda R. Martín

- Tengo libre todo el tiempo del mundo. Nada me apremia y si lo hiciera se iba a quedar ahí, estoy en una situación anímica algo precaria.

- Pues creo que estamos en la misma situación, tal vez nos podamos ayudar el uno al otro.

- Estoy seguro de que sí. Vente, ¿el viernes?

- El viernes.

- Te voy a buscar, cuando vayas a coger el avión, me das un toque y saldré para el aeropuerto.

- De acuerdo. Cuídate, Pedro.

- Lo mismo digo, tesoro - La palabra salió de mi interior de una manera natural, oí un silencio al otro lado de la línea y a los dos nos tembló la voz cuando dijimos casi al mismo tiempo..."adiós". Yo que no creía en los enamoramientos ¿me estaba enamorando? Mis endorfinas estaban trabajando a destajo.

Entrábamos en la semana que finalizaba Abril y comenzaba el mes de mayo. Los días 1 y 2 de este mes, eran festivos en Madrid y caían en jueves y viernes por lo que se presentaba un largo "puente" que Clarisa y yo aprovechamos para visitar Ávila, de allí, nos fuimos a Salamanca, era la tierra de mi madre, deseaba, no sé por qué, dársela a conocer; como si aquel conocimiento, al unirla un poco más a mi madre, también la hiciera un poco más mía. De allí volvimos por Valladolid. Al llegar a casa se lo pedí.

Magda R. Martín

- Quédate conmigo esta semana, Clarisa...

-¿Y qué digo en la Universidad?

- Busca una escusa, cualquier disculpa.

No se negó, lo hizo. Estábamos muy seguros de nuestra mutua atracción y aquella noche, después de cenar, no hicieron falta palabras. Los dos nos dirigimos a mi habitación, la cama era grande no como en la suya de invitados, que la ocupaban dos camas pequeñas. Fue una noche deliciosa y tuve la seguridad de mi amor por Clarisa y del que ella me profesaba. La semana fue una luna de miel, parte en casa, parte en paseos por el parque del Retiro que ella no conocía y estaba precioso adornado por los colores de la primavera, parte por las cercanías de Madrid. Visitamos pueblos pintorescos, Patones, el pueblo nunca conquistado que tuvo sus propias leyes, Canencia, Rascafría, Manzanares el Real donde recorrimos el castillo, Buitrago de Lozoya, Miraflores de la Sierra...Antes de llegar a este precioso pueblo serrano, en un recodo del camino, encontramos un oratorio precioso dedicado a Nuestra Señora de Begoña, erigido entre el follaje de la montaña que, tanto a Clarisa como a mí, nos emocionó. Aun sin ser ambos religiosos, percibimos allí un vínculo especial e incluso no me avergonzó arrodillarme frente a aquella virgen y recordar el Avemaría de mi niñez. El ambiente de la capilla al aire libre entre cerros que la rodeaban, era fuertemente espiritual y se introdujo en nuestros corazones sin poder evitarlo.

Cuando bajamos del altozano, lo hicimos en ese silencio que no permite palabras porque el ánimo está lleno de proyectos, de esperanzas, de expectativas cambiantes, entre pacíficas y optimistas. Nos mirábamos y sonreíamos en una complicidad de sentimientos y

Magda R. Martín

hasta llegué a pensar que, realmente, aquella capilla, nos había transformado en alguna forma.

El domingo en que se marchó, era imposible la separación. Clarisa lloró a lágrima viva y a mí me costó mucho contener las mías. Definitivamente, teníamos que admitirlo, nos habíamos enamorado. El problema que, sobre todo a ella, la tenía desanimada, era la negativa de la madre a admitir nuestro trato. Le expuse mi idea, para mí y los míos eso no tenía la mayor importancia, habíamos vivido siempre sin saber que existían y podíamos seguir igual, mientras ella me aceptase a mí y a los míos, lo demás me traía sin cuidado aunque comprendía su dolor. Tenía que callar una felicidad que le hubiera gustado compartir con su familia, muy especialmente con su madre, pero las cosas eran así, por el momento. Tal vez, con el tiempo, cuando no se tuviera más remedio que aceptar los hechos consumados, todo podía cambiar. Con esa esperanza la dejé marchar. Por mi parte, los ánimos habían vuelto a recuperar su cota máxima, reconocí que mi tristeza y desánimo eran debidos a mi renuencia a admitir mi amor por Clarisa y al temor de poder sentirme rechazado. Pero todo eso estaba arreglado. La vida me parecía, otra vez, maravillosa.

Magda R. Martín

15

Después de la seguridad de mi relación con Clarisa, me dediqué a proyectar el viaje a Canarias. Me sentía contento, con esa felicidad tranquila que surge cuando, después de una racha de mala suerte, puedes constatar que todo empieza a salir bien.

Clarisa se vio obligada a quedarse en Sevilla hasta terminar el curso pero, además de hablar por teléfono a diario, los fines de semana venía a Madrid y esos eran los momentos más felices que recordaba habían sucedido en mi vida. Uno de esos días, un sábado por la mañana cuando desayunábamos observando desde la ventana la frondosa arboleda que nos anunciaba la relativa cercanía del parque del Retiro, me hizo una observación que despertó mi curiosidad.

- Pedro. Cuando mi abuela me explicaba la historia de la familia, quise hacer un árbol genealógico y comencé a investigar... bueno... más que investigar fue preguntar a mi abuela cual era el ascendiente más antiguo que recordaba y buscando en su memoria me dijo que era un marino que se llamaba, creo que Bartolomé Orozco que nació en 1780 y murió en la batalla de Trafalgar en 1805 y que era el padre de mi tatarabuelo. Intenté hacer un estudio sobre el resto de los ascendientes hasta llegar a mí pero era muy laborioso, sin embargo, esa fue, en parte, la forma en que me enteré de la infidelidad de mi abuelo.

Magda R. Martín

- Eso te pasa por curiosa - le dije tomando la cosa a broma.

-¡Jajaja! Sí, es verdad, pero en ese aspecto sí soy muy curiosa, me gusta conocer la historia de la familia. Cuando llegué a los ascendientes del abuelo, como él ya había muerto, no pude conseguir ningún dato, mi abuela me explicó su matrimonio concertado por su tía Doña Paquita...

No pude por menos que interrumpirla.

- Esa Doña Paquita me parece muy peculiar... me la imagino como un personaje en una película de época.

- Sí, yo también puedo imaginarla así. Bueno... como te decía... de mi abuelo Cristóbal... de nuestro abuelo...- aclaró enfatizando las dos últimas palabras - no conseguí información porque mi abuela no la tenía. Me dijo que no recordaba ningún familiar por parte de él y que a su amante, tu abuela (espero que no te moleste esta palabra) - dijo haciendo un paréntesis a lo que yo sólo respondí con un gesto de aprobación por no interrumpir el relato - ya la trataba desde un tiempo anterior a su boda. Así que mi árbol genealógico se quedó en un intento de algo que no llegaba a nada. Pero el otro día, rebuscando entre papeles, encontré el esbozo y, como ya tenía los datos de tu familia los añadí y mira cómo ha quedado.

Fue a por su bolso y de él sacó una hoja de papel que desplegó ante mis ojos.

- Bueno... es muy esquemático, como verás sólo he puesto vuestros nombres para distinguiros y el mío que es la base de la pirámide, pero faltan, hermanos de mi madre e hijos de estos hermanos, etc.,-

Magda R. Martín

mientras lo señalaba me iba dando la información y lo que pude ver era así:

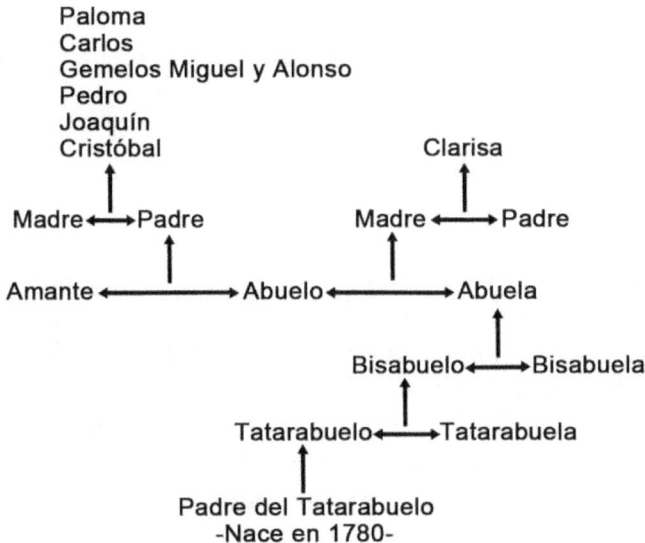

No sé qué sentimientos se despertaron en mi interior al ver aquel esquema familiar, pero algo muy visceral se removió dentro de mí y tuve que sobreponerme porque un nudo en la garganta provocado por la emoción, no me permitía pronunciar palabra. Clarisa fue consciente de la situación y doblando la hoja, me abrazó diciendo:

-¡Pedro...Pedro...! Lo siento... no quería entristecerte ni hacerte daño...

- No me has hecho daño, Clarisa - dije reaccionando - aunque sí es posible que esté algo maltrecho mi orgullo familiar... eso de ser el hijo de un hijo ilegítimo... duele un poco. Bueno... será cuestión de acostumbrarse.

Magda R. Martín

- Fuera. Lo rompo, se acabó. He sido una insensata.

Tuve que arrebatarle de la mano la hoja que intentaba rasgar.

-¡¡Nooo!! ¡Ni se te ocurra! La verdad es la verdad, hay que dar la cara a los hechos y los hechos son así. Me encanta ese esquema de genealogía que has hecho de la familia, pero debes de trabajar más en ello. Tómalo con calma y averigua todo cuanto puedas sobre tus antepasados, hijos, matrimonios, nietos, etc. Será bonito. Yo te ayudaré sobre todo por mi parte aunque tampoco sé mucho, pero es cuestión de estudiarlo, meterse de lleno en la investigación y la madeja se hará un ovillo liso y sin enredos, ya lo verás. Es un trabajo interesante y cuando lo tengas completo y bien estructurado, hacemos una copia para cada miembro de la familia. El que quiera guardarlo, bien y el que no quiera admitirlo, será libre de tirarlo a la papelera ¿te parece?

Seguía abrazada a mí, compungida por creer que me había dañado pero aquella exposición clara de mis ancestros, además de emocionarme me identificó con mi realidad. Debía admitirlo, mi padre era un hijo natural aunque reconocido. Y saqué la conclusión final. Mi padre era hermano de padre de la madre de Clarisa, por lo tanto, ella y yo, éramos primos por parte de padre ¿o de abuelo? Aquello del parentesco era un poco lioso.

16

No sé si fue porque se arrepintió de haberme enseñado el bosquejo del árbol genealógico, el caso es que no se volvió a hablar de ello. Conseguí que me dejara sacar una copia y la añadí al trabajo de investigación que tenía interrumpido desde el descubrimiento de la personalidad de mi abuelo, así engrosó la caja donde tenía fotografías, documentos y cartas. El baulito de mi madre, continuaba con las cartas de mi padre en su interior, no las había leído y pensé que debía de hacerlo cualquier día que estuviera solo y aburrido. Suponía que serían cartas de amor de cuando tuvieron que separarse ya que ella vivía en Madrid y él en Ronda. Pero no tenía demasiado interés, cada vez que pensaba en ello, volvía a surgir ese miedo irracional que podía conmigo.

El día de la boda de mi sobrino Cristóbal, llegó sin sentir. Cada uno de nosotros hizo su reserva en el Hotel que mejor le pareció y cada cual escogió un tiempo de vacaciones, unos más y otros menos. Clarisa y yo reservamos habitaciones para nosotros y mis hijas en el Sheraton durante diez días, del 14 al 25 de Junio y fuimos ambos a esperar al aeropuerto a Nuria y Berta que llegaron el jueves día 12 por aquello de no viajar en 13, parece ser que habían salido supersticiosas, ellas o la madre, de eso no estaba muy seguro.

Estaban preciosas la dos y en mí surgió un inevitable orgullo de padre. Nuria era la copia de su madre con dieciséis años, toda una mujercita. Berta, más menuda, más suave, más rubia, tirando a rojizo su pelo parecido al mío, la vi sonreír con el gesto de mi madre y los ojos de la suya. Se sorprendieron al hacer las presentaciones, ninguna de ellas conocía mi relación con Clarisa y así se lo comuniqué.

- La relación entre Clarisa y yo es todavía un secreto. Pensamos hacerlo oficial cuando nos reunamos toda la familia en Tenerife.

- Una sorpresa muy interesante - dijo Nuria. Berta se limitó a sonreír y a estudiar a Clarisa, comprendí que era más observadora que su hermana.

Se acomodaron en la habitación con dos camas en mi casa de la calle Reyes Magos y sin deshacer las maletas, preparé lo que me faltaba en la mía y partimos felices hacia las Islas Canarias con una ilusión y alegría en mi corazón como hacía mucho tiempo no sentía.

La sorpresa la tuvimos el domingo, primer día en el Hotel cuando, al bajar a desayunar, nos encontramos con los gemelos, Miguel y Alonso, sus respectivas esposas e hijos. Habían escogido el mismo Hotel y la vuelta la tenían también en el mismo vuelo que nosotros el día 25. Eso entusiasmó a Nuria y Berta que se unieron rápidamente a sus primos, más o menos de la misma edad, quizás algo más jóvenes pero eso no venía al caso.

Dejé a mis hermanos y cuñadas con la boca abierta cuando les presenté a Clarisa y sin meterme en profundidades, les adelanté que era prima nuestra por parte de nuestro abuelo.

-¿Cómo os habéis encontrado?- preguntó curiosa Cristina, la mujer de Miguel.

Magda R. Martín

Clarisa callaba y sonreía dejando que yo diera la información más conveniente.

- Hemos coincidido haciendo averiguaciones sobre la familia...- y con estas palabras di por zanjada la conversación aunque Alonso, no se conformó. Se acercó a mí y más íntimamente me dijo:

- Tienes que explicarme todo esto... ¡qué callado te lo traías!

- No te preocupes, lo sabréis todo... En realidad hace muy poco tiempo que he formalizado mi relación con Clarisa, todavía no es oficial y estamos juntos cuando ella viene a Madrid. Tiene su residencia en Jerez.

-¡Caramba, caramba con Pedrito!

Y así terminó el encuentro. Nos dedicamos a recorrer la ciudad, y por supuesto a bañarnos en la playa. Al principio de semana, recibimos cada uno de nosotros una llamada de Cristóbal, ya estaban en la ciudad y se alojaban en casa de una tía de Candela, de allí saldrían para la iglesia el día 21 y en la Basílica de Nuestra Señora de la Candelaria nos encontraríamos todos a las 11 de la mañana. Poco a poco fuimos sabiendo de la llegada de Carlos y Paloma con sus respectivos, que se alojaban en diferentes Hoteles. Joaquín se instaló en el mismo de Carlos, seguramente por petición de Cristóbal o, tal vez, por casualidad, no lo sabía y más de una vez nos encontramos todos en la playa o por las calles mirando tiendas. Por este motivo, Clarisa fue presentada a todos mis hermanos de manera extraoficial y eso me dio un respiro. Ya todos conocían nuestra relación y les satisfacía, yo seguía siendo el hombre más feliz del mundo.

Magda R. Martín

Mis hijas reunidas con sus primos nos dejaron muchas horas de soledad que dedicamos a pasear por la isla, a visitar parques naturales maravillosos y contemplar paisajes que únicamente se ven en aquellas islas afortunadas, nunca mejor empleada la expresión.

El día de la boda no puedo decir que fuera el mejor de mi estancia en la isla. No porque tuviera algún detalle desagradable. Todo fue bonito, las cosas cada una en su sitio, la novia encantadora y el novio nervioso como siempre ocurre, la familia feliz. Mi hermano Cristóbal atento a todo lo que debía hacer como padre, pero sucedió algo de lo que yo no me había enterado, algo que ni siquiera había pasado por mi cabeza y que me sorprendió. Me lo dijo Carlos el día anterior a la boda cuando, por la mañana, nos encontramos todos en la playa. Hablábamos de lo que se acostumbra en esos momentos previos al acontecimiento: "Ya tienes el traje preparado...", las mujeres: "de que color es tu vestido...", "tengo ganas de que todo acabe..., estos festejos no me van...", "nos quedaremos unos días más de vacaciones..." etc., y entonces me lo dijo:

- Cristóbal le ha pedido a Laurita que acompañe a su hijo al altar.

- ¡Caramba! No había caído en ese detalle, es un palo para Cristóbal... va a echar mucho de menos a Pura, tanto el padre como el hijo...

- Sí... eso hemos dicho nosotros - sin darme tiempo a preguntar, respondió a mi pensamiento - A pesar de su embarazo adelantado, Laurita ha aceptado. La verdad es que no sé por qué se lo ha pedido a ella... están Cristina y Esther, las mujeres de los gemelos...

-Tal vez porque las ve menos firmes de carácter, no sé... - yo tampoco conocía el motivo pero supuse que se le ocurrió que fuera

Magda R. Martín

ella porque era de carácter más autoritario que mis otras dos cuñadas. Fuera por lo que fuese, la noticia me entristeció, pensé en Pura, ¡qué bien hubiera sabido hacer el papel en aquella ocasión! Y volví a echar de menos aquella figura obesa pero bien proporcionada, tan encantadora. Pensé que mi hermano lo habría pasado mal al tener que resolver este detalle. Pero la vida nos obliga a solventar problemas, tristezas que hay que superar aunque sólo sea para no estropear la alegría de los que nos rodean.

Y así pasaron los días de vacaciones en Canarias y se celebró la boda de mi sobrino Cristóbal. Otro Cristóbal Martín de la saga como, en el momento en que se daban el "sí", comentamos Clarisa y yo que, por cierto estaba preciosa con su vestido rojo y yo de lo más incómodo en mi chaqué alquilado.

De la boda no voy a explicar nada más porque creo que, todos estos acontecimientos están calcados unos de otros, todo sucede igual, no hay situaciones sorprendentes, ni momentos extraordinarios y así sucedió con la boda de mi sobrino.

Los días que faltaban hasta la vuelta a la península, los ocupamos en disfrutar de los paisajes de la isla, de las playas, de los bellísimos atardeceres y amaneceres que a Clarisa y a mí nos entusiasmaban y llenaban de un romanticismo empalagoso como si fuéramos dos críos que habían encontrado su primer amor.

La vuelta a Madrid, fue cansada, por lo menos para mí. Deseaba volver a la normalidad a la rutina y aunque la compañía de mis hijas, de mis hermanos gemelos y sus hijos, me hizo sentirme muy feliz durante el viaje, deseaba quedarme a solas con Clarisa en mi pequeño piso de Madrid.

El día 27 sábado, acompañamos a Nuria y a Berta al aeropuerto de vuelta a Barcelona. Las vi ligeramente tristes, lo habían pasado muy bien en Canarias acompañadas de sus primos y también en la boda donde las vi bailar y coquetear con jovencitos. Se les notaba en lo chispeante de los ojos cuando se hablaba de ello. La verdad es que

241

Magda R. Martín

las vi siempre muy alegres, muy comunicativas y con éxito entre los muchachos. Volví a sentirlas mías y eso me satisfizo.

- Tienes unas hijas encantadoras - me dijo Clarisa cuando nos quedamos solos, yo se lo agradecí. Luego volvimos sin prisas otra vez a nuestro piso en el barrio de Retiro. Comenzaba el verano. Yo tenía en mente pasarlo en Ronda, quería arreglar el jardín, sentir la serenidad de aquel lugar, la energía dejada por la familia Martín Rodero encerrada en la casa y una idea me rondaba por la cabeza, pediría ayuda a Clarisa par ordenar y clasificar las fotos y escribir la historia de nuestra familia. Ella sería más objetiva en las decisiones además de gustarle la tarea según estaba demostrando.

Magda R. Martín

17

La vida se tranquilizó una vez comenzado el mes de Julio. Se cumplía un año de la muerte de nuestros padres y Laurita, la mujer de Carlos, quiso que se celebrara una misa por ellos y por Pura y nos pidió que asistiéramos todos. Después de la muerte de Pura y una vez Cristóbal le pidiera que fuera la madrina de la boda, ella se había erigido como organizadora de los acontecimientos familiares. Personalmente creía que no tenía comparación con Pura, pero reconocí que, para mí, la mujer de Cristóbal había sido siempre algo especial y nadie podría ocupar su puesto. De todas formas asistí a la iglesia con todos mis hermanos y sobrinos, excepto los recién casados y mis hijas que ya estaban en Barcelona con su madre. Sobre esto he de decir que fue un tanto curiosa la reacción de Montse al enterarse por las niñas de mi relación con Clarisa. Unos días después de la llegada de mis hijas a Barcelona, recibí la llamada telefónica de su madre.

- Hola Pedro. Quería darte las gracias por cuidar de las niñas. Han venido muy contentas.

- No tienes nada que agradecerme, Montse, son mis hijas y yo he sido muy feliz estando con ellas y viéndolas disfrutar. Me alegro mucho de que lo hayan pasado tan bien - por no cortar la conversación de una manera rápida y parecer descortés con ella que era tan protocolaria, le pregunté: -¿Y qué, os vais de vacaciones?

- Sí. Nos vamos al Pirineo catalán - (Cómo no, pensé yo, pero no dije nada) y entonces la oí decir - Quiero darte también la enhorabuena por tu relación de pareja - (No dijo el nombre de Clarisa, o no lo sabía, o no lo recordaba, o simplemente no quiso decirlo) - las nenas me han dicho que es muy simpática.

- Gracias. Bueno para mí es simpática, preciosa y creo que he encontrado un tesoro y sí, la verdad es que hicieron buenas migas las tres. Me alegro mucho que la recuerden así. Gracias Montse, dales un beso muy fuerte de mi parte y que paséis unas bonitas vacaciones.

Se despidió con un "gracias, Pedro", esperando más información sobre Clarisa de la que obtuvo, pero estaba seguro de que encontraría los detalles que deseaba saber preguntando a sus hijas. Lo que me pareció sacar en claro de aquella conversación, fueron unos incipientes celos encubiertos por parte de Montse, pero ya no había nada que hacer sobre esta cuestión, quizás siempre se había considerado con un dominio sobre mi persona que, en el momento actual, se daba cuenta de que lo estaba perdiendo y eso no le satisfacía. Montse siempre había sido una mujer muy dominante.

Mediada la semana, Clarisa se marchó a Jerez, quería hablar con su madre para poner en claro unas cuantas cosas de su vida y el mismo día de su marcha recibí otra llamada, esta vez, de mi hermano Cristóbal.

- Pedro, ¿qué tal, cómo van tus cosas?

- Muy bien, Cristóbal. Estoy pasando unos momentos muy dichosos en mi vida, excepto que ahora me he quedado solo. Clarisa se ha ido

Magda R. Martín

a Jerez a resolver ciertos problemas personales con su madre. Y tú ¿qué te cuentas?

- Pues mira, tal vez es una suerte que estés solo porque te llamaba para pedirte un favor.

- Sabes que lo tienes, Cristóbal, por ti hago lo que sea.

- No tanto, Pedrito... Es sobre la casa de Santillana. La cuestión es la siguiente. He hablado con los padres de Pura, están muy ancianos y han decidido retirarse a vivir en una Residencia, necesitan cuidados y hay una en Santander que les gusta... Bueno, me han dicho que la casa de Santillana siempre había sido de Pura y que ahora es mía. Que haga con ella lo que me parezca mejor. Voy a ir este fin de semana y me quedaré allí unos días para arreglar documentación y ver como sigue la casa además de pensar que hago con ella porque para mí tiene recuerdos muy entrañables pero también muy dolorosos. ¿Querrías acompañarme, Pedro? Necesito estar con alguien y creo que tú eres la persona idónea.

- Estoy a tu disposición, Cristóbal, te acompañaré con mucho gusto.

- Le dije a Joaquín si quería venir pero se ha negado. Creo que además de darle algo de vergüenza por los recuerdos que pueda traerle de su actuación allí, ahora parece ser que está metido en un grupo (creo que ya te lo dije) de gente con intereses espirituales o no sé de qué tipo. El caso es que me ha dicho que está preparando con ellos un viaje a la India, no sé si es con una ONG o algo por el estilo, no lo sé... bueno el caso es que me ha dicho que no y tiene en mente otras perspectivas de lo que, por cierto, me alegro.

245

Magda R. Martín

- Pues mira, yo también me alegro, que vaya a la India o donde quiera pero que sepa lo que hace y no cree problemas a los demás.

- Exacto. Entonces ¿cuento contigo?

- Por supuesto. ¿Vamos en coche?

- Yo creo que sí, para movernos por allí a nuestro gusto. En este tiempo veraniego el trayecto hasta Santander incluso tiene un atractivo ¿no te parece?

- Vale. Estoy de acuerdo. ¿Vamos con tu coche o con el mío?

- No, en el mío... ¿Qué te parece si salimos el viernes por la tarde? llegaremos de noche, descansamos y al día siguiente programamos la situación.

- De acuerdo Tobalito. ¿A qué hora?

- A las cinco. A ver si a las nueve ya podemos estar allí.

- De acuerdo, estaré ahí a las cinco. Como un clavo.

- Gracias, Pedro. Un abrazo.

Antes de marcharme llamé a Clarisa, la noté triste pero no quiso darme explicaciones y le dije que me iba con Cristóbal a Santander, se alegró y quedamos en llamarnos por teléfono.

El viernes 4 de Julio a las nueve y media de la noche, volvía a entrar por la puerta de la casa de Santillana del Mar, el pueblo de las tres mentiras, porque ni es santa, ni es llana, ni tiene mar.

Magda R. Martín

Recordar estos tres apelativos tan conocidos sobre la ciudad que, además, se podían considerar auténticos, me hacía sonreír.

Eché mucho de menos el recibimiento de Pura. Cuando traspasamos el umbral y encontramos la casa desordenada, llena de polvo y con esa soledad hiriente de las casas deshabitadas, Cristóbal se echó a llorar con ese llanto acongojado que surge cuando se contienen las lágrimas durante mucho tiempo.

Magda R. Martín

18

La semana que permanecimos en Santillana, fue muy provechosa y muy movida. Entre Cristóbal y yo, limpiamos la casa, incluso quitamos cortinas y las lavamos así como toda la ropa de cama, manteles y todo lo que encontrábamos guardado en cajones que ya comenzaba a coger esa pátina amarillenta que absorben todas las cosas cuando no se usan, como si todo tuviera una vida que si no se alimenta, muere lentamente. Limpiamos también la piscina y la tapamos con una tela plastificada para que no se ensuciara, segamos el césped que rodeaba la casa, quitando hierbajos y cardos que comenzaban a crecer apoderándose del exterior como ladrones que, poco a poco, irían cubriendo el interior vacío, para matarlo. Las casas son seres vivos, pensé otra vez. No sé de donde cogen la energía, probablemente de sus habitantes, pero tienen vida y si se las abandona, mueren. Y recordé la casa de Ronda, sí, en cuanto terminara de ayudar a Cristóbal, me iría allí, a darle mi energía para que no muriera, yo amaba aquella casa, aquel lugar entrañable donde había crecido, donde amé a mis padres y a mis hermanos, donde aprendí del dolor de la decepción, de los desengaños y donde tuve grandes alegrías y aprendizajes. Era mi casa, la casa donde permanecía la esencia de mis padres, no podía morir, no debía morir, era la casa donde yo planté la mimosa que mi madre siempre había deseado tener, era NUESTRA CASA, mi hogar, el hogar de la familia Martín Rodero de la que yo formaba una parte importante. Y

Magda R. Martín

durante aquel trabajo en compañía de mi hermano, por mantener la casa de Santillana viva, decidí que la de Ronda, no moriría nunca.

Visitamos a los padres de Pura y tuvimos que acompañarlos al Notario para firmar la documentación de traspaso de propiedad de la casa de Santillana, todo quedaba a nombre de Cristóbal. Luego volvimos a Madrid. Durante el viaje íbamos en silencio, los dos pensábamos lo mismo, no dominábamos los acontecimientos y fuimos conscientes de que la vida misma, el destino, es quien marca las pautas. Es el dueño, el padre, el director, quien hace y deshace a su gusto, quien enreda y desenreda vidas, historias, sucesos, acontecimientos que, aunque creemos que dominamos, son ellos los que nos dirigen; ahora hay que hacer esto, luego lo otro, debes ir aquí, más tarde allá para encontrarte con tal persona que sea decisiva en tu biografía, que te ayude a realizar lo que tienes marcado hacer en este mundo. Y así, nosotros, ilusos, prepotentes, creídos de nuestra primacía, presumimos de ser los reyes del universo, cuando, en realidad, somos pequeñas hormigas estudiadas por una inteligencia universal que ha preparado el hormiguero del mundo para saber y, tal vez, disfrutar o aprender, del esfuerzo que el ser humano hace por sobrevivir. Pero todo muere, todo. Incluso las casas. Será porque nosotros cuando las habitamos, les entregamos nuestras vidas y al abandonarlas, pierden la vitalidad.

La semana siguiente comencé a preparar mi viaje a Ronda, decididamente, iba a pasar allí un tiempo, tal vez hasta final de año. Se lo diría a Clarisa, le pediría que me acompañara y ocuparíamos el tiempo en el proyecto del árbol genealógico y con ello, el estudio a fondo de la historia familiar de la que Clarisa, también formaba parte.

El día 15 de Julio recibí otra llamada de Cristóbal.

Magda R. Martín

- Pedro, se ha vendido la casa de mamá. Me acaban de llamar de la Agencia, la compran un matrimonio alemán que se afinca aquí en España.

-¡Bien! ... Bien, aunque me duele un poco, es como si me desprendiera de un pedazo de mi piel...

- Te entiendo, Pedro. A mí también me sucede algo parecido pero, de manera paulatina, uno se va dando cuenta de que las cosas no tienen el valor que en un principio se les da.

-¿Al final, por cuánto se ha vendido?

-750.000 Euros

- Más o menos lo que pedíamos, ¿no?

- Sí. Bueno... no sé si se restará algo por gastos de Notario y esas cosas...

- Bueno eso es pecata minuta.

- Como somos siete hermanos, nos tocará a cada uno 100.000 Euros, más o menos, un pellizco bueno. Nuestra madre sonreirá, esté donde esté.

- De eso estoy seguro. Bueno tú te encargas de todos los trámites, como siempre.

- Sí, no te preocupes, ya sabes, os enviaré copia de toda la documentación y el ingreso del dinero en la cuenta de cada uno de

Magda R. Martín

vosotros. Ahora voy a llamar al resto de los hermanos para ponerlos al corriente.

- Bien. Cristóbal... Oye, antes de que se me olvide. Me voy a Ronda, quiero pasar el resto del año allí, haciendo averiguaciones y descansando. Creo que Clarisa estará conmigo pero si quieres venir cualquier día ya sabes que serás bien recibido y encantado de que estés a nuestro lado.

- Gracias, Pedro... es posible que me acerque en algún momento, yo también necesito darle un descanso a mi mente. Ya te avisaré.

- Por cierto... ¿sabes que planté la buganvilla?

-¡No me digas...! Estará preciosa...

- Eso espero... Venga, decídete a venir a verla.

- Lo pensaré, seguro que sí. Un abrazo, Pedrito.

- Adiós Cristóbal.

De esta manera me enteré que era millonario. Nunca me había quitado el sueño el dinero, no era ambicioso pero la seguridad de tener la cuenta del Banco bien cubierta, me daba una satisfacción y el deseo de terminar el año sin ir a la oficina, no me causó preocupación.

19

Clarisa llegó a su casa de Jerez dispuesta a aclarar con sus padres, sobre todo con su madre, sus asuntos personales y sentimentales. El olor a jazmín y a madreselva, embriagaron su olfato y llenaron su mente de unos recuerdos que la transportaron a la infancia perdida. Todo parecía hermoso, la luz, el día soleado, las flores azules del jacarandá, el calor del verano, la tierra seca donde destacaban las vides. Pero en cuanto traspasó la cancela, la sensación que tuvo fue de soledad, de desamparo. La casa estaba en silencio; las estancias limpias, en orden, vacías de vida, de ese aire dinámico que proporciona la actividad diaria en un lugar, transmitían añoranza, tristeza. Tuvo que buscar a su madre que, al fin, encontró junto a su padre sentados ambos en el patio donde, en un tiempo se encontraba la parra.

La entrada ya fue problemática. La madre, al verla, preguntó arisca:

-¿Se puede saber dónde andas que no se sabe nada de ti? No sé si estás viva o muerta.

- Lo siento, madre, pero prefiero no decir nada porque siempre acabamos discutiendo y sabes que eso no me gusta nada - Se acercó a su padre que fumaba un cigarro y besando su cabeza cana, le dijo:

Magda R. Martín

- Padre, no deberías fumar... tu corazón... ya sabes.

El padre de Clarisa era un jerezano con un fuerte deje andaluz y le respondió a su hija:

- Déjame vivir feliz lo que me quede de vida, chiquilla, que la vida ya se encarga de mandarnos los sufrimientos.

- Tú verás lo que haces, padre.

-Te preocupas demasiado de tu padre para estar tan poco en casa... - dijo la madre con ironía mientras se encaraba con su hija - ¿Y qué vas a hacer ahora?

- Pues mira, me alegro que ustedes estéis los dos juntos - dijo Clarisa haciendo uso de ese tratamiento en plural en lugar del vosotros, común en el habla andaluz - porque tengo que comunicaros- volvió a usar el tuteo - que tengo una pareja y voy a vivir con él a Madrid - todavía no se atrevía o, quizás, no quiso nombrar la ciudad de Ronda ni el parentesco que los unía a Pedro - He estado en Canarias asistiendo a la boda de uno de sus sobrinos y ya he conocido a toda la familia.

-¿Y no vas a casarte? ¿Vas a vivir como una cualquiera?- aunque la madre no preguntó quién era el escogido, Clarisa pudo intuir imaginaba que podía ser el pariente recién descubierto, pero como no lo mencionó, a ella tampoco le pareció oportuno hacerlo, prefería que todo se quedara en ambigüedades.

Magda R. Martín

- Madre... voy a vivir como quien soy, como Clarisa y sí, es posible que me case, pero todavía no lo sé y como ya no soy una niña, no me importa casarme o no. Lo único que deseo es estar a su lado.

-¿Y tú qué opinas?- dijo la madre dirigiéndose al esposo.

-Yo no digo nada... Eso son cosas de ustedes...- rectificó- de vosotras las mujeres...- seguramente para dar más claridad a la frase - Si la niña es feliz, me basta... que viva como quiera...- Una vez dada su opinión que no admitía réplica, se levantó y renqueando, se dirigió hacia el sendero desde donde se divisaban los viñedos y se quedó con la vista fija en ellos.

La madre volvió a encararse con la hija.

-¿Es que no puedes casarte con alguien del pueblo...? Paco, el de los Almagro, o Pepe Ruiz, el chico de los que tienen el viñedo junto a los nuestros.

Hizo un silencio, sin estar quieta. Recogía aquí y allá, algún papel, levantaba las cosas de su sitio para volverlas a colocar y parándose frente a su hija, continuó con tristeza:

- Tu padre es ya muy mayor, no puede trabajar y ha dejado los viñedos en manos extrañas...

- Madre, lo siento... pero a mí nunca me han interesado las viñas, lo siento por padre, pero no voy a vivir una vida renunciando a todo lo que deseo hacer, a todo lo que me gusta.

Magda R. Martín

- Sí, prefieres encargarte de los huesos desconocidos de gente muerta - dijo refiriéndose a su profesión de antropóloga- Eso es más bonito...

- Bueno... esa es mi profesión - y sin rectificar a su madre el comentario acabó - Sí, me gusta estudiar los huesos de los muertos, es muy interesante conocer las vidas de los que han estado aquí, en este mundo, antes que nosotros.

Sin dar más explicaciones, fue hacia su habitación en el momento que oyó el teléfono. Era Pedro que la llamaba para decirle que se iba a Santillana con su hermano Cristóbal. Oír su voz llenó su alma de esperanza, no iba a dejar escapar su felicidad, ni por su madre, ni por su padre, ni por los viñedos... amaba a Pedro y se sentía incluida en la familia Martín Rodero.

Lo primero que hizo fue comenzar a preparar su equipaje, se llevaría lo más necesario y luego, poco a poco todo lo que le perteneciera. Le dolía dejar solos a sus padres ya ancianos, pero era su vida la que estaba en juego, su futuro y no lo iba a tirar por la borda. Al fin y al cabo, sus padres tenían empleados, amigos que los apreciaban y no se quedaban solos, aparte de que ella tampoco los iba a abandonar por completo, siempre iría a visitarlos, no se sentía tan descastada y Ronda estaba de Jerez a un tiro de piedra.

20

La fachada de nuestra casa de Ronda, me deslumbró por su belleza cuando llegué aquel jueves 19 de Julio. La buganvilla había prendido y crecido adornando la pared por encima de la puerta de entrada, parecía una pintura copiada de un cuadro de un pintor famoso. Me detuve a observarla antes de entrar y comprobé la necesidad de podar las ramas que comenzaban a tapar la puerta. Ya tenía trabajo que hacer. Luego fui a mirar el árbol de mimosa. Había perdido la flor que se encontraba esparcida por el suelo en todo su alrededor como un polvillo que habría que limpiar. Más trabajo, además de limpiarlo debería estudiar el mejor momento para la poda porque las ramas estaban creciendo de manera desordenada y quería redondear la copa. El naranjo del tiesto seguía vivo y volví a pensar en plantarlo en la tierra en aquel mismo rincón donde se encontraba.

La higuera que se encontraba cerca de la verja de entrada, comenzaba a ser vieja pero todavía daba buenos frutos. ¡Cuántas veces nos habíamos subido a sus ramas, con la reprimenda de mi madre! y el sauce llorón continuaba allí, se había quedado sólo, con el banco vacío que necesitaba una buena mano de pintura. Era el lado del jardín más visitado por mi madre y entonces fue la primera vez que me sorprendió no haber decidido enterrar allí las cenizas de nuestros padres. Luego fui consciente de que aquella parte era más sombría y el árbol de mimosa necesitaba sol para crecer. Sí, todo

Magda R. Martín

estaba bien. Las cosas se hacen siempre como se tienen que hacer -pensé- y aunque el pensamiento parecía una pequeña perogrullada, estaba seguro de que esa energía misteriosa que se encarga de que todo suceda de una determinada manera para llegar a un fin concreto, era el que nos había dirigido a enterrar las cenizas y plantar el árbol en el lugar más adecuado.

Cuando hablé con Clarisa, le pregunté qué flores o plantas creía serían las mejores para adornar las paredes de ladrillo que cercaban el jardín y me respondió que lo decidiríamos cuando estuviéramos juntos. Sí, tenía mucho trabajo que hacer, y con entusiasmo, entré en la penumbra del interior de la casa.

Recorrí las habitaciones una por una. No sabía por qué lo hacía pero aquel acto me proporcionaba serenidad, un sosiego extraño, como si estuviera haciendo una visita a familiares invisibles que, sin embargo, se encontraban allí, esperando a que yo apareciera. A cualquier otra persona aquella sensación de estar habitada la casa, le hubiera causado, por lo menos, cierta inquietud, pero a mí me proporcionaba satisfacción. Me sentía acompañado y, en un momento preciso, llegué a pensar que la esencia de mi padre o de mi madre, o tal vez de ambos, se encontraba entre aquellas paredes. Como si una vez desaparecidos sus cuerpos, su espíritu se aferrara a una vida que ya había finalizado y fue entonces cuando tomó cuerpo la idea en mi mente. ¿Y si mis padres habían dejado inconcluso en esta vida algo que deseaban terminar? ¿Y si era yo el escogido para finalizar esa tarea?

Mientras estos pensamientos rondaban por mi cabeza, recordé que mis padres, acostumbraban a sentarse cada uno de ellos en una misma butaca, por lo que les dimos una propiedad: la butaca de papá y la butaca de mamá. Nadie más se sentaba en ellas, ni tan siquiera ellos cambiaban su asiento. Lo máximo que recordaba era cuando mi madre, en un arrebato de afecto o de mimos, abandonaba su butaca para sentarse encima de las piernas de mi padre, abrazada a

Magda R. Martín

su cuello mientras le llenaba de caricias y besos sin ningún recato. Estas demostraciones fueron constantes en nuestra vida, por lo menos yo las recordaba siempre así, hasta el extremo de que verlos en esa actitud, era una cosa normal nada sorprendente.

Después de esta reflexión fue cuando me senté en la butaca de mi padre, cerré los ojos, me concentré en mis pensamientos y hablé con él como si lo tuviera frente a mí:

-¿Deseas decirme algo, papá?- le dije, y esperé no sabía qué.

Sólo me respondió el silencio y volví a decir:

- Si deseas que haga algo, pon en mi mente la idea, encamina mis pasos. Quiero ayudarte a ti y a mamá. Os he querido siempre mucho y deseo que descanséis en paz.

Me mantuve en silencio, ausente de la realidad durante no sé qué tiempo, relajado pero atento a cualquier sensación. No sé si acabé durmiéndome, sólo sé que sentí como si me despertara de un sueño pacífico. Volví a oír el ruido de la calle, el rumor del viento, el trino de los pájaros y fui consciente de la realidad. No había sucedido nada extraordinario, todo estaba en mi imaginación.

Después de comer y echar una corta siesta, me dispuse a podar la buganvilla. Mi padre guardaba en la caseta de madera que estaba en la parte trasera del jardín, herramientas y utensilios de todo tipo que no se podían guardar en el interior de la casa y allí encontré unas tijeras de podar, la azada con la que habíamos sacado la tierra para hacer el hoyo donde echar las cenizas de nuestros padres y plantar la mimosa, rastrillos, cubos y diferentes útiles que servían para diversas funciones. Con mi guantes de jardinero puestos y las enormes tijeras, dejé la buganvilla preciosa y pensé en quitar el naranjo del tiesto para plantarlo en la esquina del jardín, crecería más frondoso que en el tiesto aunque éste fuera de grandes dimensiones. Y me puse a la tarea.

Mientras me ponía un sombrero de paja que me protegiera del sol, con los guantes gruesos en las manos y una camisa y unos pantalones viejos, comencé a sentirme eufórico y al levantar la loseta donde se asentaba el tiesto del naranjo y comenzar a cavar, me comparé con un niño que jugaba a buscar un tesoro.

No llegaba al metro de profundidad y de anchura, o tal vez sí, el caso es que al dar un golpe con la azada para seguir profundizando, algo duro y consistente saltó y fue a parar al borde del hoyo. Lo iba a separar a un lado creído de que era el tronco de una rama cuando, la forma del objeto llamó mi atención. Lo cogí, lo limpié de tierra y lo observé. Aquello era una costilla. El hallazgo me dejó sorprendido y algo aturdido. ¿Se habría enterrado allí algún animal? No recordaba que eso hubiera sucedido pero, tal vez, antes de que mi memoria captara recuerdos, podrían haberlo hecho aunque nunca se habló en la familia de poseer animales de compañía o de cualquier otro tipo. Estaba confuso, a mi me parecía una costilla humana pero era difícil diferenciarla de la de un animal sin hacer un estudio específico.

No sabía por qué, creo que tenía miedo, la euforia había cambiado por una tremenda ansiedad y comencé a sudar. Tenía que averiguar más y seguí cavando, esta vez, con rapidez pero con cuidado, podía haber más huesos o, incluso el cadáver del animal. Pronto la azada volvió a golpear algo duro y consistente. Entonces dejé la azada a un lado y con las manos, seguí retirando la tierra con cuidado. Tuve que agrandar el hoyo a lo ancho, el esqueleto estaba saliendo a la luz. ¡Era de un ser humano sin lugar a dudas! El tronco estaba unido por las vértebras, y las costillas, aunque faltaban algunas, se conservaban bastante enteras. Pude ver el fémur de una pierna y, lo que me proporcionó más seguridad fue el encuentro de la cabeza. Por mis estudios profesionales, tenía la seguridad de que aquella calavera era de un humano adulto. No me atrevía a tocar

Magda R. Martín

aquel esqueleto. ¿Quién era? ¿Qué podía hacer enterrado allí en el jardín de nuestra casa? En mi cabeza comenzaron a amontonarse una serie de preguntas y conjeturas a las que no podía dar una solución correcta.

Ahora sí estaba realmente asustado. ¿Y si estuviera viéndolo alguien? Miré alrededor. En el lugar donde me encontraba no se veía la verja de entrada, por lo tanto, nadie podía verme desde la calle. Miré hacia arriba, la pared que rodeaba el jardín tendría unos ¿tres metros de alto? Sólo me podían ver desde las ventanas de la casa y yo era el único habitante. Más tranquilo comencé a inspeccionar los huesos. Sobre todo la calavera. Entonces lo vi. En el hueso frontal había un agujero redondo ligeramente astillado. Aquello era el agujero producido por una bala. Me encontraba ante un esqueleto humano, probablemente fallecido de manera violenta. No podía creerlo. ¿Una persona asesinada y enterrada en nuestra casa? ¿Qué podía significar aquello?

El sudor se transformó en un frío que me llevó a una tiritona. Estaba completamente asustado. Tenía que pensar. Con rapidez rellené el agujero con la tierra dejando cubierto el esqueleto. Puse la loseta encima y volví a meter el naranjo en el tiesto rodeado de tierra. Fui al interior de la casa, me quité los guantes, me serví un coñac, lo bebí de un trago, me senté en la butaca de mi padre y recordé las palabras con las que me había dirigido a él. Un pánico intenso se apoderó de mí. No pude resistir las náuseas y tuve que dirigirme rápidamente al cuarto de baño donde vomité.

21

Terminé la tarde paseando por el salón comedor sin atreverme a bajar al jardín ni a salir de casa. No sabía qué hacer. En un principio pensé en avisar a la policía, tal vez alguien, en otro tiempo había enterrado allí a un hombre pero inmediatamente descarté la idea. La casa había sido de mi padre desde antes de que cumpliera el Servicio Militar. Recordaba como explicaba la compra del terreno que, en aquel entonces, le resultó muy barato y como había construido la casa ayudado por un arquitecto y unos albañiles contratados, además de los brazos de Juanjo. Acostumbraba a presumir de su trabajo, de cómo proyectó el jardín, la caseta de las herramientas, la fuente semicircular con la que yo me había roto un diente, como fue la compra de la verja de hierro forjado. Todos esos detalles llegaban a mi pensamiento para dar más veracidad al hecho de que aquel hallazgo debía silenciarlo. Sin embargo, sabía que aquella muerte, muy probablemente era un homicidio. El cadáver tenía un agujero de bala en la frente, eso era indiscutible. Y volví a preguntarme una y mil veces de quién sería aquel esqueleto. Por lo deteriorados que estaban los huesos pensé que llevaba mucho tiempo enterrado pero ¿cuánto?

Me acosté muy pronto con el deseo de dormir y olvidarme de todo aquel enredo aunque sólo fuera por unas horas pero antes de meterme en la cama la llamada de mi hermano Cristóbal me

Magda R. Martín

entretuvo. Creo que fue la única vez en mi vida que no deseé hablar con él, pero no tuve más remedio que responderle con la mayor normalidad posible.

- Hola Pedro, ¿cómo te va por la casa?

Si tú supieras -pensé- pero respondí intentando dar a mi voz la máxima naturalidad.

- Bien... un poco solo. Clarisa está en Jerez y aquí estoy... he podado la buganvilla que comenzaba a tapar la puerta de casa... Ha quedado muy bonita...- No sabía cómo continuar y darle a mi voz un tono casi divertido, sin embargo, en lugar de conseguir serenidad, las palabras de Cristóbal me llenaron de más desasosiego.

- Es posible que me acerque por ahí, ahora que se cumple el año del entierro de nuestros padres...

Me entró un escalofrío irreprimible, deseaba decirle que no viniera pero no podía negarle la visita.

- Pues sí me gustaría, puedes venir cuando quieras...

- Te noto un poco serio, Pedro ¿estás bien?

- Sí, sí, sí.... mmm.... sólo un poco cansado iba a acostarme ya...

- Ah bueno, entonces te dejo, a lo mejor me presento ahí de sorpresa...

Magda R. Martín

- Como quieras... - mientras decía estas palabras, rogaba al Dios del cielo que no lo hiciera, por lo menos que me diera tiempo a reorganizar mis ideas.

Ya estaba entre sábanas descansando mis ojos y mi cerebro de tanta inquietud cuando volvió a sonar el timbre del móvil que estaba encima de la mesita de noche.

- Pedro, cariño, ¿cómo estás?

Era Clarisa y sin saber el motivo, su voz me ocasionó un respiro de alivio.

-Te necesito Clarisa, amor mío, te necesito...- fueron las primeras palabras apremiantes que salieron de mi boca.

-¿Qué te pasa, te ha sucedido algo?- me respondió asustada.

- Bueno, no..., es que te echo de menos... necesito hablar contigo - mientras oía como mi propia voz pronunciaba esas palabras, mi mente me avisaba con una llamada de atención. No mientas, sí, me había sucedido algo, me había sucedido mucho... Y volví a repetir - te necesito - Aparte de que ella no estaba tan involucrada como yo en la situación, su profesión de antropóloga podría ser de gran ayuda para averiguar datos sobre aquel ser misterioso cuyos restos estaban enterrados en nuestro jardín, la necesitaba de verdad.

- Iré pronto, cariño, he de resolver algunos asuntos con mis padres y luego iré. Asuntos de dinero - me aclaró como si ese detalle le diera facultad a la ausencia para que esta se alargara.

Magda R. Martín

- No te preocupes. Te espero y hablamos. Por lo demás ¿cómo estás por ahí?- dije controlando mi inseguridad.

- Un poco enfurruñada, no me pongo de acuerdo con mi madre y me hace sentirme mal, culpable, eso es lo que más me fastidia.

- Bueno, eres tú misma la que tiene que tomar las decisiones en tu vida, Clarisa, y estoy seguro de que tienes la suficiente claridad de juicio para hacerlo. Todo se arreglará, ya lo verás.

- Sí, seguro que sí... y si no están de acuerdo, aunque me duela el corazón, no me harán cambiar de opinión, estoy muy segura de lo que deseo y es estar a tu lado, Pedro.

- Yo también lo deseo así. Nadie nos podrá apartar al uno del otro... Nos ha costado demasiado tiempo el encontrarnos para perder la oportunidad de ser felices. Por lo menos de intentarlo.

- Tienes razón, Pedro. Acabaré con esto de una vez, para el viernes estaré ahí, seguro.

- Te espero, cuídate cariño.

- Lo mismo digo... descansa Pedro.

Al fin pude descansar y, por fortuna, dormí de un tirón toda la noche. Al despertarme por la mañana supe que había tenido pesadillas de muertos enterrados en la arena, de olas que el mar traía llenas de cadáveres pero me sentía con valor para enfrentarme, otra vez, a la realidad de mi vida. Y lo primero que pensé, era que mi padre, me había querido decir algo, pero ¿qué?

Magda R. Martín

Después de desayunarme, volví al jardín y me senté al lado de la fuente para contemplar con tranquilidad, el tiesto donde estaba plantado el naranjo. ¿Por qué se me habría ocurrido trasplantarlo? Debajo estaba el cadáver del desconocido ¿hombre o mujer? ¿Y si lo hubiera hecho en compañía de Cristóbal? Este pensamiento volvió a erizarme todo el vello de mi cuerpo. Era una suerte haberlo realizado mientras estaba solo, aquello debía de ser un secreto, por lo menos hasta aclarar la personalidad del esqueleto y las circunstancias de su muerte y entierro. No sabía qué resultados se podrían obtener, debía ser cuidadoso. Únicamente Clarisa podía ser mi confidente, no sabía el motivo, pero tenía una seguridad absoluta en su discreción.

Mientras analizaba todos estos datos pensé que tenía que desenterrarlo otra vez para conseguir más pruebas. Obviamente allí no podía hacer un examen de ADN para conocer sus cromosomas y de esa manera saber con exactitud si era de sexo masculino o femenino pero sí podía saberlo por la forma de la pelvis. En las mujeres es más grande y más ancha, en los hombres más estrecha. También, pensé, que lo más probable era que se enterrara con alguna clase de vestimenta, no desnudo, incluso con alguna documentación o distintivo, una insignia, un anillo, pendientes... algo importante que pudiera darme una pista para verificar su identidad. Necesitaba algo, antecedentes.

La tierra estaba reblandecida del trabajo del día anterior y no me costó un gran esfuerzo sacarla de nuevo. Cuando vi aparecer la calavera comencé a escarbar con las manos para destapar la parte de la pelvis. Allí estaba, la cavidad pélvica era estrecha y el arco púbico tenía forma de V invertida cosa que, en la mujer era más amplia, en forma de U invertida. Sí, era un hombre, no tenía dudas, pero sabía que si deseaba aclarar aquel enredo, debía investigar más y no iba a estar enterrando y desenterrando aquel cadáver cada día, así que fui a por una bolsa de plástico, cogí la cabeza que estaba desprendida de las vértebras que la unían al tronco y la introduje en la bolsa para hacer un estudio más exhaustivo y con más calma.

Comenzaba a echar tierra para enterrarlo de nuevo cuando algo que brillaba junto a lo que me pareció una falange de un dedo de la mano derecha, llamó mi atención, hurgué en la tierra y apareció una pulsera de dimensiones no excesivamente pequeñas. La cogí entre mis manos y la limpié de tierra. Tenía unos eslabones de oro de aproximadamente un centímetro de ancho por medio de grosor y en el centro una cadenilla muy fina, sujetaba una pequeña placa que tenía grabado en letras mayúsculas un nombre que se leía con claridad: CARMEN. Me quedé en suspenso y un escalofrío recorrió mi columna vertebral de arriba a abajo. La cadenilla era una de esas que se ha dado en llamar un "nomeolvides". Pulseras que se entregan los amantes con el nombre de la pareja grabado en la placa. El nombre que constaba en la que se suponía llevaba el cadáver, era el de mi madre, ¿o era pura casualidad? Y si no lo era ¿qué tenía mi madre que ver en todo aquel lío?

La cabeza me daba vueltas, ya no podía razonar, e intenté calmarme. Fui al interior de la casa con la calavera en el interior de la bolsa. Mientras caminaba por el jardín, me percaté de que lo hacía como si me sintiera culpable de algún delito, miraba al suelo sin atreverme a levantar la vista y apresuré el paso temeroso de ser descubierto como si estuviera cometiendo una fechoría.

En cuanto crucé el umbral, cerré la puerta y la candé. Subí hasta la cocina y allí envolví la calavera en papel de aluminio y la dejé sobre la encimera, cerca del fregadero pero, inmediatamente recapacité, aquel no era su sitio y la llevé al despacho donde mi padre trabajaba y donde, ahora tenía yo la caja con las fotos y los documentos recogidos de la casa de mi madre. Fue cuando se hizo la luz en mi memoria. ¡La fotografía! La fotografía en la que estaba mi madre jovencísima y guapa entre dos hombres jóvenes también, mi padre que la agarraba por la cintura y el desconocido que pasaba un

Magda R. Martín

brazo por encima de su hombro dejando caer la mano sobre el pecho... ¡con una pulsera que se veía perfectamente en la foto! La pulsera que había encontrado junto al esqueleto.

Frenético busqué las fotos. Allí estaban los tres... y la pulsera. Las piernas me temblaban y tuve que sentarme no podía mantenerme en pie. ¿Qué había sido aquel hombre para mi madre? Y mi padre ¿qué papel pintaba en todo aquello? Necesitaba calma, ayuda, tenía que serenarme y poner las cosas en su sitio. Pensé en Clarisa, sí, ella tenía que ayudarme, y la llamé.

22

A las diez de la mañana del día siguiente, Clarisa entraba por la puerta un poco asustada.

- Estás pálido y tienes unas ojeras tremendas.

- Sí, lo sé y no es para menos. Pasa. ¿Quieres un café?

- Con leche, no he desayunado nada, me tenías muy preocupada, Pedro. He venido a toda velocidad.

- Cálmate, yo también estoy preocupado pero supongo que para todo hay una explicación.

Fui a la cocina a preparar dos cafés con leche, uno para mí y otro para Clarisa, mientras, ella abría su bolsa de viaje y sacaba alguna ropa que colocó en la habitación. Vestía informal y cómodamente unos vaqueros usados, una camiseta de manga corta y unas deportivas femeninas que dejaban ver unos calcetines cortos. Me ayudó a llevar a la mesa las dos tazas y al mismo tiempo que tomábamos el desayuno, comencé la historia.

Clarisa me escuchaba con la boca abierta bebiendo el café a pequeños sorbos y cuando llegué al momento en el que le comentaba que la calavera la tenía en casa envuelta en papel de aluminio encima

Magda R. Martín

de la mesa del despacho, se levantó como una exhalación, entró en el despacho y descubrió la cabeza. Yo veía su figura desde la mesa sin moverme, no tenía fuerzas. Aquella tensión de la espera para poder comunicar el hallazgo espeluznante a alguien que supiera comprenderme, había acabado con mi fortaleza. Por mi profesión estaba acostumbrado a ver cadáveres y muchas veces en condiciones trágicas, pero aquel descubrimiento además de ser muy personal era totalmente imprevisto y me había afectado demasiado.

Al cabo de un rato Clarisa volvió, se lavó las manos bien lavadas en el cuarto de baño y me dijo:

- Sin duda alguna es el cadáver de un hombre y el tiro que tiene en la frente, yo diría que es de rifle, y mortal de necesidad. Bueno... así a grosso modo.

- Sí, Clarisa, yo también lo creo. Y ahora viene la segunda parte.

Con estas palabras puse sobre la mesa el paquetito donde estaba envuelta la pulsera de oro y saqué del bolsillo de la camisa la fotografía donde mi madre se encontraba con los dos hombres, mi padre y el que portaba la cadena en la muñeca de la mano derecha.

- Esto lo encontré al lado de la mano del esqueleto.

Marisa lo estudió.

- Es de oro... parece un "nomeolvides" de alguien que se llamaba Carmen...

- Mi madre... - dije yo a punto de explotar en llanto.

Clarisa fue consciente de la situación, se levantó y me abrazó.

Magda R. Martín

- Pedro, Pedro... ¿qué está pasando...?

Hice un esfuerzo por hablar y me sentí ridículo al salir de mi boca una voz entrecortada como si fuera un niño asustado.

- Eso me pregunto yo hace un tiempo, desde que murieron mis padres.

El llanto se había desbordado, ya no pude parar y sollocé en los brazos de Clarisa que mezcló sus lágrimas con las mías.

- Vamos a averiguar qué ha pasado aquí, pero sólo entre tú y yo. Ese cadáver lleva muchos años enterrado ahí, Pedro. Está muy deteriorado y si nadie lo ha encontrado hasta ahora, ahí ha de seguir para siempre.

Su seguridad y firmeza me devolvieron las fuerzas. Sí, allí se quedarían aquellos huesos pero antes debía averiguar qué había pasado y qué unión había entre aquel hombre y mi madre. Si llevaba una pulsera con su nombre, ¿eso quería decir que habían sido novios? ¿Antes de ser novia de mi padre? Entonces ¿mi padre le había quitado la novia a su amigo? Todas estas reflexiones las fui haciendo en voz alta y vi que Clarisa las iba anotando en un bloc. Estaba comenzando la investigación. ¿Por dónde seguíamos?

Las tres pruebas que teníamos eran muy importantes: El esqueleto, la fotografía y la pulsera.

Sabíamos que el esqueleto era de un hombre.

Todas las posibilidades apuntaban a que la pulsera le pertenecía.

El hombre probablemente era el que estaba en la foto con mis padres, por lo menos llevaba puesta la pulsera.

Magda R. Martín

¿Qué podía haber sucedido?

Era amigo de mi padre, había hecho el servicio militar con él en Larache.

También lo era de mi madre, ¿novio? pero ¿cuándo lo conoció, antes, después o al mismo tiempo que a mi padre?

Si era novio de mi madre ¿por qué no se casó con él?

¿Se enamoró de mi padre y lo dejó?

¿Por qué estaba enterrado en nuestro jardín?

¿Quién lo mató y por qué?

Todas estas preguntas quedaban sin respuestas. Habría que investigar para contestarlas de manera racional.

-Tenemos que buscar más pruebas, Pedro. ¿Tienes cosas antiguas de tus padres... otras fotos en las que pueda salir este hombre... o cartas...o alguna tarjeta postal... algo. Si eran novios tiene que haber algo que tu madre guardara, las mujeres somos muy románticas y nos gusta conservar recuerdos de nuestros amores.

-¡Sí! - dije dando un salto de la silla - Hay un baulito de mi madre que contiene cartas que no he leído, creo que son de mi padre pero, tal vez, podamos encontrar alguna pista y hay más fotos. - Fui a la caja y saqué las otras fotos en la que estaban los tres soldados de uniforme, mi padre, el que se suponía era el cadáver y otro más gordito. Detrás ponía los tres nombres: Cristóbal, Gabiry y José-Luis.

- Bien, Pedro. Primero vamos a leer las cartas a ver que sacamos en claro y después como tu padre y el de la pulsera están muertos, (se supone), deberíamos buscar a este otro hombre, el gordito. Si vive puede darnos más pistas.

271

Magda R. Martín

- ¡Pufff! Clarisa... ¡Cualquiera sabe dónde anda este hombre. Es posible que esté también muerto. Ya tendrá los 80 años...!

-¡Y qué! Mi padre tiene 84 y todavía anda por los viñedos y mi madre 81 y ahí está que no hay quien la calle, siempre tiene que decir la última palabra - Me hizo sonreír su tenacidad.

- Eres un tesoro, Clarisa.

- Eso quiero ser para ti. De todas maneras, vamos a ver que nos dicen antes las cartas, ya te digo que a las mujeres nos gusta mucho guardar nuestros recuerdos amorosos, seguro que por ahí, sacamos algo en claro - Me sonrió, me besó con un beso rápido y volvió a lo suyo. Estaba entusiasmada y dijo poniendo un mechón de pelo tras su oreja: - Lo primero vamos a leer las cartas.

Abrí el baulito y saqué un manojo de cartas atadas con un cordoncillo azul.

23

Noté que Clarisa también estaba alborotada con aquel descubrimiento y aunque quería demostrar serenidad, le costaba un gran esfuerzo mantenerse tranquila. Iba de un lado para otro, diciéndose a sí misma palabras para poner en orden sus ideas. Curiosamente ese estado suyo de nerviosismo, a mí me ocasionaba una seguridad extraña, como cuando un niño deja en manos de un adulto aquel problema que no sabe cómo resolver y confía en una persona más capacitada. También le descubrí un gesto que siempre hacía cuando estaba alterada, colocaba su pelo detrás de la oreja aunque ya estuviera colocado, como si fuera una especie de tic nervioso; siempre, una y otra vez, volvía a realizar el gesto. No sé por qué, pero aquel detalle me enterneció y la amé más que nunca.

Antes de ponernos a leer las cartas que mi madre conservaba en su baulito, decidimos ver el resto del esqueleto que permanecía enterrado. Ambos estábamos de acuerdo en que pertenecía a un varón adulto, ella por el estudio que había hecho a grandes rasgos sobre los huesos de la cabeza y la mandíbula y yo porque, además, lo había comprobado mediante los huesos de la pelvis. Pero queríamos asegurarnos completamente y quise que ella comprobara todos los huesos del esqueleto. Así que nos dirigimos al jardín a desenterrar, otra vez, el cadáver. No hubo dudas, aunque estaba bastante deteriorado, lo que nos dio una idea de que el cuerpo

Magda R. Martín

llevaba enterrado muchos años, Clarisa estuvo de acuerdo conmigo, era el esqueleto de un hombre y de un hombre muy alto y delgado aunque, probablemente ancho de espaldas por la medida de los omóplatos y las clavículas.

Aun teniendo esa seguridad, decidimos mantener la cabeza sin enterrar por si era necesario hacer alguna prueba de ADN, tanto ella como yo, a causa de nuestra profesión, sabíamos realizarlas y aunque allí, en Ronda, no teníamos los aparatos adecuados, Clarisa me dijo que ella podía hacer las pruebas en su casa de Jerez donde contaba con medios suficientes.

Así que, una vez llegamos a un acuerdo, nos pusimos a leer las cartas por el orden en que estaban guardadas.

Las contamos. Eran diez. Ocho dirigidas a la dirección de Madrid a nombre de mi madre con letra que pude reconocer de mi padre, y dos, con letra desconocida para mí; una letra grande, angulosa, manifiestamente masculina, dirigidas a mi madre a la dirección de aquella casa en Ronda.

Leímos las primeras, -las leía Clarisa en voz alta- tengo que decir que para mi suerte, pues, en más de una ocasión, se me hizo un nudo en la garganta por la emoción. Eran cartas de amor, pero no de un amor confirmado. Parecía que mi padre le declaraba un amor a mi madre que ella, sin embargo, no correspondía y nombraba a un tal José-Luis que, parecía, podía ser su rival. Cuando llegamos a esta conclusión, nos percatamos de que en la fotografía en la que estaba mi padre con los otros dos soldados, se podía leer el nombre de "José-Luis" y aunque no sabíamos con seguridad a cuál de los otros dos hombres pertenecía el nombre, llegamos a la conclusión de que era el que llevaba la pulsera. Total, sacamos la deducción de que mi madre, era novia o tenía una preferencia por el tal José-Luis y mi padre, dicho en términos populares y algo vulgares: le birló la novia.

Cómo se conocieron no estaba demasiado claro, pero según pudimos interpretar por el texto de las cartas, podría ser que el novio

Magda R. Martín

de mi madre, ese José-Luis, era un madrileño ya conocido por ella de hacía cierto tiempo, no pudimos saber cuánto, y los otros dos, o sea, mi padre y el otro soldado, el gordito, fueron presentados a mi madre por el tal José-Luis quien, por aquel entonces era su novio, con ocasión de un desfile que se celebró en la capital de España en alguna fecha de los años 1950-52 cuando mi madre tendría unos 18 ó 20 años, a la que tuvieron que asistir los tres, probablemente obligados a desfilar con su Regimiento cuando todos ellos cumplían el servicio militar en Larache.

Adelantando en las cartas, el texto se fue haciendo más amoroso, por lo tanto pensamos que mi madre se enamoró de mi padre y lo aceptó. Bien, las cosas empezaban a tomar un cariz más aclaratorio.

Deduciendo: Mi padre le quitó la novia a un amigo o compañero y se casó con ella. Un amigo que, si nos fiábamos de la fotografía, por la pulsera que mostraba el joven soldado, habíamos encontrado enterrado en nuestro jardín. Era espeluznante porque a la conclusión que llegábamos era que, tal vez por celos, o mi padre o bien mi madre (esto yo lo ponía en duda) lo podían haber ¡matado! No podía creerlo pero debíamos ser ecuánimes. El esqueleto tenía un agujero de bala en la frente que presumíamos, había sido hecho por el disparo de un rifle. Lo que no podíamos asegurar era si había sido intencionado o por accidente y si este era el caso, se podía conjeturar que se asustaron y se deshicieron del cuerpo enterrándolo en el jardín. Al llegar a esta conclusión, en mi mente volvió a encenderse la lucecita que marcaba "!atención!" y busqué entre los papeles traídos de casa de mi madre. Ahí estaba la licencia de armas. Otra prueba más y para más inri, le expliqué a Clarisa el recuerdo de la pelea de mis padres en la que fue la única vez que vi el arma cuando, peleando o mejor dicho, discutiendo o hablando de manera alterada, dijo algo así: "Si viene a por él, lo mato". ¿Vino a por "él" y lo mató? ¿Qué o quién era él?

Magda R. Martín

Continuamos leyendo las cartas. Ahora le tocaba el turno a las de la letra desconocida. Miramos la firma: José-Luis. Esto nos alteró todavía más, las últimas cartas eran del probable antiguo novio de mi madre.

Nos vimos obligados a descansar un poco, la situación era realmente tensa y aunque la curiosidad nos invitaba a continuar y apresurarnos para saber el desenlace de la historia, sabíamos que no debíamos precipitarnos para no embarullar las ideas en la cabeza. Yo estaba, cada vez, más asustado. ¿Qué había sucedido en nuestra familia? Yo que creía que todo era tan armonioso, aparte de algún pequeño desacuerdo por celos de mis padres, todo había sido siempre correcto; se nos había considerado siempre una familia ejemplar y yo así lo creía y me enorgullecía de ello. Sin embargo, desde que comencé a escarbar en los entresijos de la historia familiar, comenzaron a surgir a la luz hechos que nunca hubiera querido descubrir ni conocer. La vida de mi abuela, la de mi abuelo, la verdad sobre Juanjo y Mariola que cuidaron a mi padre y que eran los únicos que conocían lo sucedido... Y ahora éste terrible hallazgo...Pero ahí estaban y debía encajarlos. Tal vez, pensé, mis padres, al final de sus vidas, hubieran querido que se conocieran los sucesos que se habían llevado a la tumba. ¿Era yo el escogido para desenredar la madeja? Y volví a recordar la "conversación" con mi padre, sentado en aquella butaca que le pertenecía. Sí, sentía que yo era el escogido y pensé que debía de considerarlo como un privilegio. Ese pensamiento me dio nuevos ánimos y volví a sentirme fuerte.

Miré a Clarisa que se encontraba pensativa, sentada en el jardín con un refresco en la mano. Le cogí el vaso y bebí un poco del líquido. Cuando se lo devolvía le dije:

- Vamos a continuar, cuanto antes acabemos con todo esto, mejor.

Magda R. Martín

- Sí – respondió - lo mejor es darle el carpetazo final y luego... creo que deberemos olvidarlo...

Me miró con tristeza, con compasión y me sentí algo avergonzado. Una vergüenza que ella intuyó porque me abrazó con fuerza y oí un susurro en el que decía:

- Pedro... tú no tienes la culpa de todo esto. La vida de las personas es una maraña de sucesos que van quedando en el olvido. No debes dejarte condicionar por los resultados.

24

Decidimos comer fuera de casa, necesitábamos airear las neuronas, según dijo Clarisa y escogimos un bonito restaurante. Después, en silencio, disfrutando de la compañía uno del otro, nos acercamos a la Alameda y paseamos por los jardines admirando su belleza. No necesitábamos hablar, aunque los dos sabíamos que no se nos quitaba de la cabeza la historia que estábamos descubriendo.

- Pedro - me dijo en un momento Clarisa, mientras arrancaba la hoja de un seto para llevársela a la boca -¿toda esta historia de la familia la sabe alguno más de tus hermanos?

- Bueno... esta parte final del encuentro del cadáver, sólo la sabemos tu y yo. Lo de mi abuelo y mi abuela, lo conoce mi hermano Cristóbal pero no le quise dar muchas explicaciones... luego supieron algo más cuando estuvimos en Canarias y te presenté como la prima lejana, descubierta cuando indagaba sobre los parientes pero, la verdad, es que, excepto Cristóbal que se ha interesado algo más por el asunto, el resto no se ha preocupado ni mucho ni poco en interesarse por la novedad. Creo...fíjate... -le dije como una confidencia- que el único que debe saberlo soy yo... como si estuviera predestinado...

Magda R. Martín

Me miró con expresión ligeramente sorprendida.

-¿Me entiendes?- le dije para saber si realmente captaba la idea que deseaba aclararle.

- Sí... sí te entiendo...- se quedó pensativa unos instantes y continuó diciendo - quizás sí estés predestinado para averiguarlo, Pedro...- me miró durante unos instantes con los labios apretados, en sus ojos pude ver una idea que no dejaba salir a la luz. Luego abrió la boca para decir algo pero no se atrevió y calló.

-¿Qué ibas a decir?

- Nada...nada... - Volvió a quedarse pensativa, puso el dedo índice de su mano derecha sobre los labios como si intentara callarlos para que no desvelaran una indiscreción y al cabo de unos momentos, dijo: - Cuando volvamos a casa, te diré algo que me está rondando por la cabeza pero no puedo asegurarlo y es demasiado fuerte... no sé, Pedro, es una intuición que debo asegurar.

Sus palabras me dejaron todavía más alarmado que antes y deseé volver a casa enseguida. Creo que los dos lo deseábamos, porque, sin mediar palabra, dimos media vuelta y nos dirigimos a casa a paso rápido.

Nos pusimos cómodos y Clarisa volvió a ensimismarse en las fotos.

- Bueno, qué, ¿participo de tu intuición o no?

- No puedo... no estoy segura... no puedo decirte nada...- hizo un silencio bastante largo y como desechando una idea molesta con un

Magda R. Martín

gesto de la mano, me dijo - Vamos a terminar de leer las cartas que nos quedan.

- Quedan las del desconocido - contesté yo.

Y fuimos a por ellas. Eran las últimas del paquete. El sobre era más rectangular, algo más grande, como si fuera más comercial y menos personal. En la primera la fecha estaba desdibujada, emborronada, quizás por el tiempo transcurrido pero nos pareció leer tanto a Clarisa como a mí, que ponía: "Verano 1960". Decía así:

Mi querida Carmen: No sé si disculparme por lo ocurrido entre nosotros en mi última visita pero no sería sincero conmigo mismo si lo hiciera. Fueron unos momentos en los que me sentí el hombre más feliz del mundo. Es posible que para ti haya sido algo traumático pero no sufras, no debes hacerlo ni sentirte mal. Lo que se quedó pendiente entre nosotros tenía que acabar de alguna manera y ha sido así. Aunque te duela, he de decirte que nunca he odiado a nadie tanto como a Cristóbal que te robó de mi lado. Sí, te robó. Pero no voy a extenderme más sobre esto porque ya está dicho todo.
No quiero verte otra vez porque sé que volvería a suceder lo mismo y eso sería muy peligroso para ti, además sé cuanto quieres a Cristóbal y acabarías odiándome a mí y a ti misma y eso no lo soportaría porque siempre serás el amor de mi vida.
No sé dónde iré, probablemente fuera de España, tengo que pensarlo y tampoco sé si te escribiré o no, todo depende de cómo me sienta.
Te deseo que seas muy feliz, tienes dos hijos maravillosos y sé también que eres una buena madre. La que debería haber sido la de mis hijos...
Adiós, tal vez definitivamente. Nunca te olvidaré.

Magda R. Martín

Firmaba: José Luis.

No sería fiel a la verdad si digo que aquella carta me dejó indiferente. No sabía si sudaba o si estaba helado, no sabía si me encontraba despierto o todo era fruto de una pesadilla, sólo Clarisa me hacía sentirme en la realidad.

- Indudablemente, Pedro, hemos de reconocer que tu madre mantuvo una relación cuando ya estaba casada y era madre de dos hijos. con este José-Luis que fue su novio antes de que tu padre se casara con ella. Y es indudable también que él se sintió traicionado por tu padre... por eso lo odiaba, está clarísimo. Sin embargo, debemos creer también, que tu madre siguió amando a este José-Luis, no sé hasta qué punto... tal vez no con tanta fuerza como a tu padre... pero le amó... - Aquí hizo un silencio pensativo y al rato continuó hilvanando la frase - porque yo creo entender por el texto de la carta que mantuvieron una relación sexual...¿no opinas tú así? y además, una vez casada y madre... y antes de que tu nacieras porque en la carta habla sólo de dos hijos.

Todas estas aclaraciones aunque las dirigía a mí, las hablaba en voz alta para dar más claridad a sus pensamientos y así, ella poderlos entender mejor. Yo, por mi parte, estaba mudo, me resultaba imposible articular palabra. Era totalmente imposible creer algo así de mi madre, con el cariño que le había demostrado siempre a mi padre... no, no era posible. Tenía que haber un error.

Clarisa abrió la segunda carta.

- A ver ésta qué dice, porque la primera parece una despedida.

Me encontraba sentado a su lado y cuando desdobló el papel lo cogí también con mi mano y entonces me di cuenta del temblor que me dominaba. La fecha era posterior, figuraba el año 1963 en el encabezamiento y la carta, más extensa, decía así:

Querida Carmen: Vuelvo a ponerme en contacto contigo aunque mi intención era no molestarte más en tu vida pero una circunstancia extraña, me obliga a cambiar de parecer.

Para que las cosas se puedan entender bien, te diré que he pasado estos tres años viajando por Europa y acabé quedándome en Inglaterra donde intenté afincarme, pero ni el clima, ni el ambiente ni las personas del país, me van. Yo soy demasiado espontáneo, demasiado sincero y demasiado comunicativo como para entenderme bien con los ingleses que son exageradamente diplomáticos, así que volví a España.

Por una de esas casualidades que tiene la vida, cuando caminaba por una calle de Madrid, siempre recordando mis andanzas contigo en aquellos días de nuestro noviazgo, cuando casi eras una chiquilla, tropecé con Gabiry, nuestro común amigo y compañero de mili tanto de Cristóbal como mío. Estuvimos tomando unas copas y me dijo que os había hecho una visita, un día que os encontrabais en tu casa de Madrid. Como sospecharás, él fue quien me dijo que tenías un tercer hijo y, creo que sin mala intención y como una simple curiosidad sorprendente, comentó que el niño se parecía mucho a mí, sobre todo porque era pelirrojo como yo. Naturalmente, al principio, me lo tomé a broma lo mismo que él, pero luego, pensando las cosas con más detenimiento y comprobando fechas, he pensado que ese hijo puede ser mío.

Sé, Carmen querida, que con estas palabras puedo hacerte mucho daño pero debo decirlas a pesar de todo porque pienso ir a visitaros para conocer a ese niño y si veo que es verdad la impresión de Gabiry te pediré explicaciones, explicaciones que me vas a tener que dar delante de tu marido porque si el niño es mi hijo, quiero llevarlo conmigo. Lo quiero, es lo único que tendré en la vida, lo único valioso que me quedará de ti. Tú tienes otros y puedes tener más, deja ese pequeño para mí, será mi único consuelo.

Dile a Cristóbal que no se niegue y te pido, con todo mi corazón, que tú tampoco pongas obstáculos porque haré lo imposible para quedarme con él y si os negáis, buscaré conseguirlo por la vía legal. Intentaré demostrar mi paternidad con los análisis y pruebas necesarias pero no cejaré en la lucha por conseguir ese hijo que es mío.

No me odies, yo te quiero y siempre te he querido mucho, por ese motivo quiero también a nuestro hijo. Te repito, si todavía queda algún recuerdo de nuestro amor en tu corazón, no me niegues ese hijo.

Nos veremos pronto.

Firmaba: José -Luis

No me desmayé de puro milagro. Me pareció que las palpitaciones de mi corazón sonaban como el redoble de un tambor en el silencio espeso que se hizo en la habitación. Clarisa tenía su mirada fija en mi cara y con la mano se tapaba su boca como si no le permitiera gritar. Al final, después de un largo rato, pude decir:

-¿Piensas lo mismo que yo?

- Creo que sí.

Me agarró de una mano como cuando se sujeta a un niño para que no se asuste. Pasado un tiempo en silencio, le oí decir:

- Esto era lo que yo intuía, Pedro. ¿Te has fijado bien en la foto en la que está tu madre con los dos hombres?

Magda R. Martín

No respondí, no podía, además no tenía la claridad de juicio como para razonar de manera coherente, me costaba aceptar la realidad de los hechos y le dije:

- Qué.

Cogió la foto y me la enseñó.

- Es en blanco y negro y no destaca mucho pero, fíjate en su pelo - me dijo señalando al hombre que llevaba la pulsera.

- Lo tiene más claro que mi padre.

-¿Te das cuenta de que si la fotografía fuera en color podría verse como un hombre pelirrojo?

Tuve que volver a hacer un esfuerzo para hablar.

- Como yo... lo dice en la carta... - y continué expresando mi pensamiento en voz alta - el único pelirrojo de la familia...

- Exacto.

- Clarisa, ¿quieres darme a entender que soy un bastardo?

- Pedro, no seas catastrofista ni autocompasivo. No hay por qué emplear esa palabra tan peyorativa. Probablemente eres hijo de un amor extramatrimonial de tu madre.

Después de un silencio en el que intenté encajar mi situación personal ante el descubrimiento de unos hechos impredecibles, dije con rabia:

Magda R. Martín

- Pero yo amaba y amo a mi padre... - y para aclarar lo que ahora podía estar confuso dije - al que siempre he creído que era mi padre. ¡Lo amaba! y lo amo...

- Y nunca ha dejado de ser tu padre aunque no haya sido el biológico. ¿Te das cuenta, Pedro, de la historia que podemos hilvanar después de leer la carta y con los hallazgos que tenemos?

Primero - El que fue tu padre biológico, José-Luis, se presentó en casa de tus padres para reclamar su paternidad y llevarte con él.

Segundo - Tu madre se ve obligada a explicarle a tu padre su desliz, amorío o lo que fuere.

Tercero - El que tú has considerado siempre como padre te quiere, si cree o no que eres su hijo, no lo sabremos nunca pero no permite que el hombre que te reclama, te lleve con él.

Cuarto - Hasta el extremo en que decide matarle y se deshace del cuerpo enterrándolo en el jardín de su casa. Esto es una suposición pero tiene muchas probabilidades de ser una certeza.

A la memoria me vinieron apelotonadas frases y hechos de la vida pasada, algunas de ellas comentadas, no hacía demasiado tiempo con Cristóbal y Joaquín. Aquella discusión con el rifle en la mano en la que recordamos como mi padre empleó la frase: "si viene a por él, lo mato", se convertía en retadora, clara como la luz del día. Ahora ya sabía a por quién iba, a por mí... ahora ya sabía quién era "él": yo; y antes de permitir que me apartara de su lado, mi padre lo mató.

Magda R. Martín

Me pareció que todo se aclaraba como la solución matemática a un problema. Detalles, gestos, conversaciones apenas sospechadas, palabras esporádicas, miradas incomprendidas. Todo tenía ahora una razón. Por eso el día en que tuve el accidente con el coche cuando creían que iba a morir y mi madre gritaba: "Dios me castiga...", la respuesta de mi padre diciendo:"Dios no castiga nunca..." era un perdón que él hacía extensivo a sí mismo pidiendo misericordia a ese Dios justiciero al que temía mi madre, por lo que había hecho con el amigo. Todos los sucesos estaban llenos de claridad, todo encajaba, todas las piezas estaban en su lugar, sólo faltaba una que yo quería conocer con total seguridad. Debíamos de cotejar el ADN del cadáver con el mío. Era la única prueba fiable. Y así se lo dije a Clarisa.

-Yo también había pensado en eso, Pedro. Es imprescindible hacerlo, tenemos que asegurarnos por completo. Voy a extraer unas células de la boca de la calavera, si puedo de algún diente, y tú tienes que darme algo de saliva. Me voy a Jerez, allí tengo los aparatos para poder sacar las pruebas - Me miró con tristeza y preocupación y dijo: -Pedro, vamos a dejar las cosas como estaban. Enterramos el cuerpo y lo dejamos todo igual con el tiesto grande que tiene el naranjo, encima. Tú te vas unos días a Madrid a ver a Cristóbal y luego, cuando yo tenga las pruebas cotejadas, nos vemos otra vez aquí.

- No, Clarisa. Me quedo aquí. Enterraré el cuerpo más hondo y plantaré el naranjo encima. Y esperaré a Cristóbal que me dijo vendría. - Me quedé en silencio pensando en el vuelco que había dado mi vida - Tanto mi padre como mi madre, quisieron que sus cenizas descansaran aquí... no sé... me gustaría creer que, al final de sus vidas, quisieron estar cerca de él, que se perdonaron mutuamente.

Magda R. Martín

- Pedro... debes pensar que has tenido dos padres que te amaron.

- Cosa curiosa...-dije yo- siempre había creído que nunca fui amado por mi padre y, sin embargo... fue capaz de matar antes que entregarme a otro... ¡Si todavía encima, debería estar satisfecho por haber sido excesivamente amado! Paradojas de la vida.

Clarisa me miraba un poco asustada y acaricié aquel rostro suave, de mirada dulce que deseaba ayudarme sin saber cómo hacerlo.

- Clarisa - le dije tomando su rostro entre mis manos- sólo tú y yo hemos de saber esta verdad, nadie más debe saberla, ¡¡júramelo!

-¡Te lo juro! Nuca saldrá una palabra de mi boca sobre este secreto nuestro.

Contemplé esparcidos sobre la mesa todos los papeles, documentación, cartas y fotos que había conseguido en la investigación. Entre ellos vi el esquema del árbol genealógico que había dibujado Clarisa. Lo cogí y con un bolígrafo, lo rectifiqué y se lo mostré a Clarisa.

- Ahora el árbol genealógico familiar, queda así:

Magda R. Martín

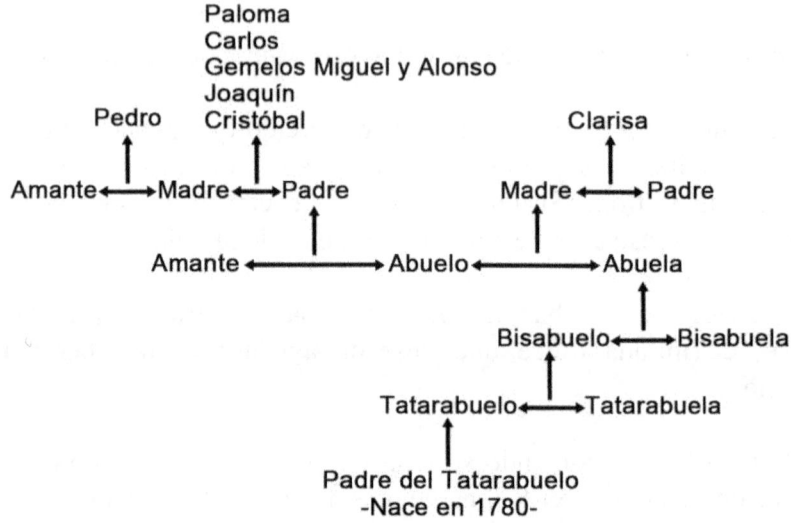

-Tú y yo, no tenemos ningún parentesco, Clarisa.

-¿Cómo que no? Yo espero ser tu esposa, antes de que finalice este año...

Nos abrazamos sonrientes mientras que nuestros ojos se llenaban de lágrimas.

Aquella misma noche, Clarisa se marchó en su coche a Jerez después de enterrar el esqueleto al que unimos la cabeza, un par de metros más hondo. Encima hicimos el hueco para el naranjo y lo plantamos con la tierra bien apelmazada a su alrededor.

-¿Sabes Pedro? Cuando vuelva, compraremos una rejilla de madera para colocarla en las paredes del jardín y plantaremos rosales trepadores, jazmines y madreselva ¡quedará precioso!

Magda R. Martín

Supe que lo decía para animarme pero sonreí y acepté. Sí, lo haría, debía encajar mi nueva vida, una vida escondida, una vida misteriosa que sólo Clarisa y yo conoceríamos.

En mi soledad de la casa, cuando ella se marchó, no pude evitar dar gracias por la suerte que había tenido al encontrarla. Como decía mi madre: "la vida acostumbra a regalar una cucharada de miel acompañada de una de vinagre".

25

Deseaba con todas mis fuerzas la compañía de Clarisa pero al mismo tiempo, necesitaba estar solo y pensar. Cuántos secretos descubiertos por un tonto deseo de conocer a unos ancestros que quedaban tan lejanos. Me maldije por haberme metido a querer desenredar misterios que no llevaban a ninguna parte, sin embargo, debía reconocer que eso era mentira. ¡Vaya que si llevaban a alguna parte! A cambiar todos los esquemas que tenia sobre mis antepasados.

Pedro Martín Rodero, no era Pedro Martín Rodero, era un Pedro que no conocía su apellido... Y mientras analizaba estas palabras fui totalmente consciente de la falta de parentesco con Clarisa. Ella era Martín, no tenía nada que ver con los Rodero ni con el desconocido padre que había surgido en mi vida, y como una paradoja, esta idea me llenó de felicidad. Sólo sería mi esposa, sí. Como si ese parentesco fuera más sólido e importante que si hubiera uno consanguíneo por medio. Pero lo que me causaba más tristeza era pensar que yo sólo era medio hermano de mis hermanos, éramos hermanos de madre, yo, el único pelirrojo de la familia, aquel al que le ofrecieron el honor de plantar el árbol de mimosa sobre las cenizas de nuestros padres, aquel que había sido especial para ellos y que de alguna manera había unido siempre a la familia, como todos pensaban, resultaba, finalmente, que estaba amputado, mutilado, sólo era medio Martín Rodero. En realidad, sólo era Rodero, y me pregunté cual sería el apellido de mi padre biológico. ¿Sería verdad que me parecía físicamente a él? ¿Sería verdad que él me quiso como hijo suyo o solamente lo que quiso fue echarle un pulso a mi "padre " para vengarse por su traición? A partir de ahí surgían machacones en mi mente, hechos, detalles, que a raíz de estos conocimientos, se les podía dar otro valor. No podía reprochar a mi padre sus desafectos, estaba en todo su derecho y la manera en que mi madre intentaba equilibrarlos con sus caricias y mimos, tomaban ahora un valor diferente. Y me pregunté si hubiera sido mejor no haber sabido nunca la verdad. Pero yo lo quise. ¿O fui guiado para que supiera la verdad? Por quién ¿por mi padre, por mi madre o por...José-Luis de apellido desconocido, el que en realidad era mi verdadero padre? Eso sería siempre una incógnita.

Me di cuenta de que me encontraba frente al árbol de mimosa mirando a la tierra como si quisiera traspasarla con la mirada y así, poder comunicar a mis padres la verdad. Decirles: Ya lo sé, lo sé todo. Pero por eso no dejo de amaros, sois mis padres y siempre lo seréis. Sé que hicisteis lo que creísteis era mejor para mí y para todos, y no os lo reprocho, al contrario os lo agradezco de todo corazón. Nunca se sabrá vuestro secreto, lo mismo que vosotros os lo llevasteis a la tumba, me lo llevaré yo y también Clarisa. Podéis estar seguros. Ahora, padres, tengo que aprender a querer a mi otro padre, al que se llamaba José-Luis.

Me sobresaltó una palmada en la espalda y la voz de Cristóbal,

-¿Qué haces chaval? ¿Por qué lloras?

Me abrazó. Yo no sabía que estaba llorando, me había cogido por sorpresa.

Magda R. Martín

-Sí- dijo- Hoy es el aniversario, 26 de Julio. Hace un año que enterramos aquí sus cenizas ¿te acuerdas?

Estuvimos un rato en silencio observando aquella tumba y luego nos fuimos hacia el interior de la casa.

- Veo que has plantado el naranjo. Estás dejando la casa hecha una maravilla. La buganvilla también está preciosa sobre la puerta.

Cristóbal no dejaba de acariciar mi espalda, le notaba afectado al ver mi tristeza e intenté recuperarme.

- Bueno, qué sorpresa, pues me has cogido solo, porque Clarisa se ha marchado unos días a Jerez, volverá pronto.

Decir estas palabras y sonar el teléfono, todo fue uno. Era ella, antes de que me diera ninguna noticia, para que supiera que no podía hablar con entera libertad sobre el tema que teníamos entre manos, le dije:

- Acaba de llegar Cristóbal - él se acercó al teléfono para saludarla.

- ¡Hola Clarisa! Ven pronto que tengo ganas de verte, pasaremos unas cortas vacaciones en Ronda.

No sé qué le respondió, no lo oí. Luego, Clarisa se dirigió a mí y me dijo:

- Ha dado positivo...

No quise saber más. Un sexto sentido, la intuición o, tal vez, la llamada de la sangre, ya me lo había confirmado. Sabía que el

Magda R. Martín

resultado iba a dar positivo. Yo era hijo del primer novio de mi madre, de José-Luis, no era un Martín Rodero.

Cristóbal se acercó con un par de cervezas en la mano y me echó el brazo por los hombros. No sé si fue porque me veía excesivamente triste, sólo oí que me decía:

- Venga Pedrito, anímate que siempre has sido la alegría de la familia Martín Rodero.

¿Habría leído mis pensamientos?

Magda R. Martín

26

Clarisa llegó el domingo. Nos miramos sin decir palabra, nos besamos como si nos lo hubiéramos dicho todo y nos abrazamos con fuerza como si fuéramos los únicos seres vivos que habitaban la tierra. Nos comprendimos.

Hablamos de mil cosas diferentes con Cristóbal al que vi más animado que nunca y nos pusimos de acuerdo para ir a un vivero a comprar rosales trepadores y unas rejillas de madera que pudieran sujetarse a la pared del jardín para que las plantas treparan por ellas.

Por la noche decidimos ir a cenar a un Restaurante y dar una vuelta por el pueblo concurrido por turistas y nativos. Era verano, la noche olía a jazmines y el cielo se veía cuajado de estrellas.

Fui a cambiarme de ropa y cuando salí ya me estaban esperando. Cogimos el coche, por si se nos ocurría alejarnos un poco por la serranía de Ronda. Al poner las manos en el volante Cristóbal se fijó.

-¿Y eso?- me dijo -¿de dónde has sacado esa pulsera que te has puesto?

- La encontré en el baulito de mamá - mentí. - Seguro que ella le tenía mucho cariño.

Magda R. Martín

Cristóbal se quedó serio y pensativo.
A Clarisa se le llenaron los ojos de lágrimas.
Yo, me sentí pleno de felicidad.

FIN

.